# Frank Leduc

Frank Leduc est un écrivain français spécialisé dans le thriller et le roman d'anticipation. Son premier livre, *Le Chaînon manquant*, est publié aux Éditions Jets d'encre en 2017, puis aux Nouveaux Auteurs en 2018, et chez Pocket en 2021. Ce roman remporte le Grand Prix *Femme Actuelle* en 2018. Il est suivi de *Cléa* (Nouveaux Auteurs, 2019) et de *La Mémoire du temps* (Nouveaux Auteurs, 2020), tous deux repris chez Pocket. Frank Leduc publie également des recueils de nouvelles : *Quelques mots à vous dire* (Books on Demand, 2019), *Un hôtel à Paris* (Books on Demand, 2020), *Point de rencontre* et *Entrechats* (Books on Demand, 2022).
*Duel*, son dernier roman, a paru chez Belfond en 2024.

# DUEL

ÉGALEMENT CHEZ POCKET

Le Chaînon manquant
La Mémoire du temps
Cléa
Duel

FRANK LEDUC

# DUEL

belfond

ISBN : 978-2-266-35688-6
Dépôt légal : mars 2025

*Pour mon papa*

# – 1 –

*De nos jours, près de Paris*

« Les bateaux ne coulent pas à cause de l'eau autour d'eux. Ils coulent à cause de l'eau qui entre à l'intérieur. »
Proverbe

Talia pénétra dans le vieil immeuble par une porte dérobée. Le bâtiment était à l'image de la cité, grossier, anonyme et mal entretenu. Dans la cage d'escalier, une vingtaine d'agents cagoulés étaient tapis le long des murs. Comme l'électricité avait été coupée, c'est l'un d'eux qui la précédait à l'aide d'une lampe frontale. Le silence était complet. À l'extérieur, d'autres effectifs s'étaient déployés et sécurisaient le périmètre. Elle le savait déjà, il ne s'en sortirait pas bien. La seule question d'importance était de savoir à quel point.

À l'approche du troisième étage, la tension devint plus présente encore. Un mélange d'inquiétude, de sueur et de testostérone. La déception des hommes en noir, quand ils virent débarquer Talia, ne trompait pas. L'un d'eux lâcha discrètement : « On est encore là pour des plombes. » Talia sourit, sans ralentir. Traditionnelle concurrence entre l'inter et la négo pour savoir, au-delà du temps qu'ils allaient passer sur zone, à qui serait imputée la réussite de l'opération, ou son échec. D'un côté, une colonne d'assaut d'agents masqués et rompus aux interventions foudroyantes ; de l'autre, une femme seule, à visage découvert, munie d'un carnet à spirale et d'une paire de lunettes, entraînée à la patience. Les tensions étaient inévitables, la partie déséquilibrée. Pourtant, depuis la création du Raid en 1985, plus de la moitié des interventions se réglaient à la négo ; malheureusement c'était loin d'être celles dont on parlait le plus. Elle continua à avancer dans la pénombre en s'efforçant de ne pas trébucher sur une marche, un pied ou un sac de grenades.

Le commandant Charles Laville se trouvait derrière un barrage de boucliers, coincé entre la porte du forcené et l'embouchure de l'escalier. Fidèle à son habitude, il ne portait sa cagoule que sur le haut du visage. Excepté durant l'intervention, il la repliait toujours au-dessus de sa bouche, ce qui le faisait vaguement ressembler à un super-héros maladroitement déguisé. C'était drôle, mais vu son caractère personne n'avait jamais osé le lui faire remarquer. À ses côtés se tenait Julien, l'assistant psychologue de Talia, qui manipulait nerveusement sa tablette pour essayer de récupérer des informations utiles à la négociation.

— Commandant, Julien.

— Talia, c'est pas trop tôt ! s'exclama Laville, visiblement de mauvaise humeur. On vous a fait un topo sur la cible ?

— Oui, j'en ai pris connaissance durant le transfert.

— Tant mieux, on va gagner du temps.

Le forcené était un homme d'une cinquantaine d'années, inconnu des services de police, un quidam sans histoires, sans passé, et probablement sans avenir depuis son coup de folie. Il n'existait plus qu'au présent. Un présent sur lequel se focalisait l'attention d'une centaine de policiers d'élite et qui allait nécessairement être fugace.

— On ne détecte la trace que de trois présences thermiques. Il est possible qu'il ait déjà supprimé l'un des otages.

Talia fit la grimace. Elle savait que s'il y avait eu un homicide à l'intérieur, son temps de négociation serait restreint.

— On peut pas le gazer pour l'endormir ? demanda Julien.

— C'est compliqué, l'effet n'est ni certain ni immédiat. S'il comprend ce qui se passe, il peut exécuter tout le monde avant qu'on ait le temps de réagir.

— OK, dit Talia, qui excluait ainsi cette possibilité. Autre chose ?

— La porte possède un blindage de niveau 3. Si vous ne parvenez pas à le raisonner, le vérin hydraulique n'y suffira pas, on devra faire sauter le mur !

— Super…

Plus tôt dans l'après-midi, sans motif clairement établi, l'homme était venu trouver son épouse dans la boulangerie de quartier où elle travaillait. Sans sommation, sans explication, il lui avait tiré une balle en pleine tête à bout touchant devant des témoins médusés. Les vêtements maculés de son sang, il était reparti comme il était venu et personne n'avait essayé de l'en empêcher. Un fait divers, la probable déchéance d'un individu pensant pouvoir disposer de la vie de celle qui lui avait imprudemment confié son amour. Il avait ensuite récupéré ses enfants à l'école pour se barricader chez lui, embarquant dans sa folie meurtrière une voisine qui avait eu la malchance de se trouver sur le chemin. Cela faisait donc trois otages, plus lui. C'était à la fois beaucoup pour une intervention armée et peu pour espérer un dénouement venant de l'intérieur.

— Aspect suicidaire pur jus, précisa Julien sans que ce soit nécessaire. Il n'est pas du tout ton style…

Le cas était courant pour l'unité, mais pas pour Talia qui était spécialisée dans les prises d'otages à caractère terroriste et crapuleux. Elle avait une approche trop anguleuse pour ce type de profil, mais l'expert était au repos donc c'était elle qui s'y collait. Dans ce cas de figure, la technique était rudimentaire. Il fallait trouver des points d'ancrage, identifier ce qui était exploitable dans la folie de son interlocuteur et l'utiliser pour le ramener vers le rivage. Pour cela, le meilleur moyen était de l'écouter et de lui témoigner de l'intérêt.

— Tant pis pour lui, il devra faire avec moi.

Elle savait qu'entrer dans la tête d'un paranoïaque n'était pas tout à fait sans conséquences. Il lui fallait créer de la distance, une sorte de corde imaginaire accrochée au réel pour ne pas glisser dans le précipice. Mais avant d'en arriver là, une première difficulté menaçait de mettre un terme à son travail avant même qu'il ait commencé. Aucune communication n'avait pu être établie, ni sur le téléphone de l'appartement, ni sur le portable du forcené, ni sur celui de la voisine. L'homme avait allègrement canardé par l'une de ses fenêtres les premiers policiers qui s'étaient présentés, les faisant reculer et boucler tout le quartier. Plusieurs coups de feu avaient également été tirés à travers la porte lorsque les agents du Raid étaient arrivés à l'étage. Personne ne savait s'il avait fait d'autres victimes, en tout cas lui était vivant. À une centaine de mètres de l'immeuble, un hélicoptère s'était placé en position stationnaire et transmettait des images en temps réel sur la tablette du commandant Laville. Derrière les rideaux tirés de l'appartement, rien ne bougeait. La lumière était éteinte.

Talia avait rapidement compris que sa seule possibilité d'établir un contact était de s'approcher physiquement de la porte. Dans ce genre d'unité, les mots étaient moins nécessaires qu'ailleurs, on ne demandait pas directement à un subordonné de risquer sa vie, mais chacun savait ce qu'il avait à faire et la plupart du temps les regards suffisaient. Elle vérifia les sangles de son gilet pare-balles et en monta le col jusqu'à la base du menton, confirmant ainsi à son supérieur qu'elle allait tenter le coup.

Deux agents munis de boucliers se positionnèrent devant elle pour lui ouvrir le passage. Une poignée de secondes plus tard, elle se trouvait accroupie à quelques centimètres de la porte criblée d'impacts. Julien avait suivi le mouvement sans prudence, et sans même se baisser derrière les protections. Elle le tira violemment au sol en lui lançant un regard noir.

— Pardon, s'excusa-t-il maladroitement, tout en continuant de manipuler sa tablette avant de la tourner vers elle. Je te présente ton nouveau meilleur ami !

Il lui montra une photo qu'il venait de récupérer sur les réseaux sociaux.

— M. Édouard Journel.

La cinquantaine légèrement bedonnante, il posait tout sourire à côté de ses enfants et de la femme qu'il venait d'assassiner. Cette photo, joyeuse, qui devait remonter à plusieurs années, offrait un décalage incompréhensible avec le drame. Talia ignora le visage de la femme, afin de ne pas faire monter en elle plus de colère que nécessaire, et se concentra sur celui de l'homme dont elle devait essayer de sauver la vie en l'amenant à une reddition sans violence. Elle allait s'approcher de la porte lorsque Julien accrocha son bras.

— Il y a un problème, lui souffla-t-il avant qu'elle commence à parler.

Elle recula pour écouter ce qu'il avait à dire.

— Il est mourant !

Elle leva les yeux vers l'armada de fusils d'assaut qui entouraient l'étage et opina de la tête.

— Non, précisa-t-il, il est vraiment mourant.

— Qu'est-ce qu'il a ?

— Leucémie. Phase terminale. Il en a pour deux ou trois mois maximum.

— Comment tu sais ça ?

Il lui montra de nouveau sur la tablette le document que venaient de lui transmettre les urgences civiles. Elle repoussa son bras sans lire. Évidemment, cela changeait la donne. Elle perdait sa carte maîtresse et ses chances de succès à la négo se réduisaient considérablement. Son seul argument de valeur restait la vie des enfants, pour peu qu'il n'ait pas déjà décidé d'y mettre fin avec la sienne. Le chas était étroit et elle allait devoir jouer serré. Elle hésita un instant à déclencher l'intervention et regarda vers le commandant Laville, qui semblait tout aussi indécis. Elle se reprit et se rapprocha des trous laissés par les impacts de balles.

— Bonjour, monsieur Journel.

La voix était posée, délicate, sans être chaleureuse. Elle laissa passer un temps dans un silence religieux, puis reprit :

— Je m'appelle Talia, je suis officier de liaison. Ma mission est de vous faire sortir d'ici, vous et vos enfants.

Le regard de tous les agents était porté sur elle, bien qu'avec la distance peu d'entre eux aient vraiment entendu ce qu'elle disait.

— Vous êtes d'accord pour parler avec moi, monsieur Journel ?

Un des techniciens profita de la position pour rejoindre le petit groupe et faire glisser une caméra miniaturisée à travers l'un des orifices de la porte.

— Dégagez de là ! hurla le forcené, conscient de ce qui se produisait autour de lui.

Talia sourit. Des chuchotements se propagèrent vers l'arrière : « Contact établi ! » Julien reçut instantanément le retour vidéo sur sa tablette, qu'il tourna vers elle. L'homme était replié au sol dans un coin de la cuisine, dos à l'une des fenêtres, ses enfants de chaque côté. Il ne le savait pas, mais à quelques mètres derrière lui plusieurs varappeurs silencieux suspendus le long de la façade n'attendaient qu'un mot pour lui bondir dessus. Entre ses genoux, un fusil de gros calibre tenu à la verticale divisait le tableau en deux parts égales. « Arme de guerre ! » articula le commandant Laville en sourdine pour qu'elle le comprenne bien. Elle confirma avoir reçu l'information en levant le pouce droit.

— OK, monsieur Journel. Je suis là pour vous aider et non pour vous contraindre.

— Dégagez, alors, ou je vous tire dessus !

— Pourquoi voulez-vous me tirer dessus ? Je vous ai fait quelque chose ?

— Non, vous non, mais vous ne devriez pas être là !

— Je suis d'accord avec vous, monsieur Journel, je ne devrais pas. Seulement voilà, je suis là.

Il avait repéré la micro-caméra à travers la porte. S'il se levait pour venir l'arracher, les agents suspendus au-dessus de la fenêtre l'abattraient sans sommation.

Elle ne devait rien tenter pour l'en dissuader mais elle espérait qu'il ne le ferait pas.

— Monsieur Journel, nous n'allons pas partir !

Il ne répondit pas.

— Si vous nous tirez dessus, nous répliquerons. Il y aura des blessés, des souffrances. Je suis là pour essayer de l'éviter. Vous comprenez ?

— Pourquoi ? éructa-t-il.

— Pour ne pas mettre vos enfants en danger.

— J'ai tué ma femme !

Elle devait le faire redescendre, elle laissa s'écouler quelques secondes.

— Je le sais.

Ce qu'elle savait aussi, c'est qu'elle devait l'éloigner du sujet pour lui faire espérer une issue positive.

— Ça ne change rien à la situation.

— Vous allez me mettre en prison, me séparer de mes enfants !

— Vous avez raison, monsieur Journel, il faudra payer pour ce que vous avez fait. Mais vu votre situation médicale, à très court terme, vous n'irez pas en prison mais à l'hôpital.

Par cette allusion à son état de santé, elle lui faisait savoir qu'elle n'ignorait rien de lui. Dans une négociation traditionnelle, c'était un moyen de prendre l'ascendant sur son interlocuteur, de lui montrer sa supériorité. Dans le cas présent, elle n'en était pas absolument certaine.

— Vous dites ça mais vous n'en savez rien ! Vous n'êtes pas juge, vous êtes juste flic !

— Vous avez raison, Édouard. Je peux vous appeler Édouard ?

Il n'objecta pas. Elle reprit après un temps :

— Vous avez raison, Édouard, je ne suis pas juge. Mais si vous nous facilitez les choses aujourd'hui, pour qu'on puisse sortir de cette impasse sans faire de blessés supplémentaires, cela nous aidera. Ce sera grâce à vous !

Il sembla sensible au raisonnement mais resta silencieux.

— Pensez à vos enfants. Ils vont grandir. C'est l'image qu'ils auront de vous durant toute leur vie.

Julien lui montra les images. L'homme, immobile, se tenait la tête entre les mains. Elle pensait l'avoir déstabilisé, légèrement, mais il avait toujours l'arme entre les jambes. Tant qu'il ne l'aurait pas lâchée, le commandant Laville pouvait déclencher l'intervention à chaque instant. Il allait basculer et se rendre, c'était certain, elle le sentait, il fallait juste lui laisser un peu de temps.

— Édouard, est-ce que vous voulez poser votre arme ? S'il vous plaît.

Elle attendit une réponse quelconque, un mouvement, qui ne vint pas.

— Est-ce que vous voulez bien poser votre arme, et nous ouvrir la porte ? S'il vous plaît, Édouard, répéta-t-elle plus énergiquement.

Il restait inerte. Elle l'observait en espérant que le chemin s'éclaire dans son esprit tourmenté. Après un moment, sans rien dire, sa fille se blottit contre lui. Ils restèrent ainsi plusieurs longues minutes. Il ôta le chargeur de son fusil. En sanglots, il tendit les deux morceaux à son fils en lui demandant d'aller les ranger dans la penderie de la chambre. Talia interrogea Laville du regard pour s'assurer qu'il avait bien perçu ce qui était en train de se passer. Il lui répondit d'un geste de la main, en faisant un rond avec le pouce et l'index. Entre-temps l'enfant revint s'asseoir près de son père.

— Édouard, je vais vous demander de déverrouiller la porte maintenant, pour que nous puissions entrer.

Il ne répondit pas.

— OK, OK.

Elle fit signe à l'agent artificier de la rejoindre. Il fallait faire vite. Aussitôt accroupi, celui-ci posa sur les gonds deux charges explosives qui ressemblaient à de la pâte à modeler. Talia le regarda faire sans rien dire et laissa encore s'évaporer quelques secondes afin que l'homme serre ses enfants contre lui. Elle savait que c'était sans doute la toute dernière fois qu'il les voyait.

— Édouard ?

Elle vérifia sa réaction. Il restait figé, mais son regard semblait s'être subitement réanimé. Comme si des informations nouvelles lui parvenaient d'une zone confuse de son cerveau. Même si elle n'était pas spécialiste du profilage, elle décelait que quelque chose ne collait pas avec la situation. Elle aurait eu du mal à le verbaliser, cela tenait plus de l'intuition, elle ne devait pas traîner.

— Nous allons ouvrir, Édouard. Cela va faire du bruit, une explosion, mais il n'y a aucun danger. Quoi qu'il se passe, je vous demande de rester bien assis, exactement là où vous vous trouvez.

Toujours pas de réaction. Elle changea d'interlocuteur.

— Vous vous appelez comment, les enfants ?

— Alice ! répondit instantanément la petite fille.

— Nicolas, répondit le garçon après avoir cherché au préalable l'approbation dans les yeux de son père.

— OK, Alice et Nicolas. Jusque-là, vous avez été très courageux. On va compter jusqu'à dix, ensemble, et puis fermer les yeux, fermer la bouche et mettre les mains sur les oreilles. Et surtout, après l'explosion, pas de mouvement. D'accord ?

— D'accord, répondit Alice.

— Vous me le promettez ? demanda Talia.

— Oui, confirma-t-elle.

— OK.

Talia commença à compter lentement pendant que les agents reculaient au fond du couloir. Un, deux. Julien restait concentré sur les trois visages. Tout semblait normal.

— Sept, huit.

Arrivée à neuf, elle s'écarta avec Julien jusqu'aux boucliers de protection.

L'explosion résonna dans tout l'immeuble et jusqu'au-dehors, avant qu'un nuage de poussière envahisse le couloir, accompagné d'une odeur mêlée de pierre et de poudre.

Le tremblement se poursuivit plusieurs secondes puis la porte blindée débarrassée de ses gonds et d'une partie du mur bascula. Le commandant Laville pénétra dans la pièce, suivi de cinq agents armes au poing. Ils perdirent du temps à enjamber la porte qui s'était mise en travers. À l'intérieur, c'était l'apocalypse. Nicolas n'était plus à sa place. Ils intimèrent au père de lever les bras, ce qu'il ne fit pas. Soudain, le petit garçon sortit du couloir de la chambre. Il tenait le fusil d'assaut dans une main et essayait maladroitement d'y insérer le chargeur avec l'autre. La moitié des armes se braquèrent sur lui dans un brouhaha de menaces et de sommations.

Les instants suivants semblèrent durer une éternité. Sans se lever, d'un mouvement brusque, Édouard Journel sortit un pistolet de derrière son dos. Laville hurla une ultime injonction. Sans succès. Serrant sa fille contre lui, l'homme commença à canarder ses assaillants. Il n'eut le temps de tirer que trois fois. Une rafale de pistolet-mitrailleur lui explosa la cage thoracique. Ce fut un déluge de cris et de sang, puis immédiatement un long sifflement qui perdura bien après le dernier coup de feu. Une image arrêtée où chacun prend conscience de ce qui vient de se passer et qui s'étire à l'infini. « Homme à terre ! » cria Laville. Cette scène avait été répétée mille fois à l'entraînement jusqu'à en mécaniser les réactions et les émotions. Pourtant, cette fois-ci, un événement inattendu allait se produire.

Sans qu'on l'y invite et à l'encontre de toute procédure, Julien sortit de son rôle de psychologue pour bousculer l'un des agents qui condamnaient la porte. Sans masque ni protection, il se précipita à l'intérieur pour désarmer le petit Nicolas qui, en pleurs, essayait toujours d'insérer le chargeur dans le fusil de son père. Il le souleva d'un geste brusque, projetant les deux morceaux de l'arme à terre, et le serra contre sa poitrine. Le garçon hurla de toutes ses forces et tenta de se libérer en lui donnant de violents coups de pied dans les mollets. Julien ne lâcha pas sa prise. Il recula d'un pas, fit un demi-tour et se dirigea vers Alice. La petite fille couverte de sang était toujours blottie contre ce qui restait de son père. Il la souleva à son tour et, devant le regard ébahi des autres policiers, ressortit avec les deux enfants dans les bras.

# – 2 –

*Unité centrale du Raid – Essonne,*
*quelques heures plus tard*

Personne ne lui avait prêté attention, pas même jeté un regard. Dans la pièce, l'inquiétude avait remplacé la bonne humeur habituelle. La salle n'avait rien de luxueux. Elle était lumineuse, avec des tables hautes, un distributeur de boissons, un écran suspendu qui relayait les chaînes d'information, un baby-foot trop usé pour faire des parties sérieuses et un flipper dont chacun savait abuser. Bien que ce nom ne soit écrit nulle part, l'usage désignait ce lieu comme le « quartier de repos des hommes du Raid ». Pourtant, dans les effectifs, il y avait des femmes, mais ici le « elle » semblait inclus dans le « il ». C'était comme dans les expressions utilisées en intervention : « Allez, les gars », « Montrez-leur ce que vous avez dans le pantalon », « Un pour tous, tous pour un » et de nombreuses autres. Elles étaient tellement ancrées dans les comportements que Talia et ses collègues féminines avaient depuis longtemps abandonné toute velléité de coup d'État sémantique. Un jour peut-être, mais ce jour n'était pas encore venu.

Discrètement, Talia posa son jus d'orange et son paquet de gâteaux sur la table haute à côté de Julien. Il regardait l'écran de télévision avec le même intérêt que ses collègues. Depuis son intrusion improvisée dans l'appartement du forcené, ils n'avaient pas échangé. Elle l'observa d'un air contrarié. Elle voulait lui laisser l'initiative d'une explication, mais il ne le fit pas, alors elle prit les devants.

— Julien, tu ne me refais jamais un coup pareil !

Il lâcha l'écran des yeux.

— De quoi tu parles ?

— Je parle d'entrer dans le périmètre d'une intervention sans autorisation.

— Je suis allé chercher les enfants.

— Oui, je te remercie de me le dire, ça m'avait échappé.

— Il fallait bien que quelqu'un le fasse.

— Eh bien, tu ne le refais pas ! Tu es psychologue. Ce n'est pas ton job. Tu t'es mis en danger, toi et les agents qui étaient en action.

— Le père était déjà mort.

— Tu n'en savais rien.

Il réfléchit un moment. Bien sûr qu'il le savait ! Comme tout le monde d'ailleurs. Il avait vu exploser la cage thoracique du type et le sang maculer les murs de la pièce. Mais il n'allait pas débattre avec elle de la question, car sur le fond il savait aussi qu'il avait eu tort.

— C'était un réflexe. Les enfants, c'est trop. J'ai agi, j'ai pas réfléchi.

— Si tu n'es pas capable de garder ton sang-froid, il vaut mieux que tu changes de métier !

Il connaissait suffisamment sa supérieure pour savoir qu'elle était capable d'une froideur et d'une maîtrise hors du commun, y compris lorsqu'elle le recadrait sèchement. Il ne répondit pas. De toute façon, il n'y avait rien à répondre. Il avait fait une connerie et toute tentative de justification montrerait qu'il n'en avait pas pris la mesure. Un silence s'installa entre eux, puis, comme les autres, ils reportèrent leur attention sur les actualités. Des images en boucle d'Avallon. La discrète ville de Bourgogne était devenue le centre d'attraction du pays, passé à la loupe par les chaînes d'information en continu, à grand renfort de bandeaux alarmistes. Une voix volontairement angoissée présentait les éléments. L'affaire n'était pas ordinaire. Aucune confirmation n'avait encore été donnée, mais l'idée de ce qui pouvait se produire était de nature à scotcher le téléspectateur à son écran comme un magnet sur une porte de frigo. Deux cars scolaires, semblables à ceux qui transportent des millions d'élèves chaque jour en France, s'étaient volatilisés. Disparus, avec soixante-six enfants à bord, leurs monitrices et les chauffeurs qui les conduisaient vers une colonie pour les vacances d'hiver. Les premières inquiétudes étaient apparues la veille au soir lorsque les parents avaient appelé l'école et la mairie en ordre dispersé. Vers 21 heures, c'est le responsable du centre d'hébergement qui avait donné l'alerte.

Talia était mieux placée que quiconque pour savoir que les chaînes d'info avaient tendance à en rajouter pour faire grimper l'audimat. C'était classique sur ce type d'affaire. Tant que le Raid ou le GIGN n'étaient pas mis en alerte, le pire n'était pas certain. Pourtant, cette fois, même elle était stupéfaite. Un car pouvait bien disparaître durant quelques heures, surtout sur des routes montagneuses, probablement dangereuses – un problème, une panne, ou pire –, mais deux ? Personne n'avait rien vu, les téléphones portables des gamins étaient injoignables, ça ne sentait pas bon.

Comme il le faisait souvent, le capitaine Luc Fresnel vint s'asseoir à côté d'eux – d'elle en particulier –, perturbant un instant leur attention. Avec sa grande taille et sa légère surcharge pondérale, en dehors des interventions, il paraissait embarrassé avec son corps. « Pataud » était le qualificatif qui venait à l'esprit de ceux qui le rencontraient pour la première fois. Parfois, Talia se demandait s'il aimait sa compagnie, s'il la draguait ou s'il était juste un peu collant. Au début, elle l'avait froidement dissuadé de toute entreprise hasardeuse, mais il s'était accroché et elle avait fini par apprécier sa présence.

— Pas banale, cette affaire, dit-il pour engager la conversation.

— Non.

— J'espère que tu n'as rien de prévu pour la soirée.

— Tu penses que c'est pour nous ?

— Ben, j'en sais pas plus que toi, mais soit ils sont tous les deux tombés dans un ravin, ce qui serait surprenant, soit on devrait pas tarder à être appelés.

À la télévision, un spécialiste autoproclamé des disparitions d'enfants expliquait, chiffres à l'appui, que les premières heures étaient déterminantes et que chaque minute comptait. Talia trouvait sa démonstration grotesque. Dans le cas d'un enlèvement, c'était statistiquement juste, bien que le contexte doive être pris en compte, mais dans celui de cars entiers… Elle aurait aimé savoir sur quels précédents il se fondait. Pourtant, c'était sur un ton péremptoire qu'il pronostiquait ce qui allait advenir si la police ne s'activait pas davantage. Elle détestait cette façon de relayer l'information en temps réel. En intervention, c'était un véritable handicap. Le déploiement des forces de l'ordre était systématiquement relaté, commenté, voire débattu avec précision. Des consultants établissaient sur les tactiques déployées des hypothèses qui, parfois, pouvaient se révéler exactes.

Les fugitifs, les terroristes le savaient et suivaient leurs faits et gestes grâce à ces complices involontaires mais consentants. Un détail en haut de l'écran attira son attention. Derrière le journaliste, une jeune femme, cheveux courts, blouson de cuir noir clouté, manipulait son téléphone en regardant vers la caméra.

— Moi aussi, je crois que ça va être pour nous, reprit Julien sans qu'on lui ait posé la question.

— Vous avez vu cette fille en cuir derrière, avec son téléphone ? leur demanda Talia.

Surpris, ils levèrent les yeux vers l'écran.

— Oui. Ben quoi ?

— Vous ne la trouvez pas bizarre ?

Ils observèrent de nouveau l'écran.

— Je ne sais pas, dit Fresnel.

— Elle se trouve pile dans l'axe de la caméra et ne fait rien pour en sortir. Comme si elle n'existait pas. La plupart des gens feraient un signe pour se montrer à la télé, ou bien ils s'éloigneraient pour ne pas être vus.

— Tu es très observatrice…

— C'est mon métier.

— Elle n'a peut-être pas remarqué qu'on la filmait ?

Talia fit une moue perplexe.

— Habillée ainsi, en plein milieu d'un village où est en train de se produire un fait divers hors du commun ?

— Oui, tu as raison, elle ne semble pas à sa place, cette nana !

— Elle est dans le tableau mais elle n'en fait pas partie.

— Et sinon, tu vas rester là ce soir ? demanda Fresnel comme pour recentrer la discussion sur le sujet qui l'intéressait.

— Pourquoi je resterais ?

— Beaucoup d'agents vont le faire, moi aussi. Histoire de ne pas avoir à revenir en pleine nuit si ça tourne vinaigre.

— Non, je préfère rentrer.

— *Monsieur* t'attend, peut-être ?

Pour avoir l'assentiment d'un observateur neutre, il porta son regard sur Julien. Celui-ci sourit. Elle les dévisagea tous les deux d'un air amusé.

— Oui, monsieur m'attend.

# – 3 –

*Dans la périphérie de Marrakech,*
*deux ans plus tôt*

« Nous sommes comme des papillons
qui battent des ailes pendant un jour
en pensant que c'est l'éternité. »
Carl SAGAN

Patrice Esteban, le directeur d'exploitation de la société TéléMarketPro, était embarrassé. Les mains moites, il attendait avec appréhension en regardant la circulation s'évaporer sur la route de Fès. La situation était paradoxale. Gérald Mansour était de loin le plus efficace de ses cent soixante-quatre téléprospecteurs. Ce n'était pas Albert Einstein, mais il présentait un taux de prise de rendez-vous extraordinaire de 94 %, ce qui à l'échelle du monde de la télévente lui conférait un statut équivalent. Du jamais-vu chez TéléMarketPro Marrakech, et peut-être n'importe où dans la profession. À de nombreuses reprises, Esteban avait essayé de décrypter sa méthode, au plus près, pour la comprendre et la reproduire, mais c'était difficile. Mansour semblait posséder une sorte de don unique. Il parvenait tout d'abord à établir un lien spontané et personnel avec le prospect. Une fois celui-ci ferré, il argumentait exactement comme il le fallait, ni trop ni pas assez, comme s'il savait à l'avance ce qu'allait objecter son interlocuteur. Il l'amenait en douceur exactement où il voulait, sans lui forcer la main. La perfection ! Gérald Mansour se plaisait à dire que sa première règle était qu'il n'en avait pas, seulement du ressenti, de l'intuition. Qu'il fallait se laisser glisser dans la tête de son interlocuteur sans chemin préétabli. Et il faisait mouche quasiment chaque fois. Le directeur se dit que Mansour aurait pu se voir décerner un Oscar ou un prix Nobel s'il avait exercé dans d'autres domaines. Dans le milieu plus modeste de la téléprospection, ça lui valait uniquement quelques primes et la reconnaissance de son responsable hiérarchique, à savoir lui, Patrice Esteban.

Spécialisé dans la vente de panneaux solaires et de matériels d'économie d'énergie à destination de pays francophones, la société subissait de plein fouet la coupe des aides publiques en France. Trois plans de départs successifs avaient entamé le moral d'équipes de plus en plus clairsemées. La rentabilité n'était pas revenue et, à court terme, des restructurations semblaient inévitables. Son poste de directeur d'exploitation lui aussi était menacé, et sans doute devrait-il laisser la place à un itinérant du siège qui encadrerait les équipes à moindres frais. Avant son entretien avec Gérald Mansour, il avait en tête les directives de l'entreprise : « Profiter de chaque occasion pour licencier les collaborateurs en faute afin de réduire les futures indemnités de licenciement économique. » C'était logique, et plus simple à faire au Maroc qu'en France. Seulement voilà, Mansour était le meilleur téléprospecteur qu'il avait jamais connu et il avait l'impression de devoir se séparer de Thomas Edison ou d'Isaac Newton pour insuffisance professionnelle. Même dans un monde capitaliste sans états d'âme comme celui de la télévente, cela remuait un peu. Et puis, il y avait autre chose de moins exprimable. Malgré leurs différences de statut et d'âge, il s'était toujours senti diminué en présence de Mansour. L'impression que, du haut de ses performances, celui-ci ne lui portait ni respect ni considération. Tous ses autres collaborateurs, qu'ils soient français ou marocains, lui vouaient une déférence visible et appréciable. Tous sauf celui-là. Se prenait-il pour une sorte de dieu ? Si c'était le cas, il allait tomber de son nuage. Un licenciement sans préavis pour retards répétés devrait le faire redescendre sur terre.

— Bonjour !

Il se retourna et sursauta en voyant Gérald Mansour debout face à lui. Il était arrivé en silence. Décidément, ce type se donnait beaucoup de mal pour ne jamais faire les choses tout à fait comme les autres.

— Bonjour, bonjour, Gérald, balbutia le directeur. Entrez, je vous en prie. Asseyez-vous.

Mansour ferma la porte et vint s'installer sans un mot sur l'un des deux sièges. Patrice Esteban l'observa quelques instants. Mansour paraissait moins rayonnant que derrière son téléphone. D'un geste rapide, il réajusta le porte-crayon et le présentoir des produits de l'cntreprise. Pourquoi faisait-il toujours ce genre de gestes ? Il y avait quelque chose de différent en lui. Était-ce une âme mauvaise ? Patrice Esteban aurait parié que cet homme à l'esprit si brillant présentait de nombreux tocs qui devaient handicaper son quotidien. C'était sans doute pour cela qu'à trente ans passés et malgré son talent, il était encore téléprospecteur dans un centre d'appels offshore de la banlieue de Marrakech. Il portait toujours d'élégants costumes en velours et ne passait pas inaperçu dans les couloirs ou à la cafétéria de TéléMarketPro. Mais qui mettait des costumes en velours à Marrakech de nos jours ? Tout chez cet homme relevait de l'énigme.

Patrice Esteban redoutait la conversation qui allait suivre.

# – 4 –

*Paris, XVII^e arrondissement,*
*quartier des Batignolles,*
*sept jours après les disparitions*

Un son feutré précéda de peu l'ouverture de l'ascenseur. Le cinquième étage était sombre et désert. Comme souvent, aucun des agents qui travaillaient sous sa responsabilité n'était encore arrivé. C'était le reflet de son implication autant que d'une vie personnelle hachurée. Et puis, être le premier lui donnait le sentiment fugace de mieux contrôler le déroulé de la journée, d'avoir de l'avance, un avantage sur les événements. Dans la pénombre, Thomas Shepherd traversa le couloir jusqu'à son bureau. Il jeta son blouson sur le fauteuil éventré de l'entrée puis, après avoir dégrafé et rangé son holster dans un tiroir, alluma sa lampe basse. C'était l'unique source lumineuse qu'il supportait à cette heure. Elle n'éclairait que partiellement l'espace, juste ce qu'il fallait.

Les bureaux de la brigade anticriminelle de Paris, déménagés quelques années plus tôt du 36, quai des Orfèvres, sentaient encore bon le neuf. Dans le confort de cette architecture moderne, on était bien loin des alcôves et des petits espaces qui avaient constitué le quotidien des agents de la maison durant de nombreuses années. Dans la journée, lorsqu'il n'y avait pas d'interrogatoires bruyants ou de gardes à vue, on pouvait presque se croire dans les locaux feutrés d'une multinationale. C'est là que le DGPN[1] avait fait installer la cellule antiterroriste interarmées dont Shepherd avait la responsabilité.

Depuis les disparitions, le pays tout entier retenait son souffle. Il n'y avait plus que « l'affaire » qui passionnait la population. Soixante-six enfants disparus sans laisser de traces, sans revendication ni demande de rançon, c'était inédit et surtout incompréhensible. Chacun avait un avis, plus ou moins éclairé, sur les avancées de l'enquête et, malgré les efforts de la police, elle était au point mort. Dans l'opinion, la colère avait très vite remplacé l'inquiétude et elle grondait davantage chaque jour. « Inexplicable » était le mot qui revenait le plus souvent. « Intolérable », « inadmissible » s'y étaient accolés. Plus les parents s'exprimaient, plus leur détresse submergeait les médias et plus la police était montrée du doigt. Comment deux cars pouvaient-ils se volatiliser en France à notre époque ? À l'étranger également, les gens se passionnaient pour cette affaire sans précédent, hormis peut-être la disparition du vol MH370 de la Malaysia Airlines en 2014. Elle était devenue une énigme universelle, au détriment de Thomas Shepherd dont le nom était brocardé dans les journaux du monde entier.

À de nombreuses reprises, il avait refait le parcours, étudié chaque hypothèse, interrogé les personnes travaillant aux barrières des péages, aux frontières, les riverains sur les chemins de traverse, dans les stations-service. Il avait visionné des centaines d'heures

1. Directeur général de la police nationale.

de vidéosurveillance, utilisé des moyens satellites de traçage. Il avait sollicité Interpol, les douanes, les hôpitaux, l'armée. Des battues avaient été organisées dans les forêts les plus isolées. La quasi-totalité du territoire avait été passée au peigne fin sans succès. Rapidement, les principales investigations s'étaient portées sur les chauffeurs, leur vie, leurs relations, leurs problèmes financiers. Il fallait nécessairement qu'ils soient dans la combine pour conduire les enfants ailleurs qu'au lieu prévu. Shepherd avait fait mettre leurs proches sur écoute et ordonné des filatures sur des cercles de plus en plus élargis. Les chaînes de télévision jouaient aussi leur rôle en diffusant régulièrement le portrait des disparus, en groupe et individuellement, ainsi que la photo des cars et leurs plaques d'immatriculation. Chaque témoignage était pris au sérieux, vérifié, mais hormis quelques farfelus, un silence paralysant semblait s'être emparé du pays.

Un bruit mécanique suivi d'un ronronnement s'échappa du distributeur avant que son double expresso commence à couler. Shepherd profitait de ces instants de calme pour réfléchir à ce qu'il devait entreprendre dans les heures à venir. Un inventaire à la Prévert de tout ce qui était nécessaire pour coordonner une enquête de cette envergure, qui allait occuper plus de vingt agents. En revenant vers son bureau, un gobelet fumant à la main, il s'arrêta devant le mur tapissé de photos et de cartes routières. Au centre, le moniteur vidéo était resté figé sur la dernière image connue des véhicules. On les voyait arriver l'un derrière l'autre sur la file réservée aux véhicules longs. La caméra de la barrière de péage de Villefranche-Limas était trop éloignée pour que l'on puisse distinguer l'intérieur mais, trois heures après leur départ du centre d'Avallon, les véhicules se trouvaient sur le bon chemin. Que s'était-il passé ensuite ? Comment les ravisseurs avaient-ils pu monter un coup pareil ? C'était inconcevable. Passait encore l'enlèvement sans laisser de trace d'un enfant, voire, avec beaucoup d'organisation, de plusieurs, mais de soixante-six ? Avec leurs accompagnatrices, les chauffeurs, les cars ? Ils n'avaient été identifiés à aucun des péages suivants et encore moins à celui de Sainte-Hélène-sur-Isère, en Savoie, où ils auraient dû prendre la direction de Moutiers. Cent quatre-vingts kilomètres d'autoroute, c'était long, surtout quand on ne savait pas où chercher. L'équipe de Thomas Shepherd avait méticuleusement inspecté toutes les sorties techniques possibles en espérant y trouver des indices, en vain. Chacune d'entre elles était fermée par un cadenas dont seuls les agents de la DDT possédaient les clés. Au-delà de la disparition, la question la plus mystérieuse résidait dans les motivations d'une pareille entreprise. Faute de revendications sérieuses, les complotistes de tous bords se déchaînaient. Certains faisaient des liens nébuleux avec des enlèvements survenus autour de Roswell dans les années 1950 ou en appelaient au triangle des Bermudes. Thomas Shepherd se voyait mal évoquer ce genre de théories publiquement sans risquer de devoir passer la main un peu plus vite qu'attendu. Pourtant, lui aussi avait pensé à ces explications farfelues.

Les huit longueurs de néons suspendus au plafond s'allumèrent brutalement et lui firent plisser les yeux.

— Bonjour, commissaire ! lança une voix tonique, sans considération pour sa quiétude matinale.

Il se tourna vers les ascenseurs, même s'il savait déjà qui venait d'arriver.

— Vous terminez votre nuit dans le noir ?

Ève Melville était l'archétype du bon flic. Pénible, difficilement contrôlable, mais capable de presser deux litres de jus avec une seule orange. Pour cela, elle faisait souvent fi des conventions, avec un respect approximatif de la voie hiérarchique. Comme un bon joueur de poker, elle agissait parfois avec méthode et d'autres fois à l'instinct. Ce qui la rendait redoutable, c'est qu'avec elle il était impossible de prévoir. Tout le contraire de Thomas Shepherd dont la rigueur était l'aptitude la plus marquée. Mais il avait suffisamment de recul sur la vie, et sur son métier en particulier, pour savoir que les profils différents étaient bien plus efficients que les similaires. Il s'était battu pour l'avoir dans l'équipe, pourtant entre eux la relation ressemblait parfois à un combat d'autorité.

— Bonjour, Melville.

Elle vint se placer à côté de lui en lui donnant un petit coup d'épaule affectueux. Avec sa coupe à la garçonne et son blouson en cuir clouté, elle ressemblait plus à une dealeuse à la sauvette qu'à une capitaine de police. Ça aussi, c'était un avantage. Là où la plupart de ses agents se faisaient repérer à des kilomètres, Ève Melville parvenait facilement à se fondre dans le paysage des pires voyous. Elle regarda à son tour le mur criblé de punaises où pendaient des dizaines de plans et de photos.

— Vous aussi ?

— Quoi, moi aussi ?

— Ça vous travaille la nuit ?

Il fit une moue dubitative tout en buvant une gorgée de café.

— Pas autant que vous le pensez, mentit-il avec effort.

— Chaque matin en arrivant, je me dis qu'on va trouver, que c'est impossible autrement. Que quelque chose d'important nous échappe. C'est forcément le cas ! Et puis tous les soirs, je me dis l'inverse. C'est pour ça que je viens plus tôt. Le matin, le découragement n'a pas encore eu le temps de s'installer.

— On va trouver, Melville, on va trouver !

Il en était de moins en moins certain, mais cela ne coûtait rien de le dire. Subitement, derrière eux, une sonnerie de téléphone aiguë résonna dans l'open space. Ils échangèrent un bref regard. Il était tôt. Les lignes directes n'étaient pas publiques et il était inhabituel de recevoir un appel à une heure aussi matinale. Sans se concerter, ils se pressèrent chacun d'un côté des bureaux pour trouver le combiné qui sonnait, mus par l'espoir que quelque chose d'important était enfin en train de se produire.

Ils n'en étaient pas conscients, mais leurs vies étaient sur le point de basculer.

## – 5 –

*Montpellier, trois heures plus tard*

C'est à 5 h 57 du matin que le portable d'un des enfants fut activé. Les techniciens de l'opérateur n'avaient pas tardé à géolocaliser la provenance du signal dans le centre-ville de Montpellier. Au regard de la densité d'habitations dans ce secteur, l'isoler plus précisément aurait pu s'avérer compliqué. Pourtant il n'en fut rien, et c'était visiblement volontaire : l'un des deux cars disparus était stationné en double file, au milieu de la rue Foch, tous feux de détresse allumés.

L'hélicoptère du commissaire Shepherd se posa à une centaine de mètres, sur la place des Martyrs-de-la-Résistance. Accompagné de la capitaine Ève Melville, il fulminait. Shepherd détestait être devancé sur unc scène de crime et ne pas pouvoir ressentir avec exactitude ce qu'avaient vu les protagonistes. Il n'avait pas son pareil pour dénicher des indices, des impressions fugaces, celles qui disparaissaient le plus rapidement. Ce jour-là, l'éloignement avait rendu cela impossible. Il s'agaça également de constater que c'était la gendarmerie et non la police qui avait sécurisé le périmètre. Non seulement les méthodes n'étaient pas identiques, mais en plus il redoutait une collaboration minimale de la part des militaires. Sur place, il y avait les démineurs du GIGN, la COCrim[1] et une nuée de journalistes qui encerclaient le car comme une poule aux œufs d'or qui n'aurait pas encore pondu. Ça aussi, ça l'irritait. Le ministre lui-même l'avait précédé de quelques minutes : privilège de la Place Beauvau et nécessité médiatique pour le politique d'être rapidement vu en action. Combien de personnes étaient déjà entrées dans le car ? Dix, peut-être vingt, en tout cas bien plus qu'il n'en fallait pour souiller l'espace avec de nouvelles traces laissées involontairement.

— Commissaire Thomas Shepherd, se présenta-t-il sobrement à l'officier qui dirigeait les opérations.

Ève Melville ne prit pas la même peine et les contourna pour effectuer sans attendre une inspection des abords du véhicule.

— Bonjour, commissaire. Capitaine Sankharé, du huitième…

— Comment avancez-vous ? le coupa Shepherd pour ne pas le laisser s'éterniser sur un sujet qui ne l'intéressait pas.

— Eh bien, balbutia-t-il, on n'a pas l'habitude d'un tel déferlement d'uniformes et de médias par ici.

Sa voix était éraillée et ne trompait pas sur le poids qui s'était abattu sur ses épaules sans crier gare. Il semblait évident que s'il avait pu laisser la place à d'autres, le capitaine Sankharé l'aurait fait sans combattre. Seulement voilà, c'était lui qui était là et il fallait faire avec.

— Je m'en doute, répondit Shepherd. Il n'y a pas de police dans la région ?

1. Coordinateurs de scènes de crimes (police scientifique).

— Si, mais comme ce sont mes hommes qui étaient les premiers sur les lieux, le préfet m'a mandaté pour protéger le site. Cela vous pose un problème ?

— Aucunement, mentit-il. Entre pompiers, on ne va pas se marcher sur le tuyau. Quels sont les éléments que vous avez trouvés ?

Le capitaine Sankharé lui fit un topo de la situation. Une précision descriptive toute militaire : le car était venu se placer sur zone à 6 h 57, ils avaient trouvé quatre témoins oculaires dont trois étaient jugés fiables, qui étaient en cours d'interrogatoire. Les vidéos de surveillance de la rue en diraient probablement davantage. Les caméras étaient situées de part et d'autre du car, à un angle de respectivement 27 et 32 degrés par rapport à la portière du conducteur. Le véhicule était propre, non endommagé, le plein fait à 50 %. Le pneu avant droit était sous-gonflé. Il allait poursuivre, mais le commissaire lui coupa la parole.

— Et dedans ?

— Rien.

— Comment ça, rien ?

— Venez voir par vous-même.

Il déverrouilla la portière avant. À l'intérieur, deux agents de la COCrim, blouse blanche et gants en nitrile, s'activaient à la recherche d'indices. Les sièges autour d'eux étaient couverts d'écouvillons, d'enveloppes kraft et d'une ribambelle de produits révélateurs. Shepherd inspecta à son tour l'emplacement du conducteur et les premières rangées.

— Il n'y avait aucune affaire ?

Le gendarme répondit par la négative.

— On fait des relevés d'empreintes et de traces ADN mais, pour peu que ces enfoirés ne l'aient pas briqué avant de nous le rendre, il doit y avoir tellement de passages dans ces cars au quotidien que ça va être compliqué d'isoler celles qui nous intéressent.

— Relevez quand même, on verra après ! Le chrono[1] est exploitable ?

— Non. Ils l'ont enlevé, mais l'inverse aurait été étonnant.

Shepherd soupira. Bien sûr qu'ils n'allaient pas leur faire ce cadeau. Sans qu'on l'y autorise, Ève monta à son tour en mâchouillant bruyamment un chewing-gum. Autoritaire, elle s'adressa au capitaine Sankharé, auquel elle ne s'était toujours pas présentée.

— On peut pas faire dégager tout ce monde ? demanda-t-elle en lui montrant la rue.

Autour du périmètre de sécurité, des caméras de télévision et une armée de badauds de plus en plus nombreux s'entassaient dans la confusion.

— Vous parlez des journalistes ?

— Ouais, entre autres. Ils diffusent en direct. Je suis prête à parier que ceux qui ont laissé ce car ici nous regardent.

Le gendarme resta un moment inerte, visiblement gêné.

— C'est-à-dire que… le ministre a expressément demandé que la presse ait un accès au site.

— Sans blague ? répliqua Shepherd.

— Sans blague, non. Il veut montrer ce qui se passe, pour que les gens ne s'imaginent pas qu'on leur cache des choses.

— Eh bien, dit-il en regardant ses galons, vous allez faire évacuer les abords. C'est mon enquête, pas celle du ministre.

1. Chronotachygraphe, disque qui enregistre en continu la vitesse d'un véhicule et permet de vérifier les temps de pause et le respect des vitesses autorisées.

L'autre s'immobilisa de nouveau.

— Il faut que j'en réfère.

— Référez, capitaine, référez, mais en attendant je ne veux voir que des forces de police ou de gendarmerie à proximité du car. Black-out pour les autres, plus de son, plus d'images. On n'est pas en train de faire du spectacle, il est hors de question de donner cet avantage à nos adversaires. C'est bien compris ?

Après quelques secondes de réflexion, Sankharé demanda par radio à ses subordonnés qui se trouvaient à l'extérieur de faire évacuer le secteur.

— Merci, capitaine, concéda Shepherd du bout des lèvres.

— Il y a autre chose que vous devez savoir, commissaire.

— Je vous écoute.

— Le téléphone du gamin, celui qui a été activé. Il se trouvait sur le tableau de bord, en évidence.

— Oui, on me l'a dit.

— Avant qu'il soit examiné par les experts, j'ai rapidement regardé s'il y avait des éléments qui pouvaient nous être utiles.

— Il n'était pas bloqué ?

— Non, pas de code de sécurité, mais la mémoire a été effacée.

— On va réussir à le faire parler. Où est-il maintenant ?

Le capitaine Sankharé demanda à l'un des agents de la police scientifique de le lui apporter. Il le manipula au travers de la pochette en plastique qui le protégeait et le tendit à Shepherd.

— Il y a quelque chose dessus, à votre intention je pense.

Shepherd sortit ses lunettes de sa poche pour voir ce qui était écrit. Ève se tordit le cou pour essayer de lire l'écran à l'envers, à mesure que le gendarme l'orientait plus loin d'elle.

— Les salopards, balbutia Shepherd en tournant brusquement l'écran de l'appareil vers son enquêtrice.

## – 6 –

*Village de Dar El Hamra, dans la périphérie de Marrakech, deux ans plus tôt*

« Toute véritable transformation sera précédée d'un grand moment d'inconfort. »
Ajahn CHAH

Gérald Mansour posa sa veste sur l'une des chaises en bois de la cuisine. Celle de droite, comme chaque fois. Il se lava méticuleusement les mains afin de ne pas rapporter chez lui de virus venant de l'extérieur et en profita pour réajuster avec le pied la dalle en lino qui se décollait devant l'évier. Même si son père ne venait plus jusque-là depuis longtemps, elle devenait dangereuse, et il allait falloir qu'il la change. Huit ans déjà qu'il habitait avec lui. Son salaire de téléprospecteur permettait ici un niveau de vie largement au-dessus de la moyenne. Comme beaucoup de Français, il avait fait le choix de s'expatrier de l'autre côté de la Méditerranée, pour un travail qui consistait paradoxalement à appeler la France. Des conditions précaires pour un revenu inférieur à celui qu'il aurait perçu en métropole, mais qui en valeur relative autorisait un confort bien supérieur. Un choix plus raisonné qu'il y paraissait. Il n'avait jamais essayé de s'intégrer à la société marocaine, il n'aimait pas ce qu'il considérait comme désinvolte et cosmopolite. C'était trop anarchique pour lui, alors, pour en atténuer les effets, il s'était organisé en conséquence. Sa vie sociale se limitait à cette maison, son travail, ses proches voisins et Tarek.

Sous le poids de Gérald, l'escalier en bois grinça de toutes parts. Son père était de plus en plus affaibli et chaque fois qu'il rentrait à la maison et passait ce couloir, il se demandait ce qu'il allait trouver derrière la dernière porte. Ce soir, une lumière était allumée. Tarek était encore là. Assis comme à son habitude, il lisait un livre, la chaise en équilibre contre le mur.

— Bonsoir, Tarek.

— Bonsoir, monsieur Gérald, balbutia-t-il en basculant vers l'avant pour prendre une attitude plus conforme à celle de garde-malade, rôle pour lequel il était payé.

Gérald embrassa son père et posa machinalement la main sur son front. Tout lui sembla apaisé. Au crépuscule de sa vie, le patriarche endormi dégageait toujours la même chaleur réconfortante.

— Il dort depuis longtemps ?

— Deux heures environ, répondit Tarek.

— Il a mangé ?

Tarek répondit d'un mouvement de menton en montrant le plateau posé sur l'une des tables de nuit. Un bol de soupe, une miche de pain et un petit fromage, rien n'avait bougé. Gérald poussa un long soupir. Il se dirigea vers la salle de bains pour se passer de l'eau sur le visage, déboutonna le haut de sa chemise et élargit son nœud de cravate. En revenant, il releva la couverture du livre que Tarek tenait entre les mains pour en voir le titre.

*Vol de nuit.*

— Tu n'en as pas assez de lire des auteurs français ?

Tarek ouvrit de grands yeux, surpris qu'il lui pose une telle question.

— Non. Pourquoi ?

— Il n'y a pas de bons auteurs ici ?

— Oh si, monsieur Gérald, de très bons !

Tarek laissa passer un temps puis ajouta :

— Des meilleurs que chez vous, peut-être !

— N'exagère pas quand même… Et alors, pourquoi tu ne lis pas les auteurs marocains ?

— C'est pour quand je viendrai en France, pour mieux connaître la culture. Lorsque j'aurai lu Saint-Exupéry, Hugo, Sartre, Rimbaud et tous les autres, ce sera plus facile pour moi de m'intégrer. Et puis comme ça, en plus de m'instruire, j'améliore mon français.

— Il est déjà très bon, ton français, Tarek.

Depuis toujours, le jeune homme rêvait d'aller fonder une famille de l'autre côté de la Méditerranée. Du haut de ses vingt et un ans, il idéalisait un pays qu'il ne connaissait pas, mais qu'il imaginait être un eldorado où la vie était simple. Lorsqu'il en avait l'occasion, il demandait à Gérald de lui en parler. Plusieurs fois, celui-ci avait essayé de lui faire comprendre que la vie en Europe n'était pas si facile, surtout pour un immigré, mais rien n'y faisait. L'envie de Tarek n'était pas négociable, alors Gérald avait abandonné et, à son contact, il se surprenait lui aussi à avoir des rêves de France.

— Ça a été, votre journée, monsieur Gérald ?

— Pas tellement, non.

— Que s'est-il passé ?

— Eh bien, pour commencer, j'ai été licencié.

Le regard du jeune Marocain s'obscurcit. Il considéra en une fraction de seconde les répercussions que pourrait avoir la situation sur lui, dont l'unique revenu provenait de la garde d'un vieil homme aveugle.

— C'est terrible. Mais pour quelle raison ?

— Dans les grosses entreprises, Tarek, les réductions d'effectifs, comme les embauches d'ailleurs, sont insondables. Il ne faut pas toujours y voir de raisons rationnelles.

— Vous allez chercher un nouveau travail ?

— Je ne sais pas encore.

— Avec les origines de votre père, vous pourriez demander au roi de vous aider.

Gérald ne put s'empêcher de sourire.

— Le roi, rien que ça…

Le Marocain approuva de la tête.

— Tu sais, Tarek, malheureusement, peu de personnes croient réellement aux origines de mon père. Et même si c'était le cas, je ne pense pas que ton roi m'aiderait.

— Comment allez-vous faire alors, monsieur Gérald ? demanda-t-il avec une inquiétude qui n'était pas désintéressée.

— J'ai des économies. Et puis mon père aussi a des revenus. Ne t'en soucie pas, pour le moment on pourra te garder avec nous. Après, nous verrons bien…

# – 7 –

*Paris, XVII^e arrondissement,*
*douze heures après la découverte du car*

Le directeur général de la police, Paul Hamon, celui de l'antiterrorisme, ainsi qu'un représentant du ministre avaient été autorisés à rester sur place durant l'entretien. Depuis un long moment, Thomas Shepherd se taisait, martyrisant un trombone. L'affaire prenait un virage inattendu et personne ne savait vraiment ce qui allait se passer. Face à lui, Ève Melville était assise à côté du négociateur du Raid, Kenneth Peterson. Un grand gaillard roux d'origine galloise qui avait été sélectionné par sa hiérarchie pour son expérience des prises d'otages dans les pays en guerre. Derrière eux, un ordinateur sur les genoux et un casque audio autour du cou, un technicien serait chargé d'enregistrer l'appel dans des conditions optimales afin d'en disséquer les éventuels indices sonores. Pour combler les minutes, Shepherd avait parlé d'autres sujets que l'enquête, mais lorsque la grande aiguille de l'horloge s'était approchée du douze, une chape de plomb s'était abattue sur la pièce. Le commissaire relut nerveusement le message :

CE SOIR, 19 HEURES.

Quatre mots laissés sur le téléphone du car de Montpellier, précis, presque trop. Une injonction. Un ordre ! Après concertation entre Paul Hamon et le ministre, il avait été décidé de ne pas rendre public ce premier contact avec ceux qui étaient probablement des terroristes, afin de ne pas susciter d'initiatives individuelles de la part des familles. Pour des raisons compréhensibles, la situation avec elles était délicate, aussi Shepherd préférait-il les garder à l'écart de l'enquête. Il n'avait qu'une vision hypothétique de l'ennemi. Pour organiser l'enlèvement et la séquestration de soixante-six enfants et de leurs accompagnants, ils devaient être nombreux et très organisés : une petite armée, probablement.

À distance, les équipes techniques de l'opérateur du téléphone de l'enfant étaient également sur le qui-vive. Ils devraient identifier la zone de l'appel avant même que le négociateur ait décroché. Ensuite, tout irait vite. S'il s'agissait d'un numéro fixe, sa géolocalisation serait simple, mais Shepherd ne comptait pas trop là-dessus. Si l'appel venait d'un portable, probablement celui d'un des enfants enlevés, seul l'emplacement du relais transmettant l'appel serait identifié. Une zone géographique qui irait de quelques kilomètres carrés en zone urbaine à plusieurs dizaines à la campagne. Cela reviendrait à chercher une aiguille dans une meule de foin, néanmoins la gendarmerie pourrait mettre en place des barrages filtrants le temps nécessaire à l'établissement d'une liste des personnes présentes dans le secteur. C'était peu, très peu, mais ça constituerait les premiers éléments de l'enquête. Il espérait que ce que dévoilerait le ravisseur et la manière dont il le ferait seraient une mine d'informations pour lancer des investigations. Évidemment, celui-ci en dirait probablement le minimum, on ne montait pas une opération de cette envergure sans contrôler ce type de paramètres. Mais Shepherd savait aussi qu'on ne maîtrisait jamais l'intégralité d'une conversation et que l'expérience du négociateur pouvait être de nature à faire commettre des erreurs à un criminel.

Sur l'horloge du téléphone, la première sonnerie retentit à 19 heures et quatre secondes. En un instant, le rythme cardiaque de toutes les personnes présentes dans la pièce s'accéléra. Kenneth Peterson recouvrit ses cheveux roux avec le micro-casque puis lança un regard en direction du technicien. Après avoir effectué une rapide manipulation sur son ordinateur, celui-ci fit un rond avec son pouce et son index pour lui signifier que tout était OK.

Le négociateur décrocha.

# – 8 –

*Centre d'entraînement de Bel Air,*
*le lendemain matin*

Peu de moments avaient été tant redoutés par Talia Sorel depuis qu'elle avait intégré le Raid. Commandante à trente-quatre ans, dans une unité d'élite, ce n'était pas rien, même si dans un groupe où chacun risquait sa vie régulièrement les grades avaient une importance moins marquée qu'ailleurs. En entrant dans la police, sept ans plus tôt, nantie d'un cursus universitaire en psychologie, elle n'imaginait pas la trajectoire que prendrait sa vie. Ambitieuse, elle s'était rapidement trouvée à l'étroit dans le commissariat de quartier du XIII^e^ arrondissement de Paris où elle officiait. Après deux années de service, elle avait profité des facilités offertes par la profession pour poursuivre des études spécialisées. En dehors de la blessure en intervention, c'était le seul moyen efficace pour gravir rapidement les échelons de la hiérarchie. Elle avait enchaîné avec succès une licence en sciences comportementales, un master de sécurité intérieure et un autre en psychologie criminelle. Armée de tous ces diplômes et après dix-huit mois supplémentaires de formation au commandement au sein de l'École nationale supérieure de la police, elle avait pu devenir négociatrice au Raid. Un défi, autant psychologique que physique, plus stimulant à ses yeux que les missions de police traditionnelles. Elle aimait l'action, la performance, le dévouement, l'organisation. L'implication qu'elle s'imposait, elle voulait la trouver chez les autres. C'était l'endroit idéal. L'attrait de l'adrénaline avait joué aussi, un peu. Même si elle ne l'avouait jamais, pour ne pas effrayer ses proches, elle avait ça en elle. C'était un choix calculé, intellectualisé. Comme pour tous ses coéquipiers, le risque était également une part de l'équation qu'elle avait acceptée. Les quatre cents agents de la maison, qu'ils soient parachutistes, plongeurs, soutiens techniques, cynophiles, étaient tous préparés et physiquement entraînés de façon similaire. Cette exigence était absolue, car une fois en intervention personne ne pouvait se prévaloir d'une mise en retrait. L'unité primait toujours la fonction ou le grade, alors on en demandait ici un peu plus qu'ailleurs pour lutter contre les criminels les plus violents.

Ce jour-là, ce n'était pourtant pas en direction d'un terroriste ou d'un braqueur de banque qu'elle pointait le canon de son Glock 17, mais vers la poitrine de Julien, son adjoint. Placé vingt mètres plus loin, un plateau de fer au centre de son gilet pare-balles, son coéquipier était livide. Elle aussi, certainement, mais elle ne s'en rendait pas compte. Le tir de confiance, ou tir plateau, était un rituel pour tous les nouveaux membres de la maison et parfois pour les anciens aussi. Un genre de bizutage de l'extrême appliqué à un contexte qui l'était également. Chaque agent était tireur d'élite et s'entraînait plusieurs fois par semaine pour le rester. À différentes distances, sur cibles fixes, mobiles, dans l'obscurité ou la surexposition, tous les moyens étaient utilisés. Mais avec un coéquipier en chair et en os, l'exercice devenait très différent. Le plateau qu'elle devait ajuster ne mesurait pas plus de quinze centimètres. Un écart de visée et la balle s'enfoncerait dans le gilet de son coéquipier. À trois cent soixante mètres par seconde, l'onde de choc ne le tuerait pas, mais elle lui laisserait un souvenir douloureux. Un écart plus important et elle pouvait le frapper en pleine tête. Pour corser l'affaire, c'était toujours le coéquipier le plus proche qui était désigné. Une façon supplémentaire et assumée de mettre le tireur en situation de tension extrême. La confiance en l'autre, en ses capacités, était l'un des fondements nécessaires de la fonction. La fraternité d'armes était ainsi scellée dans la prise de risque. De toutes les coutumes du groupe, c'était certainement celle que Talia considérait comme la plus archaïque.

Elle se présenta sur le pas de tir. Le capitaine Luc Fresnel, qui effectuait ses exercices réglementaires, s'arrêta instantanément en la voyant. Il était probablement l'un des tireurs d'élite les plus brillants de l'unité. Fresnel adressa à Talia un sourire complice qu'elle ne remarqua pas. Une fois arrivée à distance respectable, elle ôta le cran de sûreté. Contrairement à ce que lui avaient conseillé les anciens, elle regarda Julien dans les yeux. Réflexe dérisoire pour essayer de rassurer celui sur qui elle allait tirer. Elle se rappela ses derniers résultats sur des exercices à vingt mètres. Sur cent tirs, elle ne manquait que trois ou quatre fois le centre de la cible. À cette distance, elle avait très peu de risques de rater le plateau, elle le savait, il lui fallait simplement s'ôter cette idée de la tête. Elle ferma les yeux un instant, fit le vide, imagina la trajectoire de la balle, la cible et l'impact. La projection ne serait qu'un prolongement rectiligne de son regard. Elle les rouvrit, tendit le bras, sentit un léger tremblement inhabituel dans le haut du biceps. Elle coupa sa respiration. Plus rien n'existait que cette mire argentée à deux dizaines de mètres. Autour d'elle, le silence était complet.

Un bruit sec ! Un second, immédiat et métallique. Le plateau se fendit en deux dans la diagonale et Julien recula d'un pas en grimaçant. L'instant parut interminable, puis des applaudissements nourris saluèrent la prestation de la nouvelle commandante. Talia releva la visée et fixa le regard de son coéquipier, qui poussa un cri de soulagement en regagnant le pas de tir. Aussitôt, il la serra dans ses bras. Un geste spontané inhabituel pour lui et qu'elle ressentit comme inapproprié, mais elle ne lui fit aucune remarque.

— Putain, hurla-t-il, si je me fais buter je veux que ça soit sous le feu ennemi, moi, par un terroriste sanguinaire, pas par ma coéquipière pendant un exercice de tir !

Un cercle d'agents se forma pour leur donner l'accolade. Talia était soulagée, mais elle avait été si stressée qu'elle avait du mal à l'extérioriser. Le chef du Raid n'assistait jamais à l'exercice. La plupart du temps, il n'en était d'ailleurs pas informé, c'était de coutume. Aussi, lorsque la voix du commandant Laville se fit entendre à l'arrière, la surprise fut totale. « Sans faillir[1] ! » cria l'un des agents. À l'exception de Talia, l'injonction fut reprise par tous les autres, comme pour justifier la mise en danger de la vie de l'officier qui venait d'avoir lieu. Leur supérieur leur fit signe de se mettre au repos.

— Félicitations, commandante Sorel, désormais vous faites partie des nôtres !

1. Devise du Raid.

— Merci, commandant, mais c'était déjà le cas avant.

— Pas tout à fait, non, répondit-il en souriant.

Il s'approcha si vite qu'elle pensa qu'il allait l'embrasser, mais il s'arrêta devant elle et lui serra la main.

— Je peux vous parler ?

Formulation élégante d'un supérieur s'adressant à un subordonné et qui sous-entendait en général que la conversation devait avoir lieu en privé. Talia répondit d'un mouvement de tête. Elle ôta le chargeur de son arme avant de s'accroupir pour ranger les deux séparément dans son sac.

— Avec un tir pareil, moi, je pressens une promo ! lança Julien avant de s'écarter, sous le regard affligé du commandant Laville.

Dans le long couloir traversant la partie administrative du bâtiment, des écrans suspendus projetaient des images silencieuses. Le car de Montpellier faisait toujours la une. En lucarne, un « consultant police-justice » s'agitait, micro à la main. Talia connaissait les derniers rebondissements de l'affaire et savait que son collègue Peterson était en place pour un premier contact avec les preneurs d'otages. Sur le moment, elle avait été déçue de ne pas être retenue pour cette affaire. Elle était affectée, comme une sportive qui s'entraîne dur mais qui n'est pas sélectionnée pour la rencontre capitale. Cette éphémère contrariété s'était rapidement transformée en solidarité envers son collègue sur la brèche. La cohésion était la règle. Cependant, ce soir-là, devant le silence énigmatique du commandant et les images, un trouble qu'elle n'aurait pas pu verbaliser la saisit. Une intuition. Les choses n'avaient pas l'air de se passer comme prévu.

# – 9 –

Ce n'était que la seconde fois que Laville lui proposait un tête-à-tête dans son bureau. Il n'était pas coutumier du fait. La première, c'était lors de l'intronisation de Talia, un an plus tôt. Il avait été plutôt chaleureux, accueillant, mais l'avait fermement mise en garde. En tant que commandante, elle faisait partie des agents les plus gradés de l'unité. L'exigence qu'il aurait envers elle serait à la mesure des attentes dues à son rang. Peut-être savait-il en lui-même qu'elle faisait partie des deux personnes – avec Cyril Ederman, son second – qui lui succéderaient un jour à la tête de l'unité. Elle le savait aussi. Il n'était pas prêt à laisser la place et ce jour-là il le lui avait bien fait comprendre. Il ferma la porte et ne lui proposa pas de s'asseoir.

— Talia, vous partez immédiatement pour la Bac de Paris. Vous êtes intégrée dans l'équipe des cars.

Surprise, elle observa un moment de silence. Derrière lui, un écran de télévision présentait une mosaïque de tout ce qu'on pouvait trouver comme informations en direct. Un genre de melting-pot des grands dérèglements de la planète.

— Je ne comprends pas !

— Tant mieux. Vous m'auriez répondu différemment que cela m'aurait intrigué…

— Je pensais que vous aviez choisi Peterson pour négocier.

— C'était le cas.

— Et alors ?

— Il s'est passé quelque chose hier soir, lors du premier contact.

— Quelque chose de quel ordre ?

Il passa derrière son bureau pour se laisser tomber dans un vieux fauteuil aux accoudoirs déchirés qui émit un grincement plaintif sous son poids.

— Le ravisseur refuse de parler avec lui.

— Comment ça, il refuse ?

— Il n'a pas donné d'explication. Il ne veut pas lui parler, c'est tout.

Elle réfléchit à la situation. Sachant que c'était le ravisseur qui avait sollicité le contact, il n'était pas anodin qu'il refuse le négociateur qu'on lui envoyait. Sa réflexion fut interrompue par la voix impatiente de Laville.

— En revanche, il a fait une demande encore plus inattendue.

Talia ouvrit de grands yeux interrogatifs.

— Il vous veut comme interlocutrice.

— Je vous demande pardon ?

— Vous m'avez bien entendu. Il ne veut parler à personne d'autre.

— Nommément ?

— Nommément, oui !

Ils se turent quelques instants. Laville observa sa réaction.

— Comment connaît-il mon nom ?

— Je n'en sais rien, il n'a répondu à aucune question. L'échange a été bref. Moins d'une minute.

Il a fixé un nouveau rendez-vous, ce soir à 19 heures. C'est lui qui appelle.

— Avec moi ?

— Avec vous.

— Vous avez une idée de leur nombre ou de leur profil ?

— Aucune, si ce n'est qu'ils sont diaboliquement organisés. Les techniciens pensent avoir identifié la provenance de l'appel dans le Morbihan, donc ce soir tout le monde sera en état d'alerte. Les hommes et moi, nous partons pour la Bretagne en début d'après-midi et vous, pour les Batignolles.

— Vous savez, commandant, il y a des femmes dans votre section, fit-elle remarquer machinalement.

— Oui, c'est une façon de parler !

— Ça serait plus pratique que je sois sur place avec vous, durant l'appel. Si jamais il devait y avoir des imprévus.

— Je suis d'accord, mais les responsables de l'enquête seront aux Batignolles, donc c'est là que vous serez. Provisoirement, vous êtes détachée de mon commandement, et vous officierez sous la responsabilité du commissaire Thomas Shepherd.

— Bien.

— Votre objectif sera de faire parler l'interlocuteur suffisamment longtemps pour qu'on puisse l'identifier et le cueillir en flagrant délit. Ensuite, j'espère que tout ira très vite pour les localiser. L'armée et la gendarmerie seront mobilisées partout sur le territoire.

— Et s'il ne parle pas ?

— Il parlera !

— Commandant… Interpeller leur contact, pour peu qu'on y parvienne, mettra inévitablement les enfants en danger.

— Je le sais ! Mais ce sont les directeurs de l'anti-terrorisme et de la police qui dirigent, et après plus de sept jours d'inertie ils ont besoin de résultats visibles. Vous comprenez ? Vous ne serez là-bas qu'en soutien pour la négo, sans aucune autre prérogative.

— Vous appelez ça une négo ? Si vous arrêtez mon interlocuteur pendant que je suis en train de lui parler, on ne va pas aller loin. Le négociateur n'est souvent qu'un maillon, la partie émergée de l'organisation terroriste. L'arrêter ne réglera pas le problème et ne nous permettra pas forcément de remonter jusqu'aux enfants.

— Talia, je le sais et je vais être plus clair. Nous n'avons pas la main ! Alors vous y allez, et vous faites au mieux pour en savoir le plus possible en un minimum de temps. Chaque mot qu'il prononcera aura de l'importance.

— Très bien.

— Et puis, il y a un autre *input* que je dois vous donner, mais en *off* cette fois.

— Un bon ?

— Non, pas vraiment !

— J'ai hâte…

— Le ministre n'a pas apprécié que le terroriste demande un changement d'interlocuteur.

— Vous m'en direz tant.

— Il laisse entendre que vous êtes peut-être « dans le coup ». Qu'il faut vous tenir à l'œil. Je pense que vous devez déjà avoir la DCRI[1] au cul.

— Super !

— En effet. Je préfère que vous ayez tous les éléments en tête.

1. Direction centrale du renseignement intérieur, issue de la fusion en juillet 2008 des anciens RG (Renseignements généraux) et de la DST (Direction de la surveillance du territoire).

— Merci, commandant. Je ne sais pas comment ce type connaît mon identité. (Elle réfléchit un instant.) Il aurait peut-être demandé à changer avec n'importe quel négociateur.

— Ah oui ? Pourquoi ça ?

— Parce que, ainsi, il prend l'avantage sur la relation. Avant même qu'elle commence. Il impose son choix et met immédiatement son interlocuteur en état d'infériorité.

— Car c'est lui qui l'a choisi…

— Exactement !

Laville resta lui aussi silencieux. C'était l'hypothèse la plus probable.

— Faites ainsi la prochaine fois que vous aurez un litige avec votre banquier ou votre assureur, ajouta Talia, et vous verrez qu'on vous prêtera tout de suite beaucoup plus d'attention.

— D'accord, je comprends l'idée.

— Eh bien, vous devriez l'expliquer au ministre ! En tout cas, cela nous donne une première information intéressante sur le profil du ravisseur.

— Laquelle ?

— Il est rompu aux techniques de négociation.

# – 10 –

*Bretagne, deux ans plus tôt*

« Deviendrai-je le héros de ma propre vie
ou cette place sera-t-elle occupée
par quelqu'un d'autre ? »
Charles Dickens

**Gérald Mansour**
**1988-2022**

L'inscription sur une pierre tombale constitue le résumé le plus lapidaire de l'existence de quelqu'un. Puissant ou misérable, lors du jour dernier, l'unique différence n'est plus qu'arithmétique : la durée du passage.

Il pleuvait sans discontinuer sur le cimetière de la ville. Une pluie épaisse qui ne le quittait plus depuis qu'il avait posé le pied en France. Devant le carré militaire abritant la dépouille de soldats britanniques venus mourir en France quatre-vingts ans plus tôt, abrité sous un grand parapluie noir, des lunettes teintées, Gérald Mansour était méconnaissable. À côté de lui, Tarek se faisait le plus discret possible. Dix minutes déjà que Gérald observait de loin la cérémonie. Il ne souffrait d'aucune solastalgie, pourtant être ici provoquait en lui une émotion particulière. Le prêtre fit descendre le cercueil en terre, accélérant ainsi la procédure pour ce qui n'était qu'une usurpation d'enterrement. Après une longue et douloureuse agonie, son père était parti. La peine s'était étirée dans le temps, progressivement, si bien qu'elle s'était amoindrie. La mort de Robert Mansour n'avait été qu'un aboutissement, une délivrance après de nombreux mois de souffrance. Sa vie avait été belle. Professeur de lettres classiques durant des années dans une université privée de Marrakech, il avait décidé que la cécité ne serait jamais un obstacle à son bonheur. Il avait enseigné le français, le latin, le grec, les grands auteurs, à des enfants issus de l'élite franco-marocaine. Comme la plupart des aveugles de naissance, il avait tant d'aisance au quotidien qu'on oubliait parfois son handicap. Il avait mémorisé tous ses espaces habituels et s'y déplaçait seul et sans risque. Pour lui, la vie sans la vue avait toujours été naturelle, car c'était la seule qu'il connaissait. La contrepartie, c'est que ses autres sens étaient bien plus développés que la norme. Il devinait dans une intonation hésitante, dans un silence ou une odeur des choses qui passaient totalement inaperçues pour la plupart des voyants. Robert Mansour disait souvent que son ressenti n'était pas altéré par les images parasites de l'extérieur et que la vue était un réducteur de sensations pour les autres sens. Il répétait à qui voulait l'entendre que tout un chacun pouvait parvenir à son état de sensibilité avec un peu d'entraînement, seulement le cerveau n'entretenait pas de capacités dont il n'avait pas besoin.

Gérald avait reçu ce don de son père. À la naissance ? Peut-être. Par son éducation ? Probablement. Il n'en savait rien, mais bien qu'il ne soit pas aveugle, il possédait cette capacité à deviner ce que pensaient les autres sans qu'ils aient besoin de l'exprimer à voix haute. Longtemps, il avait imaginé que cette faculté particulière était le fruit de son imagination encouragée. Ce n'est qu'à l'adolescence, lorsqu'il avait rejoint son père au Maroc, puis lorsqu'il avait commencé à travailler dans la téléprospection, qu'il s'était rendu compte de son réel potentiel. Lorsque le client décrochait son téléphone et qu'il acceptait d'échanger deux mots, son sort était scellé. Bien qu'il ne le sache pas encore, il allait acheter des panneaux solaires, des fenêtres, des volets électriques, une assurance complémentaire, un abonnement à une revue qui ne le concernait pas. Peu importe, mais il allait acheter ! Gérald était capable de l'emmener exactement où il voulait, en douceur, en percevant malgré la distance tout ce que son interlocuteur avait en tête. Ses collègues considéraient que son taux de concrétisation supérieur à 90 %, alors que la moyenne ne dépassait pas les 15, était quasi paranormal, la preuve scientifique d'un don particulier. Afin de l'améliorer, il s'était mis à s'entraîner sur des proies plus difficiles. Aux impôts, on lui avait plusieurs fois octroyé des dispenses, sans qu'il ait à fournir le moindre justificatif. Il avait un jour appelé le secrétariat de l'Élysée et réussi à être mis en communication avec le président de la République pour se plaindre de voisins bruyants. Une autre fois, il avait obtenu l'interview d'un général cinq étoiles pour un magazine de charme. Un soir, il avait réussi à faire suspendre l'électricité de tout un quartier de Marrakech pendant plusieurs heures. Rien ne semblait résister au magnétisme de sa voix. Il ne lui manquait plus qu'un objectif à sa mesure.

« Accompagner par la prière ceux qui nous ont quittés… » La tonalité sombre et psalmodique du prêtre résonna dans sa tête. Après un jet d'eau bénite sur le cercueil déjà détrempé par la pluie, celui-ci lut la dernière épître de Paul : « Frères, nous ne voulons pas vous laisser dans l'ignorance au sujet de ceux qui se sont endormis dans la mort ; il ne faut pas que vous soyez abattus. Jésus, nous le croyons, est mort et ressuscité. » Gérald réfléchit un instant à ces paroles. Il ne croyait pas si bien dire, le curé. Son regard s'arrêta sur les personnes qui assistaient à l'office. Quelques vieux copains de fac qu'il reconnaissait à peine, une voisine très âgée, des inconnus et surtout, au premier rang, sa sœur Myriam. C'était avant tout pour elle qu'il était venu. Ils n'avaient plus de contact depuis des années et pourtant elle semblait sincèrement inconsolable. Cette tristesse le toucha d'autant plus qu'il ne s'y attendait pas. À côté d'elle, une autre femme éplorée dissimulait son âge sous des vêtements à la mode bien trop serrés. C'était Mathilde Lampin-Mansour, sa mère, ou plus exactement la femme qui l'avait mis au monde. Comme au théâtre, elle surjouait une tristesse qu'il savait imaginaire. Cela faisait plus de quinze ans qu'il ne l'avait pas vue. Elle avait vieilli.

Gérald s'était placé à l'écart, anonyme. Privilège inouï que de pouvoir assister à ses propres funérailles, se dit-il. Il fixa son regard un instant sur son nom gravé sur la stèle et eut envie de rire devant le burlesque de la situation. L'idée lui était apparue quelques mois plus tôt, alors que son père était mourant, comme une évidence, un passage de témoin logique. Disparaître, effacer la médiocrité de ses trente-quatre premières années d'existence pour se glisser dans celle, plus vénérable, d'un brillant professeur aveugle de soixante-trois ans. Il n'y avait pas que la noblesse de la figure de son père qui l'intéressait, mais des considérations bien plus matérielles : conserver la jouissance de ses biens sans payer de droits de succession, percevoir une pension d'invalidité ainsi que la retraite de professeur de lettres pour continuer à vivre presque normalement. Bien qu'il soit alors dans sa période de préavis de licenciement, son assurance professionnelle chez TéléMarketPro prévoyait également une belle somme d'argent en cas de décès, dont le bénéficiaire était son père. C'était la cerise sur le gâteau. Une prime de départ, en quelque sorte, qui n'avait jamais aussi bien porté son nom. Le subterfuge lui était apparu comme une chance unique.

Au Maroc, les formalités avaient été très simples. Pour quelques milliers de dirhams, il avait facilement convaincu le médecin de son père de lui délivrer un certificat de décès au nom de Gérald plutôt que Robert Mansour. Tout le reste était exact, le jour, l'heure de la mort et sa cause : une leucémie dégénérative. Tarek s'était occupé des démarches administratives auprès du consulat pour le rapatriement du corps en Bretagne, dans le caveau familial, afin soi-disant de respecter la volonté de Gérald d'être enterré parmi les siens et de brouiller les cartes. Seul le prénom sur la stèle serait erroné, ou du moins anticipé. Personne ne viendrait vérifier qui était réellement dans le cercueil fermé au Maroc, qui ne serait jamais rouvert. Gérald était devenu une sorte de mort-vivant.

Trop heureux de continuer à travailler à son service et de venir enfin dans ce pays qui le faisait tant rêver, Tarek n'avait émis aucune objection. Ce matin-là, anonymes et légèrement en retrait, sous la bruine bretonne, aucun des deux hommes ne se doutait de la tournure qu'allait prendre leur vie.

# – 11 –

*Paris, XVII^e arrondissement,*
*quartier des Batignolles,*
*bureaux de la Bac*

Talia patientait dans la cafétéria du troisième étage depuis un quart d'heure. Assise sur une chaise haute, une fine paire de lunettes sur le nez et son portable posé devant elle, elle examinait les documents que lui transmettait progressivement le commandant Laville. Comme il l'avait présumé, la police était facilement parvenue à localiser l'appel émis avec le téléphone de l'un des enfants, au large des côtes du Morbihan. Probablement à bord d'un des chalutiers qui naviguaient dans la zone. Le ravisseur avait-il imaginé se mettre à l'abri en s'écartant des lieux habités ? C'était tout l'inverse qui s'était produit, car il n'y avait qu'un seul bateau, le *Gwen-Bleiz,* dans le périmètre couvert par le relais téléphonique au moment de l'appel. Il aurait été bien plus difficile à localiser s'il s'était trouvé au centre d'une zone d'habitations, un coup de chance inespéré pour l'enquête. L'identité du propriétaire avait été facilement établie : un certain Juhel Abragrall, un patron-pêcheur défavorablement connu des services de police pour différents faits de violence. Il n'avait écopé que de peines légères, mais son ADN avait été enregistré au fichier national des empreintes génétiques et pourrait être comparé à ceux trouvés dans le car de Montpellier. Cela aussi, c'était inespéré. Le commissaire Shepherd ne comptait pas attendre jusque-là et voulait interpeller le suspect en flagrant délit le soir même. Talia n'était pas persuadée du bien-fondé de cette stratégie qui supposait que Juhel Abragrall était bien le négociateur des terroristes et qu'il permettrait de remonter jusqu'aux enfants. Elle l'avait dit à Laville avec autorité, car elle savait d'expérience que dans les prises d'otages, où qu'elles aient lieu dans le monde, l'interlocuteur mandaté était rarement informé du lieu de détention ni même de l'identité des ravisseurs.

Elle regarda sa montre. Elle commençait à trouver le temps long. L'agent qui l'avait accueillie avait dû l'oublier. Peut-être n'avait-il pas informé le commissaire Shepherd de son arrivée ? Ou peut-être que celui-ci la faisait poireauter à dessein. Elle fut fixée lorsqu'elle vit un homme correspondant à la description du commissaire débarquer dans la cafétéria vide, accompagné de la jeune femme au blouson de cuir clouté qu'elle avait repérée à la télévision le jour de l'enlèvement. Elle comprit rapidement qu'ils ne savaient pas qu'elle était arrivée, ni même à quoi elle ressemblait.

Shepherd glissa deux pièces dans le distributeur et sélectionna un café court non sucré.

— Ce soir, tout doit aller très vite, dit-il à la capitaine Ève Melville. Dès qu'on aura la main sur notre bonhomme, tu feras mettre HS le relais téléphonique pour qu'aucun appel ne puisse être émis ou reçu.

— OK, patron.

Il lui tendit le gobelet et en fit couler un second pour lui.

— Je veux qu'ils n'aient aucune information sur ce qui se passe en mer. Le temps qu'ils réalisent, on sera sur eux.

— D'accord. Est-ce qu'on informe la négociatrice ?

Talia hésita à les interrompre pour se présenter, mais, curieuse de savoir ce qu'il allait répondre, elle n'en fit rien.

— Elle doit déjà le savoir ! Sur le reste, on lui en dit le moins possible. Je ne sais pas qui elle est exactement, mais je fais zéro confiance à une nana qui nous est imposée nommément par l'ennemi.

— Elle est commandante au Raid, quand même.

— Oui, elle pourrait être cardinal à Rome que ça serait pareil !

— J'ai reçu les éléments de la DCRI que vous avez demandés la concernant.

— Et ils racontent quoi ?

Ève posa son café et chercha le document sur la tablette qu'elle avait apportée. Pendant ce temps, Shepherd balaya l'espace du regard et s'arrêta sur la jeune femme derrière son ordinateur. Il la trouva jolie et ne fit pas preuve du plus grand discernement en lui adressant un sourire charmeur. Elle lui répondit d'un sourire poli, qui ne laissait transparaître aucune familiarité.

— Elle s'appelle Talia Sorel, l'interrompit l'enquêtrice, elle a trente-quatre ans. Célibataire. Elle est mère d'un garçon de onze ans.

— Formidable. Quoi d'autre ?

— Elle est dans la police depuis plusieurs années.

— Au Raid ?

— Non, seulement depuis un an.

— Elle doit avoir de sérieux pistons pour être commandante à trente-quatre ans.

— Je ne crois pas. Elle est plutôt surdiplômée, notamment en sciences comportementales et en psychologie criminelle. Elle est sans doute ce qui se rapproche le plus d'une profileuse. Si le ravisseur l'a réellement choisie au hasard, il va tomber sur une sacrée cliente.

— Il faudra qu'on m'explique comment on choisit par hasard une commandante du Raid dont l'identité est secrète.

Il mit ses lunettes pour regarder rapidement les pages qu'elle faisait défiler devant lui.

— Il doit bien y avoir des petites zones d'ombre dans le tableau, non ?

— Professionnellement, il n'y a pas grand-chose qui puisse lui être reproché. Quelques dingos qui se sont fait exploser le caisson lorsqu'ils parlaient avec elle, mais c'est la routine dans ce type de fonction.

— Tu as sa photo ?

Talia s'enfonça subitement dans son siège, essayant vainement de disparaître derrière l'écran de son ordinateur.

— Non, sa photo est classée secret-défense.

Elle respira à nouveau.

— Pour nous également ?

— Oui, pour nous, pour tout le monde.

— C'est merveilleux ! Eh bien, secret-défense ou non, on va la garder à l'œil. Tu prends n'importe quel prétexte pour récupérer son 06 et tu demandes à un juge de la mettre sur écoute.

— Il ne voudra jamais…

— Tu lui dis que c'est un suspect en contact avec les terroristes. Sans plus de détail. Ça suffira !

Ève Melville savait que cela ne suffirait pas, mais Shepherd n'aimait pas être contredit, alors elle acquiesça. Ils quittèrent l'espace de repos en emportant leurs cafés. En sortant, Shepherd sourit à la jeune femme derrière son écran. Elle lui rendit son sourire, puis se replongea dans les éléments de l'enquête.

# – 12 –

*Val Formazza, Alpes italiennes*

« On reconnaît le bonheur au bruit
qu'il fait quand il s'en va. »
Jacques PRÉVERT

Pierre Jonquet recompta l'argent que ses parents lui avaient donné. Sept pièces d'un euro, plus quelques centimes. Ajoutés au billet de vingt, cela faisait très exactement vingt-sept euros et cinquante-sept centimes. Une sacrée somme, mais insuffisante pour rentrer en Bourgogne par le train. L'enfant fut tiré de ses pensées par des coups sur la porte de la chambre du premier étage, trois secs suivis de deux plus espacés. C'était le code.

— Entrez ! cria-t-il.

La porte n'était pas verrouillée. Zora, Léo et Tommy pénétrèrent avec les bras chargés de sodas, de chips et de barres chocolatées qu'ils déversèrent sur le lit de Pierre.

— À table ! dit Léo joyeusement.

Par la fenêtre, on voyait une obscurité sans lune. Seule la pointe des sommets enneigés qui les encerclaient était suffisamment lumineuse pour percer la nuit. Le bruit des canettes de soda qu'on ouvre et l'explosion des paquets de chips mirent tout le monde en joie, excepté Pierre qui gardait cette attitude renfrognée qui ne le quittait pas depuis plusieurs jours. Le festin sucré et salé dura quelques minutes, après quoi Zora, qui était la plus âgée de la bande, du haut de ses treize ans et sept mois, s'inquiéta du manque d'enthousiasme de son camarade.

— Tu manges pas ? lui demanda-t-elle.

— Non, répondit Pierre fermement.

Il y eut un moment de silence. Les trois autres le regardèrent avec un mélange de moquerie et d'incompréhension.

— J'en ai assez des chips et du chocolat.

— Personne n'en a jamais assez des chips et du chocolat, rétorqua Léo.

— Moi, si. C'est pas normal, ce qu'il se passe ici.

— Je la trouve super, cette colo, répondit Léo, la bouche pleine.

— Ça fait sept jours qu'on est arrivés. On n'a pas pu appeler une seule fois nos parents. Ils doivent être super inquiets. Les miens, c'est sûr qu'ils se demandent pourquoi je ne les appelle pas. Et c'est sûr qu'ils ont essayé de contacter la colo pour avoir des nouvelles.

— Y a pas de réseau, ils comprendront. Ça doit être prévu.

— Non, ils ne comprendront pas. Je devais téléphoner à mon père ou lui écrire tous les soirs, c'était un ordre !

— C'est bien un keuf, ton père, à te donner des ordres, dit Léo.

— Ils te manquent, tes parents ? reprit Zora, hésitante, en s'adressant à Pierre.

— Pas toi ? fit Pierre, vexé, puis il jeta un regard noir à Léo.

— Si, bien sûr, répondit la jeune fille.

— Déjà, pourquoi on n'a plus nos portables ?

— Ils ont dit qu'ils avaient envoyé un message à tout le monde depuis la ville. Avec des photos, en plus, répliqua Tommy.

— Des photos ? Mais de quoi ? On ne fait rien ! Qu'est-ce qu'ils leur disent ? Ils leur montrent quoi ? Des jeux vidéo et des paquets de chips ? Je répète, pourquoi est-ce qu'ils nous ont piqué nos portables ?

— Elle a expliqué, la cheffe, répondit Tommy avec pédagogie. Il n'y a pas de réseau, ils nous servent à rien. Ils nous les gardent pour qu'on se les fasse pas piquer dans les chambres.

— Tu répètes bêtement ce qu'on t'a dit.

— C'est logique !

— N'importe quoi. Ils ont pas le droit de nous prendre nos téléphones. Il n'y a pas de réseau, pas d'Internet, pas de télé. Et puis l'endroit ressemble pas du tout aux photos.

— C'est vrai, ça, confirma Zora. Je pensais que je me rappelais mal !

— C'est pas normal de passer nos journées à jouer tout seuls. On mange n'importe quoi, quand on veut. Des colos, j'en ai déjà fait, reprit Pierre, et ça marche pas comme ça. Pas du tout !

— Moi, je trouve que c'est cool, continua Léo. On a des écrans 50 pouces 4K, la PS5, la Wii, tous les jeux de la terre et des Kinder Bueno à volonté. De quoi tu te plains ?

— On a tous les jeux mais on peut pas jouer en ligne, ni se connecter à rien. Tu trouves pas ça bizarre, toi ?

— Ils l'ont dit, répéta Tommy en insistant. On est à la montagne, y a pas un réseau suffisant !

— On se couche et on se lève à l'heure qu'on veut. Personne nous dit quoi faire. C'est le paradis, reprit Léo.

— Personne nous dit quoi faire, sauf qu'on doit rester à l'intérieur de la clôture. Ça fait une semaine qu'on sort pas. Super, la classe de neige, ironisa Pierre. Personne nous dit de nous laver, déjà. J'ai jamais vu ça en colo.

— Personne ne vous oblige à vous laver, coupa Zora, mais si vous voulez que je reste dans votre chambre il va falloir que vous passiez à la douche quand même.

Tommy et Léo la regardèrent comme si elle venait de leur présenter une assiette de brocolis. Pierre balbutia confusément avant de se reprendre et d'ajouter :

— Même qu'on soit autorisés à être dans la chambre avec une fille, c'est pas normal !

— Ça va, on est plus des bébés, dit Tommy en prenant un air docte.

— Justement, répliqua Pierre. Depuis une semaine, on est enfermés. On a rien fait, ni ski, ni randos, ni aucune des activités prévues. Qu'est-ce qu'on fait ici ? Réfléchissez ! Moi, je suis sûr qu'on est en danger.

Tout le monde resta silencieux. Ils avaient le sentiment que leur copain surjouait beaucoup son rôle de fils de policier mais n'osaient pas lui faire remarquer que c'était ridicule.

— Je vous le dis, je vais m'enfuir !

— Tu veux fuguer ? s'exclama Tommy.

— De l'action ! s'enthousiasma Léo. Quel est le programme ?

Dans l'esprit de l'adolescent, c'était comme si Pierre venait de leur annoncer qu'il allait s'attaquer à une mission cachée de *Call of Duty*. La conversation devenait autrement plus plaisante pour lui.

— Non, je vais pas *fuguer*, je vais m'échapper et prévenir la police que nous avons été kidnappés.

— Yep ! Il va y avoir de l'action, reprit Léo en se frottant les mains.

Zora ne disait plus rien. Elle trouvait Pierre courageux, il avait un côté romantique qui lui plaisait. Elle était impressionnée par sa personnalité depuis le premier jour de classe et trouvait qu'il avait plutôt raison. Au fond, elle aussi en avait assez de cette classe de neige où on ne mettait pas le nez dehors. Elle commençait à s'ennuyer et n'avait pas le goût des jeux vidéo, où elle servait au mieux de faire-valoir aux autres.

— Tu vas faire comment ? demanda-t-elle.

— J'sais pas encore.

— On est dans la montagne, en pleine forêt et il gèle dehors, remarqua Tommy. T'es pas équipé. Autour, il y a des bois, des falaises et de la neige. Si tu pars, tu vas mourir de froid.

— Ou te faire manger par les loups, ajouta Léo en se léchant les babines.

— Et si tu suis la route, ils te retrouveront vite et ils te puniront, reprit Tommy.

— Je suis pas un idiot, répondit Pierre. Je trouverai.

— C'est une idée stupide, dit Léo, soudain sérieux. On est au milieu des vacances, on vit notre meilleure vie. Et toi, tu veux aller te les geler on sait pas où à cause de ta parano de flic ! Oublie. On a encore une semaine ici, tu vas pas nous la gâcher.

— Tu comprends pas, dans une semaine il sera trop tard.

— Qu'est-ce que tu crois qu'ils vont nous faire de si méchant ? Nous gaver et faire du foie gras ?

Agacé et à court d'arguments, Pierre se leva d'un bond.

— Vous comprenez rien !

Il quitta la chambre en claquant la porte derrière lui. Il descendit d'un pas bruyant l'escalier qui menait vers l'extérieur. Quelques instants plus tard, Zora le suivit, non sans avoir tancé ses copains pour leur égoïsme.

Assis dans la pénombre près de l'entrée du bâtiment, Myriam Mansour les regarda passer. Elle avait entendu les éclats de voix. Elle en avait saisi le sens. Depuis un moment déjà, elle avait Pierre à l'œil. Il posait trop de questions et regardait tout d'un air soupçonneux. Elle alluma une cigarette, les laissa prendre un peu d'avance, puis suivit discrètement leur mouvement pour connaître la raison de cette sortie nocturne.

## – 13 –

*Paris, XVII$^{e}$ arrondissement,*
*quartier des Batignolles*

Lorsque la négociatrice du Raid pénétra seule dans la salle des opérations, le DGPN Paul Hamon, le ministre de l'Intérieur, le commandant de la DGSI, le commissaire Shepherd, la capitaine Ève Melville et les agents techniques y étaient déjà. Talia n'avait jamais négocié avec autant de monde autour d'elle. En temps normal, elle imposait à ceux qui n'avaient pas de raison de se trouver là de s'en aller. C'était important pour elle de se créer un sentiment d'intimité, afin de ne pas amoindrir ses sensations par des artifices de représentation sociale. Mais ce jour-là elle avait vite compris que ce ne serait pas possible. Paul Hamon se dirigea tout de suite vers elle. Ils s'étaient rencontrés quelques mois auparavant lors de son intronisation au Raid. C'était un homme petit, trapu, les cheveux peu entretenus. Son bronzage artificiel le faisait vaguement ressembler à une carotte. Après une poignée de main franche, il se proposa de lui présenter les personnes qui seraient présentes durant l'échange avec le preneur d'otages.

Assis au centre, le commissaire Shepherd reconnut immédiatement la jeune femme de la cafétéria. Il balbutia son grade et son nom tout en lui adressant un sourire gêné que, cette fois, elle ne lui rendit pas. Le ministre la salua avec simplicité. Il avait ce même regard qui fixait le lointain et cette petite contraction souriante des muscles du bas du visage qu'elle avait remarqués en le voyant à la télévision. Ça donnait l'impression qu'il saluait quelqu'un d'autre tout en lui serrant la main.

Face à eux, trois écrans présentaient en mosaïque les images des caméras accrochées aux gilets des agents prêts à intervenir sur le chalutier. Bien que distants, les visages lui étaient familiers. Au premier plan, un pied sur la rambarde, elle reconnut facilement le commandant Laville qui, fidèle à son habitude, masquait la moitié de son visage avec sa cagoule. À ses côtés se tenait le commandant en second Cyril Ederman, volontiers blagueur et chaleureux au quotidien mais dont l'attitude révélait la tension d'un homme totalement focalisé sur sa mission. Derrière eux, les autres étaient silencieux et concentrés. La mer est un milieu hostile pour une interpellation. Elle accroît sensiblement les difficultés et réduit les possibilités. Talia avait un mauvais pressentiment. Un grand nombre de ses coéquipiers étaient exposés pour cette opération.

Elle s'assit devant le téléphone équipé d'un casque à microphone intégré, indispensable pour qu'elle puisse s'isoler un minimum et se concentrer malgré la petite foule qui l'entourait. Une webcam était pointée sur elle, pour pouvoir décrypter *a posteriori* son langage corporel en cas de problème. Ça aussi, c'était une première, mais elle ne s'en formalisa pas. Cette affaire était exceptionnelle, la plus importante qu'elle avait eu à traiter depuis son entrée au Raid, et cela nécessitait quelques concessions au protocole. Elle sortit le carnet à spirale qu'elle utilisait pour noter ses impressions au fur à mesure de la conversation. Elle n'écrivait la plupart du temps que des bribes d'idées qui se résumaient à un ou deux mots, mais qui lui permettaient après coup de se remémorer ses émotions et quelques informations saillantes sur son interlocuteur. Remis de sa gêne et travaillé par le soupçon, le commissaire Shepherd l'interpella sans ménagement.

— Votre supérieur vous a transmis les conditions de votre entretien ?

— Quelles conditions ? répliqua-t-elle sèchement.

— Détendez-vous, agent Sorel, vous n'êtes pas en territoire ennemi.

— Commandante, le reprit-elle.

— Commandante. Je veux juste m'assurer que nous sommes tous sur la même longueur d'onde.

— Si vous vous en inquiétez, commissaire, c'est probablement que ça ne doit pas être le cas.

Le silence s'était fait autour d'eux. Sans le montrer, tout le monde écoutait leur échange avec attention. Surpris de la tonalité de la conversation entre le responsable de la cellule antiterroriste et celle qui allait être en contact avec le ravisseur, le DGPN rappela tout le monde au devoir de collaborer.

— Je vous répète les consignes, reprit le commissaire Shepherd d'un ton plus pédagogue, pour qu'il n'y ait pas de malentendu. Vous n'êtes pas là pour négocier, mais pour faire parler notre bonhomme le plus longtemps possible. L'objectif de l'opération est de l'interpeller en flagrant délit.

— J'ai bien compris, commissaire. Ne soyez pas inquiet. Je vais lui faire la conversation.

— Très bien.

— Cependant, commissaire, je pense qu'il est de mon devoir de vous proposer une autre option.

— Ah oui ?

— Il est probable que l'interlocuteur ne soit qu'un pion sur l'échiquier. Et pas nécessairement un pion d'importance. Il ne saura peut-être rien du lieu de détention des enfants. En l'interpellant ainsi, nous risquons de nous priver du contact avec les vrais ravisseurs.

Peu habitué à se trouver en face de quelqu'un qui conteste aussi frontalement ses décisions, le ministre s'écarta et feignit de ne pas entendre pour ne pas avoir à prendre part à l'échange.

— C'est sans doute pour cela que vous êtes négociatrice, commandante Sorel, et pas responsable de l'enquête.

— Je sais, commissaire, néanmoins je m'en serais voulu de m'être tue. Je souhaite vivement avoir tort.

— J'en prends note. Mais vous oubliez un point important : ils ont besoin d'exprimer leurs conditions. Si on met hors jeu leur négociateur, ils nous en enverront un autre, car ils n'auront pas d'autre choix. Mais en attendant, on les aura désorganisés. Et croyez-moi, on va en profiter.

Talia sortit l'ordinateur de son sac et ne lui adressa plus la parole. Elle avait dit ce qu'elle estimait devoir dire. Elle vérifia si Julien ne lui avait pas envoyé d'informations de dernière minute, comme il le faisait presque tout le temps. Mais vu le manque d'éléments, cette fois, c'était plus compliqué et elle ne trouva rien d'autre qu'un « *good luck* » accompagné d'une émoticône aux doigts croisés. C'était mince. En phase de négociation, il y avait toujours une part aléatoire importante, une marge d'incertitude, la nécessité de s'adapter à la situation. En général, elle possédait suffisamment d'éléments sur son interlocuteur pour maîtriser les paramètres de la discussion et réduire la part d'inconnu. Pour la première fois de sa jeune carrière de négociatrice du Raid, ce ne serait pas le cas. Elle ne pourrait se référer qu'à son ressenti. Pour ce qui serait de faire la conversation, cela devrait suffire, mais quelque chose d'indéfinissable, dissimulé au fond d'elle, lui disait que les événements se dérouleraient différemment. Elle fixa le téléphone posé sur la table. L'écran affichait 18 h 52. Elle avait huit minutes pour faire le vide.

## – 14 –

*Bretagne, près de Dinard, deux ans plus tôt*

« Et quand ton regard pénètre longtemps
au fond d'un abîme, l'abîme,
lui aussi, pénètre en toi. »
Friedrich NIETZSCHE

Dans nombre de civilisations, le parricide est considéré comme un acte parfaitement contre nature. Celui du renoncement. La décision de ne plus tout à fait appartenir à son espèce, à ses codes, à ses valeurs élémentaires. Mais encore plus que le meurtre d'un père qui n'est parfois qu'un géniteur occasionnel, mettre fin à la vie de celle qui vous a porté, nourri et construit équivaut au suicide de sa part d'humanité la plus profonde. Pourquoi Gérald Mansour s'était-il retrouvé devant le pavillon aux tuiles d'ardoise où il avait passé son enfance ? Il n'en savait rien. Sans relation avec sa mère depuis longtemps, il n'avait jamais cherché à en avoir. Elle non plus. Ils ne s'étaient ni fâchés ni manqué. C'était pire, ils s'étaient ignorés, trahissant ainsi le peu d'intérêt qu'ils se portaient mutuellement. De son point de vue, il était orphelin de mère depuis quinze ans, mais la voir pleurnicher devant son cercueil avait déterré les incompréhensions enfouies de son adolescence. Ce manque d'estime qu'elle lui portait et auquel il n'avait jamais attribué beaucoup d'importance lui était subitement apparu comme insupportable. C'était comme si sa fausse mort lui avait montré sa vie telle qu'elle était.

Longtemps il avait attendu, dans le bar de l'angle de la rue des Bateliers et de la Martinique, le nez collé à la devanture. Il pleuvait et ventait, mais la terrasse intérieure était bien chauffée. Gérald avait observé les joueurs venant valider leurs tickets de PMU et d'autres, plus rares, encaisser leurs gains. Il avait bu une bière, puis une autre, feuilleté les journaux mis à disposition. Dans les annonces nécrologiques, il avait trouvé l'encart à son nom, probablement publié par sa sœur Myriam. Sa mère n'aurait vu aucun intérêt à une telle publicité. Quelques lignes sans chaleur, peu de chose.

Ce n'est que vers midi qu'il vit Mathilde quitter la maison. L'odeur des frites et des andouillettes grillées avait pris possession du bar. Elle était passée juste devant lui sans le voir, d'un pas rapide, abritée sous un parapluie griffé du logo d'un grand couturier. Elle était remarquablement élégante, parfaitement vêtue et maquillée. Le chagrin exhibé la veille au cimetière avait quitté son visage. La revoir ainsi lui rappela qu'après le départ de son père, et surtout du salaire de ce dernier, alors que sa sœur et lui, encore adolescents, manquaient de tout, elle avait toujours conservé l'apparence de la haute bourgeoisie. Comme si, pour elle, le paraître était supérieur à l'être. Il attendit quelques minutes avant de payer ses consommations, puis il sortit sous la pluie.

La boîte aux lettres indiquait « Mathilde Lampin-Mansour ». Bien que divorcée depuis plus de vingt ans, elle n'avait jamais trouvé utile de reprendre uniquement son nom de jeune fille. « Lampin-Mansour », ça faisait femme divorcée de la bourgeoisie, pour laquelle conserver les deux noms présente parfois un intérêt professionnel. Ce n'était évidemment pas son cas, mais elle aimait donner cette idée. Il fit plusieurs fois tourner le drapeau rouge en plastique que relevait une fois sur dix le facteur lorsqu'il déposait du courrier. Le portail en fer rouillé n'était pas fermé. Pour ne pas être remarqué de la rue, il contourna la maison par le jardinet. Celui-ci n'avait pas changé, il était juste moins entretenu qu'à l'époque où sa sœur et lui s'en occupaient. Il monta sur la terrasse à l'arrière, des pots et des balconnières gavés d'eau servaient de pataugeoires à des cadavres d'arbustes morts. Les fenêtres avaient été remplacées et leur aspect contrastait avec l'ancienneté du bâti. D'un coup de coude, il fractura celle de la cuisine en faisant tomber les débris vers l'intérieur. Il tenta de les éviter en franchissant le rebord et l'évier. La cuisine n'avait pas changé, c'étaient le même lino crasseux, le même électroménager fatigué. Il eut l'impression d'être revenu quinze années en arrière. Le salon lui procura une sensation identique. Tout était à la même place, hormis la photo d'un homme qu'il ne connaissait pas sur une étagère. Un vieux beau, les cheveux longs et gris, avec un blouson de cuir typique de la fin des années Giscard. Un côté Johnny discount, sans le regard de loup, un minable qui devait se sentir flatté d'être avec une femme comme sa mère. Tout ce qu'elle aimait. En revanche, aucune photo de lui ni de sa sœur à l'horizon.

Comme par habitude, il monta l'escalier. Malgré un père infirme, une mère dérangée et plus souvent alcoolisée qu'à son tour, il avait des souvenirs heureux dans cette maison. Il savait, bien sûr, que le temps embellit la réalité. Il traversa le couloir jusqu'à la dernière porte. Celle de sa chambre, son antre, là où personne n'avait jamais le droit de pénétrer sans son autorisation. Il s'était construit derrière cette porte, au milieu des livres, des déguisements et des copains qu'il ramenait de temps en temps. C'était l'endroit de ses premiers flirts et même de son dépucelage. Une très jolie fille, plus âgée et plus fortunée que lui. Tous les garçons couraient après elle, c'était la muse du lycée et c'était lui qui l'avait eue. Ça n'avait pas duré longtemps, mais suffisamment pour que les regards des autres se posent sur lui. Et puis, rapidement, elle avait compris qu'elle pouvait avoir mieux, plus beau, plus riche, plus drôle et populaire. Gérald s'était dit plus tard que seule son intelligence était supérieure, mais qu'à seize ans ce n'était pas ça qui attirait les filles. Cet épisode restait, néanmoins, l'un des plus heureux de sa vie.

En ouvrant la porte, il éprouva un choc brutal. Si la maison était restée quasiment identique, son ancienne tanière, elle, était devenue une sorte de salle de sport. La tapisserie bariolée de photos, les posters de Bruce Lee et de Kasparov avaient été remplacés par une tenture vert pastel du plus mauvais effet. À la place de son lit se trouvait un vélo d'appartement. Là où avait été son bureau, sculpté au cutter de ses œuvres et de ses pensées des années durant, se trouvait une commode de médiocre qualité. Il crut défaillir. De toutes les pièces de la maison, elle avait choisi de ne défigurer que celle-ci. De l'effacer lui, Gérald, comme s'il n'y avait jamais vécu. Comme si ses souvenirs étaient pure invention. Pour lui, ce lieu était sacré. Elle n'avait pas le droit. Il éprouva de la haine pour la responsable d'une telle profanation. Seul le parquet avait été épargné par la pécheresse. Il y repéra des imperfections du bois. Il retira ses chaussures et son pied nu reconnut immédiatement les fentes et interstices d'autrefois. Ses moments de joie, seul ou avec sa sœur Myriam, ses fous rires avec son père, et surtout ses heures de lecture, à voyager en rêve à travers le monde. L'idée de sa génitrice arrachant sa jeunesse lui était insupportable. D'un geste brutal, il projeta le vélo contre le mur pour s'allonger à l'emplacement exact où il avait dormi tant et tant de fois.

L'odeur du vieux plancher, la lumière du jardin qui venait se poser sur l'angle opposé de la pièce, heureusement, tout ça n'avait pas changé. Gérald s'assoupit en s'enivrant des fragrances chaotiques du passé et des espoirs de grandeur qui l'animaient autrefois. Les photos d'Abdelaziz Saoud, de Kim Il-sung ou de Ceauşescu avaient disparu des murs, il y repensait. À cette époque, alors que les jeunes de son âge exhibaient des posters de chanteurs, d'acteurs et de footballeurs, lui aimait aussi les grands hommes qui étaient partis de rien et avaient su imposer par la force leur vision du monde. Du moins, c'était comme ça qu'il les voyait, et il s'imaginait volontiers comme eux, fier et puissant, à la tête d'un État souverain qu'il aurait conquis.

Lorsqu'il rouvrit les yeux, la luminosité avait changé. L'éclairage public brillait et l'ombre ondulante des branches se dessinait sur les murs. Il avait dormi de son meilleur sommeil. C'étaient des bruits venant du rez-de-chaussée, juste en dessous de lui, qui l'avaient réveillé. Des pas, des clés, une fermeture Éclair. Il enfila ses mocassins à la hâte et entrouvrit la porte en silence.

Plus rien. Il avança lentement dans le couloir en laissant glisser sa main sur le mur tapissé, puis s'agenouilla sur le seuil de l'escalier pour observer le salon. L'origine des sons semblait s'être évaporée. Provisoirement ? Avait-il rêvé ? Il descendit prudemment, puis se dirigea à pas feutrés vers la cuisine. Il entendit de nouveau un bruit, mais provenant cette fois-ci de derrière lui. Il était trop tard pour fuir, Gérald se retourna.

Un homme se tenait devant la cheminée. Gérald reconnut instantanément le Johnny discount de la photo.

— Qu'est-ce que vous faites là ? Qui êtes-vous ? demanda Johnny avec aplomb.

Gérald resta figé comme un hérisson pris dans les phares d'une voiture.

— Personne. Je m'en vais.

L'homme hésita un instant, fit mine de le laisser partir, puis se ravisa. Il saisit le tisonnier suspendu à la cheminée et le pointa vers Gérald.

— C'est hors de question. Ne bougez pas, j'appelle la police !

— Ne faites pas ça.

— Je vais me gêner, répondit Johnny en brandissant son arme de fortune d'une main, tout en sortant un téléphone de sa veste de l'autre.

Gérald n'était réveillé que depuis deux minutes à peine. Comme lors d'une cryothérapie, après être descendue très bas, la température de son corps était brutalement remontée sous l'effet de l'effet de l'émotion, jusqu'à l'ébullition. Son adversaire baissa un instant le regard pour composer le numéro. Ce fut une erreur. Gérald franchit les trois pas qui les séparaient et le projeta contre l'angle de la cheminée. Ébranlé par le choc, l'homme hurla de douleur et lâcha prise.

Gérald saisit le tisonnier et le frappa à l'épaule. Johnny Discount s'effondra sous la violence du coup.

— Arrêtez, implora-t-il en crispant les doigts sur son téléphone.

Gérald dirigea le crochet du tisonnier vers son visage. Leurs regards se croisèrent. Johnny n'avait plus assez d'énergie pour supplier, sa tête bascula vers l'arrière. Gérald enfonça l'hameçon au travers de la gorge qui se présentait à lui sans résistance. Un geyser de sang s'en échappa aussitôt. Transpercé, l'homme se mit à geindre en haletant. Sa trachée obstruée par le métal, il n'arrivait plus à respirer. Gérald l'observa qui se tordait de douleur autour du pieu. Il y prit du plaisir. Après quelques longues secondes d'agonie, il tira sur le crochet d'un coup sec, arrachant avec lui chairs, muscles et artères. Le corps inerte s'effondra dans un râle.

Il n'avait jamais imaginé que tuer puisse être aussi facile. Du sang se répandit sur le carrelage, créant rapidement une flaque. Il recula afin de ne pas salir ses mocassins.

Gérald allait partir, il aurait dû le faire, mais il perdit quelques précieux instants à observer la scène. Il fut tiré de ses pensées par le bruit de la poignée de l'entrée. Sa mère referma la porte derrière elle. Elle posa son sac sur le portemanteau et ses clés sur le guéridon, jeta un œil sur le courrier. Elle l'ignorait, mais toute échappatoire lui était interdite. Pour Gérald, le temps était comme suspendu, chaque seconde interminable. Avant de se retourner, elle prononça quelques mots enjoués à destination de celui qui n'était plus.

La première chose qu'elle remarqua fut la mare de sang, le corps inerte, les souillures, puis les pieds du responsable du carnage. La sidération et l'effroi étaient inévitables. En levant les yeux, elle reconnut son fils.

Celui qu'elle avait enterré la veille au cimetière. Gérald lut davantage d'incompréhension que de peur. Le tisonnier qu'il tenait à la main dégoulinait encore du sang de sa précédente victime. Il serra fermement le manche. Il n'avait plus le choix.

## – 15 –

*Paris, XVII^e arrondissement, siège de la Bac*

Talia Sorel décrocha dès la première sonnerie.

Dans la pièce, le silence était complet. Tous les observateurs avaient le regard rivé sur la jeune femme, inquiets de voir comment elle allait s'y prendre après le fiasco de la veille. Elle commença par se présenter. « Commandante Talia Sorel », dit-elle pour confirmer à l'homme qu'elle était bien celle qu'il attendait. Il y eut un grésillement lointain, puis un son strident similaire à celui d'une connexion numérique.

— Bonjour, agent Sorel, répondit la voix entre deux crépitements.

Le technicien fit un geste de la main pour signifier que le crachotement n'était pas de son fait. En mer, l'équipe de Laville percevait la communication en simultané grâce à des oreillettes. Une fenêtre au bas de l'écran de Talia avec un pouce levé lui indiquait qu'à distance Julien la recevait également.

— Je vous entends mal. Est-ce que vous êtes loin de votre téléphone ?

— Je suis loin, répondit la voix.

Il y eut un silence. Elle crut que la communication était coupée mais le technicien lui fit signe que non.

— Je vois.

— Ce n'est pas contre vous, agent Sorel, mais je suis obligé de prendre quelques précautions pour vous parler.

« Elle ne lui fait pas le coup du "commandante", comme à vous tout à l'heure », glissa Ève Melville à l'oreille de Shepherd. Sur les écrans devant eux, les vedettes des garde-côtes s'étaient mises en action sur son ordre. À partir de cet instant, chaque seconde comptait car l'homme pouvait jeter le téléphone à la mer, réduisant ainsi les chances de le confondre.

— Comment vous appelez-vous ? enchaîna Talia.

— Comme vous y allez, agent Sorel ! Je ne vais pas tout vous dire dès notre premier rendez-vous. Ce ne serait ni raisonnable ni élégant. Demandez à votre prédécesseur, il n'a rien su. Je ne suis pas ce genre d'homme, mais rassurez-vous, ça viendra.

Il parlait posément. Il n'avait pas de transformateur de voix, ce qui semblait être une prise de risque inconsidérée pour un kidnappeur. Elle nota quelques mots sur son carnet : « Calme, détendu, il apprécie la situation. » L'hypothèse d'avoir affaire à un terroriste se faisait plus nette.

— Comment dois-je vous appeler alors ?

— Voilà qui est mieux. Dans un premier temps, appelez-moi… comme vous voulez. Faites preuve d'imagination.

Un nouveau message de Julien au bas de son écran informa Talia que les agents étaient à moins de cinq minutes de l'interception. Son horloge indiquait 19 h 03.

— Je peux vous poser une question ?

— Hum… Agent Sorel, la nature de notre relation supposerait plutôt l'inverse, non ?

Elle poursuivit.

— Pourquoi avez-vous demandé à ce que je sois votre interlocutrice ?

Visiblement surpris, il mit quelques secondes avant de répondre.

— Pour être franc, et au risque de vous décevoir, j'ai surtout demandé que ce ne soit pas le négociateur que vos collègues voulaient m'imposer. Question de risque et d'opportunité. Mais je suis sûr que vous connaissez ce principe par cœur. Si vous aviez été la première, je vous aurais exclue également, et pour la même raison.

Elle jeta un regard vers Shepherd pour s'assurer qu'il avait bien compris le concept, mais celui-ci portait toujours son attention sur les bateaux en cours d'approche. Elle nota « négociateur, ancien négociateur ? » sur son carnet, tout en s'interrogeant sur la raison d'une telle transparence dans sa réponse.

— D'accord, mais comment connaissiez-vous mon nom ?

— Il y a trois négociateurs au Raid, dit-il lentement. À partir du moment où je récusais la tête d'affiche, il ne me restait plus que deux choix, Alain Major, surnommé l'Apaisant, et vous. Je sais beaucoup de choses, comme vous voyez. J'ai préféré parler à une femme, mais ne vous méprenez pas, c'est sans idées inappropriées. J'ai simplement pensé que ce serait plus agréable.

— Êtes-vous le responsable des enlèvements ?

— Voilà votre première bonne question. Oui !

— Pourquoi ?

— Encore une fois, c'est un peu tôt. On ne couche pas avant d'avoir fait connaissance, en tout cas pas moi. Si vous le permettez, dans notre relation, c'est moi qui fixerai le timing. N'y voyez aucun phallocentrisme. Quel que soit le sexe des anges, c'est toujours moi qui maîtrise ce paramètre. En attendant, je vous propose de faire fonctionner vos méninges, agent Sorel. Si vous êtes aussi forte que vos brillantes appréciations le laissent supposer, il est possible que vous arriviez à la solution sans mon aide.

Elle avait noté successivement, « police, Raid, pervers, égocentré » et remarqua que l'inspectrice regardait par-dessus son épaule. Un nouveau message de Julien au bas de son écran attira son attention : « Les enfants ? » À écouter le ton monocorde de la voix du ravisseur, elle en avait presque oublié la question essentielle à lui poser avant que ses collègues lui tombent dessus. Cet homme dégageait un magnétisme redoutable.

— Comment vont les enfants et leurs accompagnateurs ?

— Ceux qui sont encore vivants vont bien.

Silencieuse, elle leva les yeux vers le commissaire et les autres membres de l'équipe. Personne ne bougea. Il poursuivit.

— Nous avons malheureusement eu à déplorer quelques pertes.

Après un moment de trouble, elle tâcha de conserver la voix la plus distanciée possible.

— Les noms ?

Son interlocuteur laissa passer un temps, puis se mit à rire exagérément. Un rire extravagant, déplacé et surjoué. Elle regarda de nouveau vers le commissaire, qui restait de marbre. Sur l'écran vidéo, on apercevait le chalutier à une centaine de mètres.

— Mais non, je plaisante, ajouta la voix. Tout le monde va bien !

Un nouveau silence s'installa.

— On peut se détendre un peu, non ?

— Je ne crois pas.

— Mais si, je vous assure.

Il se tut un moment. Elle souligna « pervers ». En mer, tous les feux étaient éteints, mais les occupants du chalutier pouvaient apercevoir les deux vedettes des garde-côtes. Il reprit sur un rythme plus saccadé :

— Les enfants vont bien. On s'occupe d'eux au mieux de nos capacités. Maintenant, nous savons vous et moi qu'il y a de nombreux risques inhérents à notre situation.

— Vous êtes responsable de ces risques !

— Pas entièrement, non. J'ai d'ailleurs un cadeau à vous offrir.

— Un cadeau ?

Elle s'arrêta. Les deux bateaux étaient sur le point d'accoster le chalutier.

— Ça va toujours, agent Sorel ? Vous vous amusez bien, vos amis et vous ?

Elle s'en doutait déjà, mais elle en était maintenant persuadée : il n'était pas à bord. Elle coupa le micro et s'adressa au commissaire en le fixant.

— C'est un piège. Il sait qu'on est là !

Shepherd se redressa sur son siège. Il eut un moment d'hésitation. Sans lâcher les yeux de la négociatrice, il prit son émetteur et s'adressa au commandant Laville : « Attention ! Vous ne montez pas à bord ! Je répète, ne montez pas à bord ! Faites les sommations à distance, je veux voir tous les occupants les mains en l'air sur le pont. » Il y eut un grésillement, puis le commandant confirma : « OK, bien reçu ! » Talia réactiva le micro.

— Excusez-moi, la communication a été interrompue. Vous parliez d'un cadeau ? reprit Talia.

Les sommations étaient en cours. Plusieurs projecteurs éclairaient maintenant les flancs du chalutier, qu'on voyait comme en plein jour. Personne ne se montra ni ne répondit aux injonctions. Le bateau semblait abandonné. « Attention, vous n'abordez pas sans mon feu vert ! » répéta le commissaire avec autorité.

— Le cadeau est à l'intérieur, dit la voix impavide.

— Je vous demande pardon ?

— Votre cadeau. Il est à l'intérieur.

Elle se tut de nouveau. Elle allait lui demander de répéter mais n'en eut pas le temps.

— Il n'y a aucun piège, vous pouvez dire à vos hommes de monter à bord. Ils ne risquent rien, ce n'est pas à ce jeu-là que nous jouons, vous et moi.

Le commissaire observa Talia en grimaçant. Sur l'écran, Laville attendait les instructions. Autour d'eux, le vide devenait intimidant. Talia fit un signe de la main pour demander d'attendre.

— Pourquoi vous ferais-je confiance ? reprit-elle.

— Parce que j'ai un intérêt évident à ne pas vous mentir. Et aussi parce que vous n'avez pas trop le choix. Les lianes d'Amazonie ne sont pas éternelles et si vous laissez mon cadeau dériver, il risque… disons, de s'altérer.

— Qu'est-ce que vous voulez ?

— Ça viendra, agent Sorel. L'objectif de ce rendez-vous n'était pas celui-là. Vous savez maintenant à qui vous avez affaire, bientôt vous saurez pourquoi ! Il est évidemment inutile de me tracer, ça ne vous donnera aucune information valable. Quoi que vous fassiez, j'aurai toujours un coup d'avance. C'était un premier entretien d'accroche, en quelque sorte.

Elle nota « narcissique, manipulateur ».

— Quand aura lieu le prochain ?

— Maintenant que nous nous connaissons, laissez-moi vous faire la surprise.

— Sur ce numéro ?

— Peut-être. Ou bien dans votre ascenseur, votre salle de sport ou chez vous, allez savoir. Mais ne vous inquiétez pas, je saurai être surprenant.

La communication s'interrompit brusquement dans un larsen. Talia regarda le technicien, qui écarta les bras pour signifier qu'il n'y était pour rien.

— Le fils de pute ! s'exclama Shepherd.

Un instant plus tard, le ministre était sorti de la pièce, suivi à la trace par le patron de la DGSI.

— Qu'est-ce qu'on fait avec le bateau ? interrogea rapidement Ève Melville qui n'avait pas quitté l'écran des yeux.

Shepherd voulait lancer l'intervention au plus vite, tout comme le reste des participants. Mais, perturbé par la maîtrise du ravisseur, il se tourna vers Talia.

— Qu'en pensez-vous ?

La question était directe, et la réponse aurait de lourdes conséquences. Elle regarda vers l'écran. Chaque petite fenêtre correspondait à l'un de ses collègues, une famille, des enfants, une vie. Évidemment, la possibilité que le chalutier soit piégé n'était pas négligeable, mais ce n'était pas l'hypothèse la plus vraisemblable. Elle s'octroya quelques secondes avant de donner sa réponse, relut ses notes tout en se repassant la conversation en accéléré.

— Allez-y !

Shepherd resta fixé sur elle en pensant qu'elle allait développer, mais elle ne le fit pas immédiatement.

— Vous pouvez argumenter un peu ?

En plissant les yeux sur le carnet, Ève déchiffra certains des mots que Talia avait notés durant l'échange : « Détendu, apprécie la situation, ancien négociateur ? pervers, égocentré, narcissique, manipulateur. »

— Parce que vu ce que vous avez noté, dit la policière, ce n'est pas évident, quand même.

— Ce que j'ai noté ne s'adresse qu'à moi, capitaine. Il est dans la séduction, l'organisation. Il veut avoir le contrôle, nous montrer que c'est lui qui dirige.

— Oui, ça, j'ai bien compris, confirma Shepherd.

— Pour ce faire, il doit donner quelque chose. C'est le principe. Le chef est celui qui sanctionne mais aussi celui qui récompense. L'un ne va pas sans l'autre, sinon l'autorité n'existe pas. Il a enlevé le car et ses occupants, il doit maintenant nous donner quelque chose afin d'établir le rôle dominant qu'il entend occuper. C'est la logique. Je pense qu'il y a des otages à bord !

— Et s'il avait décidé de sanctionner une seconde fois, pour être sûr qu'on le prenne au sérieux ?

— Non. Ça ne fonctionne pas comme ça. Il s'agit vraisemblablement d'un négociateur aguerri. Peut-être un ancien policier ou un militaire, dit-elle en regardant le DGPN. Il avait établi le contact de façon spectaculaire avec le car à Montpellier. Maintenant, avec le bateau. Derrière toute cette mise en scène, il y a la volonté de montrer quelque chose, il y a forcément une finalité.

— Laquelle ?

— Ça, je pense qu'on devrait rapidement le savoir.

# – 16 –

Au large de Saint-Gildas-de-Rhuys et de la baie de Quiberon, le commandant Laville avait reçu l'ordre qu'il redoutait : « Envoyez un homme à bord ! » Il avait bien conscience du risque que cet ordre allait lui faire prendre personnellement. Dans une unité d'élite comme le Raid, l'exemple est un étendard, et le responsable le plus gradé se trouve toujours en première ligne. C'est un principe nécessaire à l'unité de groupe et, à moins d'une compétence particulière requise, c'est toujours lui qui ouvre la route. Ce soir-là, c'était donc à lui et à personne d'autre de prendre ce risque individuel.

— Prudence maximale ! ajouta Shepherd, et vous éloignez le reste des effectifs le temps de l'inspection.

Une invite inutile pour un professionnel. Laville demanda à se rapprocher, abaissa sa cagoule et enjamba la filière métallique de sécurité. Il vint blottir en douceur la coque contre celle du chalutier à l'aide d'un crochet d'accostage. Il posa son fusil sur le pont puis se hissa à bord en silence. Il repoussa l'embarcation avec les deux pieds et fit signe au pilote de s'écarter.

Il resta immobile quelques secondes, épiant d'éventuels bruits venant de l'intérieur. Comme il s'y attendait, le bateau était désert et semblait manœuvrer en fonction des caprices du courant. Il alluma sa lampe frontale et inspecta le pont. Ce fut rapide, il n'y avait presque rien, ni matériel de pêche ni caisse de stockage. Les chaluts étaient secs et fixés à leurs enrouleurs. Il gravit les trois marches qui menaient à la cabine de timonerie. Celle-ci était également vide et propre, à l'exception d'une trousse en tissu posée sur le pupitre de commande. À plusieurs centaines de kilomètres, la petite équipe réunie dans la salle des opérations regardait les images transmises en temps réel. Le commandant Laville retira l'un de ses gants et, précautionneusement, ouvrit la trousse. Il en sortit deux téléphones connectés par un cordon et reliés entre eux, tête-bêche, par un élastique.

— Ils ont fait un renvoi d'appel artisanal, dit l'un des techniciens.

— Comment ça ? demanda Shepherd.

— Le numéro que nous avons identifié n'était pas le sien, mais celui du relais.

— Où est-il, alors ?

— On en saura davantage en étudiant le second téléphone.

À distance, Shepherd comprit qu'il venait de perdre l'espoir de trouver quiconque à bord. Talia se leva pour faire quelques pas. Elle réfléchissait aux propos que lui avait tenus le ravisseur, à ses intonations aux différents moments de la conversation. Elle avait eu la sensation qu'il jouait un rôle, ou même qu'il connaissait à l'avance le déroulement de la scène. C'était une impression étrange, comme si la situation était inversée. Elle pensait qu'il pouvait s'agir d'un autre négociateur professionnel, formé et entraîné. Une chose était certaine, ils n'avaient pas affaire à un terroriste comme les autres.

— Dites-lui d'aller voir dans la cale, dit Talia au commissaire.

Celui-ci confirma l'ordre. Laville ouvrit la trappe centrale. Aussitôt, une puissante odeur de pourriture à la limite du supportable se dégagea des entrailles du chalutier. Il prit appui sur l'échelle et descendit les barreaux à reculons tout en regardant derrière lui. À l'intérieur, le noir était absolu. Une fois les pieds à fond de cale, il alluma la vision infrarouge de ses lunettes en même temps que celle de sa caméra.

Le faisceau balaya une première fois l'espace avant de se fixer sur un endroit précis. Il approcha le micro de sa bouche.

— Il y a cinq corps, je répète, cinq corps !

## – 17 –

Thomas Shepherd avait plus espéré que réellement cru résoudre l'affaire avec cet accostage providentiel. L'espoir s'était vite évaporé. Les cinq personnes trouvées dans la cale du *Gwen-Bleiz* étaient dans un état comateux. Il y avait les deux chauffeurs de la compagnie d'autocar, les deux accompagnatrices et un enfant. Aucun d'eux ne présentait de lésions et les constantes vitales de chacun semblaient stables. Néanmoins, le médecin du Raid n'était pas parvenu à les ranimer sur place ni à identifier le type de sédatif qui leur avait été administré. Il les avait rapidement fait évacuer vers l'hôpital le plus proche. À bord, l'équipe du commandant Laville ne trouva ni explication ni engin explosif. Rien d'autre que les téléphones ayant permis de géolocaliser l'appel. Juhel Abragrall, le propriétaire du chalutier, n'était pas à bord non plus et Shepherd avait aussitôt fait lancer un mandat d'arrêt à son encontre.

Dans les locaux de la Bac, le débriefing qui suivit fut interminable. À la demande du commissaire, ils s'étaient vite retrouvés à une vingtaine dans la petite salle. Il repassa l'enregistrement plusieurs fois en décortiquant chaque mot, chaque bruit suspect. Tout le monde y était allé de son avis mais on tournait en rond et les motivations d'une telle entreprise restaient mystérieuses. Au bout d'un long moment, Thomas Shepherd orienta les débats vers un terrain moins conventionnel.

— Commandante Sorel, vous qui êtes comportementaliste, qu'est-ce que vous pouvez nous dire sur lui d'intéressant et qui n'est pas sur la bande ?

— Je suis comportementaliste, commissaire, pas voyante.

— Ça se ressemble un peu, non ?

— Non.

— Allez, insista-t-il sur un ton de camaraderie. Une profileuse sans hypothèses, c'est un peu comme un chien sans puces, alors lâchez-vous !

— Je suis désolée, commissaire, mais je n'ai pas de puces.

Elle baissa le regard sur ses notes, laissant craindre qu'elle n'irait pas plus loin. Le silence était pesant. Elle prit sur elle pour paraître mieux disposée qu'elle ne l'était.

— Pour étudier la personnalité de quelqu'un, il faut d'abord parvenir à le faire parler sous contrainte, dit-elle. Or, malgré mes questions, il a eu la main durant toute la conversation et ce n'était probablement pas un hasard.

— C'est-à-dire ?

— Il est rompu aux techniques de négociation.

— Vous me rassurez !

— Il a une bonne éducation, s'exprime avec aisance. On cherche un homme, entre trente et cinquante ans, doué d'une intelligence très supérieure à la moyenne.

— C'est bien, on ne l'avait pas, ça. Vous ne voyez rien d'autre ?

— Il a un pouvoir de persuasion et sans doute de séduction très élevé. Sa voix est une arme, il en est conscient. Il l'utilise.

— Vous pensez que c'est lui, le chef de l'opération ?

— Oui, je n'ai aucun doute là-dessus.

— Pourquoi ?

— Parce qu'il n'a pas eu d'hésitation, ni même un bégaiement. Il possède une maîtrise parfaite du discours et des éléments extérieurs. Un subordonné aurait réfléchi à ses réponses, à ce qu'on lui aurait demandé de dire et de ne pas dire, sans cette fluidité d'élocution, ni cette assurance. C'est lui qui décide.

— Pourtant, à un moment, il vous a dit qu'il n'était pas entièrement responsable de ce qui arrivait aux otages.

— C'est sa façon de voir les choses. Je pense qu'on entre là au cœur de sa quérulence.

— Quérulence ?

— Oui. Pour lui, les autres sont toujours responsables de ce qui est négatif. Rendre l'autre acteur est le raccourci psychique le plus rapide vers la déculpabilisation.

— Très bien, c'est intéressant aussi.

— Je suis plus dans une analyse du contexte que dans une étude de personnalité à proprement parler, mais j'imagine qu'il ne supporte pas l'imperfection. Il savait exactement ce qui allait se passer et comment. Tout était préparé, minuté, il ne manquait plus que nous. Il est méticuleux, peut-être excessivement.

— Vous voulez dire que c'est comme une maladie ?

— C'est une possibilité. Un point d'accroche. En tout cas, il est très organisé.

— C'est l'impression que j'en ai eu moi aussi. Cependant, « maniaque de l'organisation », ça va être un peu juste pour lancer un mandat d'arrêt.

— Sans doute.

— À votre avis, c'est quoi, cette histoire de liane d'Afrique ou de je ne sais plus où dont il a parlé ?

— D'Amazonie.

— C'est pareil.

Elle ouvrit le message de Julien, qu'elle avait vu apparaître au bas de son écran quelques minutes plus tôt. À la place du sujet, il avait mis un petit Tarzan qui se balançait. Elle lut rapidement.

— Certaines lianes d'Amazonie servent à produire le curare. Il a probablement sédaté les otages avec cette substance, c'est ce qu'il voulait dire.

— Je croyais que c'était un poison.

— Ça peut l'être. Tout comme la méfiance, commissaire, c'est une question de dose.

— C'est amusant, ça…

Il était presque minuit. Shepherd se leva et prononça les mots que les agents qui étaient là depuis la fin de l'après-midi espéraient.

— Bien ! Mesdames, messieurs, tout le monde a bien travaillé. On n'apprendra rien de plus ce soir, mais on progresse. Vous pouvez rentrer chez vous. Demain, on va avoir une longue journée.

Un brouhaha de chaises répondit à sa déclaration. Talia rangea dans son sac en bandoulière son ordinateur, son carnet de notes et les quelques papiers qu'elle avait éparpillés. Elle allait quitter la pièce lorsque Shepherd l'interpella sèchement.

— Commandante Sorel, vous ne rentrez pas seule !

— Je vous demande pardon ?

— Après ce que l'autre frappé a dit, il est clair qu'il va essayer de vous approcher d'une manière ou d'une autre. Alors, nous, on va vous surveiller. Pour vous protéger et pour le serrer s'il fait ce qu'il a dit. Ça vous pose un problème ?

Talia ne put s'empêcher de sourire. La ficelle était grossière, elle savait bien que la préoccupation de Shepherd n'était pas sa sécurité.

— Commissaire, je suis membre du Raid, formée pour le combat rapproché, armée et tireuse d'élite, alors je suis capable de me défendre.

— Je n'en doute pas, mais on n'est jamais suffisamment prudent et je veux vous avoir à l'œil.

— C'est plutôt ça, le motif, non ?

— La capitaine Melville va vous accompagner.

— Génial, soupira Ève Melville qui avait visiblement prévu un autre style de fin de soirée.

— Elle restera en planque devant chez vous pour surveiller les allées et venues.

— Encore une fois, commissaire, je sais me défendre et le lieu de mon domicile est secret.

— Je suis au courant, commandante, mais avec tout le respect que je vous dois, c'est moi qui dirige cette enquête et donc, c'est moi qui décide ! Tant qu'on n'aura pas serré ce barge, je vous mets sous surveillance rapprochée et ce n'est pas négociable. Pour ce soir, c'est la capitaine Melville qui s'y colle, demain je vous enverrai un autre agent qui prendra le relais.

Devant son air dépité, il précisa en souriant :

— On sera discrets, vous oublierez notre présence.

— Très bien, abdiqua-t-elle, certaine qu'il ne changerait pas d'avis. J'espère que vous aimez la campagne, capitaine, lança-t-elle à Ève Melville dont les yeux implorants semblaient réclamer le sommeil.

— La campagne ? Pourquoi la campagne ? Vous habitez où ?

## – 18 –

*Col San Giacomo, vallée d'Antigorio,*
*Alpes italiennes*

Un nuage de vapeur s'échappait à chacune de ses expirations. La nuit était glaciale. Pourtant, assis sur l'un des bancs qui cerclaient le grand marronnier, Pierre ne semblait pas en souffrir. Zora l'avait rejoint peu de temps après son coup de colère. Elle était emmitouflée des orteils aux oreilles. Elle craignit qu'il la repousse, mais il n'en fit rien. Elle lui posa le blouson qu'elle avait apporté sur les épaules, il l'enfila et remonta la fermeture jusqu'à sa bouche. Elle s'assit contre lui.

— Tu crois vraiment qu'on est en danger ici ?

Il ne répondit pas.

— C'est vrai qu'elle est nulle, cette colo.

— Il n'y a pas que ça.

— Il y a quoi ?

— Le quartier des monos.

— Au quatrième ?

— Oui. J'y suis allé ce matin !

— Quoi ? Mais c'est interdit !

Il la regarda d'un air dépité.

— Tu y as trouvé quelque chose ?

— Non, je n'ai pas eu le temps. Je me suis fait choper avant. Mais j'ai vu des trucs bizarres.

— Quel genre ?

— Des outils de jardinage, des scies, des piquets, des couteaux. Il y a tout un tas de matériel là-haut.

Elle réfléchit un moment à la raison de la présence d'outils de jardinage au dernier étage.

— Ça doit être pour qu'on se blesse pas avec ?

— À mon avis, c'est plutôt pour qu'on s'en serve pas contre eux.

— Tu dis n'importe quoi.

— J'ai réussi à chourer ça.

Il sortit une pince coupante de sa poche. Elle ouvrit de grands yeux.

— Tu veux te battre avec ce truc ?

— Non, reconnut Pierre, mais là-haut il y a des ordinateurs, des tablettes, des caméras sur pied, des téléphones.

— C'est pas vraiment bizarre.

— Si, parce qu'il y en a beaucoup. S'il n'y a pas de réseau, à quoi ça leur sert ? J'ai même repéré des drones. Quand ils m'ont vu, ils se sont mis à s'insulter, à se crier dessus. Le rebeu, là, Tarek, il m'a chopé par le bras et m'a redescendu.

— Il a pas trouvé la pince ?

— Non, il a pas cherché.

— J'espère qu'ils ne vont pas s'en rendre compte, s'inquiéta la jeune fille.

— Avec tout ce matériel là-haut, il y a peu de risques. Mais depuis, la porte de l'escalier qui monte au quatrième est toujours fermée à clé. C'est un signe, non ?

— Ils doivent avoir peur qu'on leur pique des trucs.

— Hormis la fille, tu trouves pas qu'ils ressemblent à tout sauf à des monos ?

— Je sais pas.

— Tu as bien regardé le Russe ?

— Il est allemand.

— On dirait un zombie avec sa balafre qui va jusque dans le fond de son œil !

Elle sourit mais commençait à trembler de froid.

— Ouais, moi aussi, il me fait flipper, reconnut-elle.

Un craquement derrière eux les fit sursauter.

— Ça va comme vous voulez, les jeunes ? dit une ombre inquiétante sortie de la nuit, seulement identifiable au mégot de cigarette rougeoyant au niveau de la bouche.

Ce n'est que lorsqu'elle fut tout près d'eux qu'ils reconnurent Myriam. Surpris, aucun des deux ne répondit. Elle poursuivit :

— Il gèle, faut pas que vous restiez là !

— Oui, madame, répondit Zora en se levant immédiatement.

Pierre resta immobile en la fixant méchamment. Myriam le remarqua.

— Qu'est-ce que t'as, toi ?

Zora lui prit la main avant qu'il réponde. Elle le tira vigoureusement et l'entraîna vers la maison pour que les choses ne s'enveniment pas. Myriam suivit le petit couple des yeux jusqu'à l'entrée. Une fois seule, elle continua de faire le tour du bâtiment pour s'assurer qu'aucun autre gamin ne traînait à l'extérieur. Elle fuma plusieurs cigarettes en laissant doucement son corps se refroidir. Lorsqu'elle eut terminé la dernière, elle rentra à son tour en prenant soin de fermer la porte derrière elle. Elle glissa la clé dans sa poche puis monta au quatrième étage.

Tarek et Igor étaient concentrés sur les derniers articles concernant la disparition des cars. Un peu à l'écart, Kevin relatait une hypothèse fondée sur des relevés de l'aviation civile montrant des traces d'objets volants non identifiés dans la zone de la disparition présumée. Images de satellites et petits points verts à l'appui, l'effet était bluffant.

— L'hypothèse des extraterrestres est celle qui circule le plus, dit Kevin, hilare.

— Moi, j'aime bien ! Ça doit plaire à ton frère, répondit Tarek en regardant Myriam qui venait d'entrer. Ils sont dingues, ces types.

— La nature a horreur du vide, lorsqu'il n'y a pas d'explication les gens en trouvent toujours.

Hermétique à leurs réflexions, Myriam se posta face à la fenêtre.

— Demain il faudra installer une lumière dehors, les coupa-t-elle. Pour qu'on puisse surveiller la grille.

— Pourquoi veux-tu qu'on la surveille ?

— Parce qu'il y a toujours des gamins qui traînent.

— Tu veux qu'on fasse des tours de garde ? s'insurgea Kevin.

— Oui. C'est une bonne idée.

— Ben, vas-y, commence ! lui répondit-il d'un ton provocateur.

— Et s'il y en a un qui se barre, l'interrogea Myriam, on appelle la police ?

— Pourquoi voudrais-tu qu'ils le fassent ? Ils ne sont au courant de rien, t'as déjà vu des gamins se barrer d'une colo ? Ils sont bien ici. On est sympa avec eux.

— Ici paradis jeux vidéo et bonbons, dit Igor de sa voix grave et lente. Pourquoi partir ?

— Certains veulent appeler leurs parents, dit Tarek. On va avoir du mal à les tenir calmes encore une semaine.

— S'il y en a un qui se sauve, où veux-tu qu'il aille ? répliqua Kevin. On est à la montagne, il fait zéro dans la journée, il gèle la nuit et la première habitation est à plus de vingt kilomètres.

— On avait endormi eux dans cars. Aucun sait direction où aller. Ils savent même pas qu'on est en Italie.

Myriam mit un temps avant de répondre. Tout cela était juste et les chances de succès d'une fuite étaient quasi nulles. Néanmoins, elle ne supportait pas la négligence, une particularité qu'elle partageait avec son frère et qui la rendait vite agressive.

— On va installer une lumière et surveiller la nuit, confirma-t-elle. Ils pourraient suivre la route, ils ne sont pas idiots. Et puis, il faut se méfier de celui qui est venu traîner à l'étage.

— Le fils de flic ?

— Ouais. Je l'ai encore chopé avec la petite rousse dans le parc.

— Tu veux que je m'occupe ? dit Igor avec son accent allemand à couper au couteau.

— Non. On n'en est pas encore là ! Et puis ce sera pire si les autres se demandent où ils sont.

— De toute façon, dans une semaine ils seront morts, eux et les autres.

— Ça, c'est Gérald qui le décidera et pas toi, répliqua Myriam.

— Ils se tiennent tranquilles parce qu'ils croient qu'ils sont en colo, dit Kevin. Mais on est tous à visage découvert. Quand on aura le blé, on pourra pas les laisser partir.

La première fois que Gérald avait croisé Kevin, c'était dans un commissariat. Il venait faire sauter une contravention qu'il avait prise au hasard sur un pare-brise. Une façon pour lui de s'entraîner sur des agents assermentés tenus par des procédures et moins faciles à manipuler que des quidams. Kevin était en garde à vue, il s'était fait attraper à dealer du cannabis. Un gosse perdu, sans envergure, comme il en existe des milliers, un vase vide qu'on pouvait remplir avec n'importe quoi. Ils s'étaient retrouvés tous les deux dans la même pièce, par hasard. Prétextant le non-respect d'une demi-douzaine de règlements, tel un avocat commis d'office, Gérald avait pris fait et cause pour lui. Il avait été persuasif et réussi à obtenir la libération immédiate du jeune homme. Une fois à l'extérieur, attirés par ce qu'ils pouvaient s'apporter mutuellement, ils avaient échangé leurs numéros.

— Tu te crois dans un film ou quoi ? Ils feront des portraits-robots, dit Myriam en haussant les épaules, mais la police ne pourra jamais remonter jusqu'à nous.

— Jusqu'à « vous », peut-être pas, mais jusqu'à moi, oui, répondit Kevin. Ma trombine et mon ADN traînent dans beaucoup trop de commissariats pour qu'ils ne m'identifient pas. Et s'ils m'identifient, ils vous identifient. *Capito ?*

— Tout est clair avec ton frère, dit l'Allemand. Ne pas laisser de trace.

Myriam lança un regard vers Tarek. Il faisait mine de lire un message pour ne pas prendre part à la conversation. Pourtant, lui savait bien que ce n'était pas ce qui était convenu avec Gérald. Celui-ci avait tout planifié, depuis le début et jusqu'à la libération des otages. Elle réalisa qu'il avait probablement dit autre chose à Igor et à Kevin pour les embobiner, comme il le faisait toujours. Elle avait confiance en son frère, mais c'était un jeu dangereux. Elle préféra se taire.

## – 19 –

Sur l'échelle des valeurs d'Ève Melville, la Normandie était probablement ce qui se rapprochait le plus du néant. Depuis toujours, elle était ancrée dans le béton, le métro et l'urbanité. Elle se sentait angoissée dès qu'elle s'éloignait de la ville. Comment une commandante du Raid de trente-quatre ans pouvait-elle vivre dans un trou pareil ? Pour Ève, c'était inconcevable.

Pour Talia, en revanche, la centaine de kilomètres qui séparaient son habitation de Paris ne semblait pas être un problème. Sur sa Victory 1 700 $cm^3$ et à l'heure avancée où elles avaient quitté les Batignolles, elle aurait pu effectuer le trajet en moins d'une heure. Sur l'A15, puis sur les routes nationales et départementales de Normandie, Ève en avait vu de toutes les couleurs pour suivre la moto. De longues lignes droites bien dégagées, la commandante avait dû trouver ça tentant et Ève avait rapidement dû pousser sa Clio de service au maximum de ses capacités. Comme elle ne connaissait ni l'adresse ni le chemin, elle ne devait pas perdre de vue Talia, car elle était persuadée que celle-ci ne l'aurait pas attendue. C'était un jeu nocturne dangereux qui s'était installé entre les deux femmes. Ève enrageait de ne pas avoir suffisamment de puissance sous le capot pour rivaliser. Parfois, Talia ralentissait, un peu, pour la laisser revenir, puis aussitôt elle remettait les gaz. À fond ! Pied au plancher pour Ève. Au bout d'un moment, une fumée blanche s'était échappée du capot de la Clio. « Elle va me faire péter le moteur, cette conne ! » Elle s'était mise à espérer ne pas se retrouver en panne au milieu de nulle part. Heureusement, en arrivant à La Neuve-Grange, la commandante avait fini par mettre son clignotant et bifurquer à une allure plus modérée. Après quelques centaines de mètres d'une départementale arborée en direction de Lyons-la-Forêt, elle avait tourné de nouveau pour s'enfoncer dans la pénombre. Une route rocailleuse et non balisée longeait un ruisseau sur une centaine de mètres. Elles passèrent devant une maison aux volets fermés et à la façade peu entretenue. Ève ne parvint pas à voir si elle était habitée ou non. Au bout du chemin, elles arrivèrent face à un vieux portail grand ouvert. À demi recouvert de lierre et de mousse, celui-ci ne pouvait plus se fermer depuis probablement très longtemps. Le nom « Sorel », écrit en gros caractères sur la boîte aux lettres, lui indiqua qu'elle était enfin à destination. Plus loin, à la lueur des phares, une grande bâtisse de style normand aux colombages apparents sortit de la nuit.

Alors que la moto et la Clio roulaient vers la maison, un homme seul au volant d'une berline de grosse cylindrée vint se positionner devant la première maison. Il n'avait pas eu besoin de les suivre car il connaissait l'adresse. L'homme avait longtemps attendu, à l'abri des regards, dissimulé dans la forêt.

Dérangé par le tumulte de cette présence, un hibou grand-duc, invisible et silencieux, s'envola vers un espace nocturne plus calme.

Talia arrêta sa moto au bord du ruisseau qui alimentait timidement les pales d'un ancien moulin à blé. Pour se situer, Ève fit un large arc de cercle sur l'esplanade de pelouse en éclairant les alentours du faisceau de ses phares. Des arbres, une forêt dense, un pont en bois surplombant un cours d'eau, une clairière de pommiers. Pour une citadine comme elle, ce décor évoquait un mauvais conte d'Andersen. L'espace était difficile à sécuriser. Elle se plaça en surplomb, à distance respectable de la maison afin de ne pas être repérée par un éventuel visiteur, et coupa le contact. Le silence se fit instantanément. Hormis le bruissement de l'eau et du vent dans la végétation, il était total. Pour être calme, la nuit allait être calme ! Elle trouvait la maison lugubre, pourtant une lumière à l'étage trahissait une présence. La commandante ne vivait pas seule. Dans l'empressement du départ et de la course-poursuite sur l'autoroute, elle ne s'était même pas posé la question. Dans l'obscurité, Talia se dirigea vers elle, sac en bandoulière et casque à la main. Ève baissa sa vitre.

— Vous voulez dormir sur mon canapé ?

— Non, je vous remercie.

— On est en Normandie ici, pas dans le XV$^{e}$ arrondissement.

— Je sais, ça ne m'a pas échappé.

— Les nuits sont fraîches, ajouta Talia.

— Je préfère rester à l'écart. C'est mieux pour assurer votre protection. Dans la maison, je ne servirais pas à grand-chose. Si j'ai froid, je mettrai le chauffage.

— Vous allez décharger votre batterie.

— Ça va aller, je vous dis, ne vous inquiétez pas. Et puis, après notre rodéo, elle doit être bien chargée, ma batterie…

Talia sourit.

— C'est comme vous voulez.

L'entrée principale se situait au centre de la façade. Talia se dirigea cependant vers une porte dérobée située juste à côté du moulin, qui n'était pas fermée à clé. Une par une, elle alluma les lumières intérieures du rez-de-chaussée. Par l'une des fenêtres de l'étage, Ève remarqua une ombre qui se déplaçait pour venir à sa rencontre. Son fils peut-être ? Mais il était tard pour un gamin, non ? Elle n'avait vu qu'un seul nom sur la boîte aux lettres. Un ami de passage ? Cette présence l'intriguait. La maison était immense, dix pièces au moins, un étage et sans doute un très grand grenier sous la toiture. Elle devait être froide, humide et infestée de bestioles, à l'opposé de son cocon parisien. Jamais elle ne pourrait vivre dans un endroit pareil. En tant que petite-fille d'agriculteurs, elle s'en faisait parfois le reproche, mais ça lui passait rapidement.

Sur le côté stationnait une voiture. Un modèle japonais bas de gamme. Après la course-poursuite qu'elles venaient d'avoir, Ève imaginait mal la commandante utiliser un véhicule d'aussi faible cylindrée. À qui pouvait-elle bien être ? Si elle avait un fils, il n'avait en tout cas pas l'âge de conduire. Après une minute, Talia ressortit, par la grande porte cette fois, portant dans ses bras une épaisse couverture en laine. Ève ne se fit pas prier, elle ouvrit sa portière et accepta la proposition.

Lorsqu'elle se retrouva seule, elle bascula son siège en arrière et ferma les clapets d'aération afin qu'aucun insecte venu de l'extérieur ne puisse lui rendre visite, même sans le faire exprès. Elle s'enveloppa sous la couverture jusqu'à hauteur des yeux. La température dans l'habitacle avait déjà baissé.

# – 20 –

*Le lendemain matin, très tôt*

« On obtient plus de choses en étant poli
et armé qu'en étant simplement poli. »
Al Capone

Juhel Abragrall ne savait pas exactement pourquoi il se trouvait là. Sorti d'un bateau, ou à la limite d'un port de pêche, il était comme un poisson hors de l'eau qui suffoquait et pouvait devenir agressif. Toute la famille dormait à poings fermés lorsque vingt agents cagoulés et lourdement armés avaient fait irruption dans sa maison de Quiberon en fracassant la porte. Personne n'avait résisté, ils n'en avaient pas eu le temps. Les cris avaient fusé dans tous les sens. Sa femme s'était levée d'un bond avant d'être plaquée au sol. Juhel Abragrall n'avait pas eu ce réflexe mais avait subi le même sort. Leurs deux enfants de sept et neuf ans avaient été extirpés du domicile pour être emmenés vers un lieu indéterminé. Leur mère avait hurlé de toutes ses forces en voyant qu'on prenait ses enfants. Sans explication, elle se trouva rapidement menottée à un radiateur, tandis que les agents entamaient une fouille méticuleuse de l'habitation. Juhel Abragrall fut quant à lui conduit vers un petit aérodrome où un hélicoptère de l'armée attendait. Deux heures plus tard et après avoir été photographié sous toutes les coutures, il était enfermé dans une pièce capitonnée, les mains toujours empêchées par les froids bracelets d'acier. Un grand chambardement s'était produit dans sa vie et il n'avait aucune idée de pourquoi.

Un homme entra, lui retira une seule menotte et le fit asseoir. L'inconnu attacha l'autre bracelet au pied de la chaise qui était scellé au sol. Des détails anodins qui prenaient beaucoup d'importance lorsqu'on était celui qui s'y retrouvait accroché. Juhel commença par demander où était sa famille.

— Je n'en sais rien, esquiva l'inconnu en ouvrant le dossier bleu qui était posé devant lui et sur lequel figurait le nom ABRAGRALL en lettres capitales.

Juhel reçut la réponse comme un uppercut. Il allait hurler sa colère mais l'homme enchaîna sans lui en laisser le temps.

— Je m'appelle Shepherd, dit-il, je suis le commissaire divisionnaire responsable de l'enquête.

— Mais quelle enquête, nom de Dieu ?

— Sur les cars.

— Les cars ? Quels cars ?

Il paraissait réellement surpris. Pour le commissaire, ça commençait mal. Quelqu'un frappa à la porte. Sans attendre la réponse, un policier en uniforme pénétra dans la pièce. Thomas Shepherd détestait être dérangé lorsqu'il conduisait un interrogatoire. La plupart de ses collègues préféraient mener l'exercice à deux, ou même à trois, afin de ne pas laisser au prévenu le temps de réfléchir entre les questions, ou bien jouer alternativement les rôles du gentil et du méchant. Ce n'était pas son cas. Shepherd préférait être seul, les yeux dans les yeux, à l'ancienne, pour exercer une pression beaucoup plus personnelle. Conscient qu'il ne devait pas être là, l'agent lui tendit la feuille de papier qu'il avait à la main et disparut. Le commissaire lut attentivement, sans relever le regard. L'un des cinq otages du bateau venait de se réveiller. Une monitrice qui n'avait aucun souvenir de ce qui l'avait menée là. Elle s'était endormie peu de temps après le départ d'Avallon et s'était réveillée sept jours plus tard à l'hôpital. Il grimaça et replia la feuille pour que Juhel Abragrall ne voie pas ce qu'il y avait dessus.

— C'est bien votre bateau ? demanda-t-il en pointant la couverture du dossier où était inscrit le nom *Gwen-Bleiz*.

— Je veux un avocat ! beugla le marin en guise de réponse.

— Ne vous inquiétez pas, monsieur Abragrall, répliqua Shepherd. Vu tout ce qu'on vous reproche, en cour d'assises, vous aurez le choix parmi les plus grands pénalistes du pays. Mais pour le moment, et à moins que vous vouliez que je vous place, vous et votre famille, en quartier de haute sécurité le temps d'en trouver un, c'est moi qui pose les questions ! On est d'accord ?

Juhel Abragrall resta silencieux, hésitant entre sa volonté de se battre et celle de jouer le jeu pour sortir de cet enfer.

— Où étiez-vous hier soir ? demanda le commissaire Shepherd.

— Chez moi, avec ma femme et mes enfants. Là où vous m'avez trouvé ce matin.

— Et le *Gwen-Bleiz* ?

— Le *Gwen*, j'en sais rien.

— Comment cela, vous n'en savez rien ? C'est votre bateau ou pas ?

— C'est mon bateau, mais je l'ai loué à un type pour la semaine.

— À un type ?

— Oui !

— Le nom du type ?

Juhel Abragrall perçut enfin un début d'explication. Ce n'était pas lui qui était recherché mais l'utilisateur du *Gwen*. Il s'apaisa un peu.

— Il s'appelle Reda Messina. C'est un investisseur, pas un grignou. Un mec bien sapé, vous voyez ?

— Non, répondit Shepherd.

— Il m'a offert un bon prix pour faire une partie de pêche avec des clients, pas de la bigaille. Pourquoi ? Il a fait quoi avec le *Gwen* ?

— Vous avez ses coordonnées ?

— Je réponds à vos questions, et pourquoi vous ne répondez jamais aux miennes ? s'insurgea le pêcheur.

Shepherd jeta un regard ironique vers sa main menottée en guise de réponse.

— Coordonnées ? se contenta de répéter le commissaire.

Juhel Abragrall se mura dans le silence quelques secondes en regardant le sol. Shepherd prit sur lui et resta également silencieux en attendant que l'autre accouche. Conscient que les rares informations qu'il possédait ne lui permettraient pas de négocier grand-chose, le patron-pêcheur finit par dire ce qu'il savait.

— Sur le téléphone que vos hommes m'ont confisqué. J'ai même une adresse. Comme ça, vous pourrez débarquer chez lui comme chez moi, pour lui faire la surprise.

Shepherd décrocha le combiné qui était posé sur la table pour demander qu'on lui apporte l'appareil immédiatement. Aussitôt qu'il eut raccroché, il reprit l'interrogatoire.

— Il vous a contacté comment ?

— Sur Internet.

— Expliquez ! s'agaça le commissaire.

— Je propose mon bateau en saison creuse pour ce genre de prestations, au coup par coup, *via* une agence de location. Ça me rapporte plus qu'une journée de pêche et ça me fatigue moins. En général, c'est moi qui conduis, mais lui, il voulait uniquement le *Gwen*.

— Et vous l'avez laissé partir seul, avec votre bateau ?

— Ouais. Un bateau, c'est pas comme une bagnole, ou une gonzesse, ça peut pas disparaître ! Et puis, le type, il était convaincant.

— En quoi ?

— Financièrement convaincant.

— Vous avez vérifié qu'il savait naviguer ?

— Bien entendu, vous me prenez pour qui ? renâcla Juhel Abragrall. Je l'ai même fait venir au port pour voir ses compétences de mes yeux. Un type correct, pas un poch. Je lui ai montré toutes les subtilités de fonctionnement du bateau, mais il en savait déjà un rayon. Il m'a même fait voir son permis d'utilisation pour le chalut, c'était propre !

— Il vous a payé d'avance ?

— Oui, tout en liquide. Avec une rallonge de deux mille sur le prix convenu.

Shepherd sortit son portable. Il le manipula quelques secondes puis enclencha l'enregistrement sonore de la voix du ravisseur qui expliquait à Talia pourquoi il l'avait choisie pour interlocutrice.

— Est-ce que vous reconnaissez la voix de ce Reda Messina ?

Juhel Abragrall se concentra et laissa défiler la voix plusieurs secondes avant de répondre.

— Je ne crois pas, non. Il n'avait pas cette intonation-là. Il avait un accent.

— Quel genre ?

— Plutôt du Sud, méditerranéen, pas de Paris.

— OK. Il a quelle allure ?

— Comment ça ?

— Décrivez-le-moi.

Il réfléchit de nouveau.

— Ben… grand, costaud, un peu rond. Il a les yeux clairs et des petites lunettes. Un type plutôt banal, hormis son costume en velours beige.

— En velours beige ?

— Blanc cassé, oui, un peu beige.

— Ça ne fait pas trop pêcheur du coin, ça !

— Non, pourtant il s'y connaissait bien.

— Avez-vous fait une photo de son permis de pêche au chalut ?

— Ben non, j'ai pas pensé.

— Évidemment.

— C'est une obligation pour lui, s'il l'utilise, mais pas pour moi pour lui louer mon bateau.

— Ouais. Et ça vous arrange bien, pesta Shepherd. De toute façon, quelque chose me dit qu'il ne vous aurait pas laissé le photographier. Vous êtes bon en dessin ?

— Pas tellement. Je suis pêcheur, pas artiste.

— Je vais vous présenter quelqu'un qui va vite vous aider à vous améliorer. Vous allez me faire un portrait-robot. Dans votre intérêt, il vaut mieux qu'il soit particulièrement réussi.

Juhel Abragrall semblait éberlué. Il n'avait jamais été physionomiste et encore moins doué en dessin.

— Bon, mais après je sors, hein ?

— Ça dépendra de votre dessin, mais en attendant vous restez avec moi. Et croyez-moi, si l'envie vous prenait de faire appel à un avocat, vous resteriez encore plus longtemps. La paperasse, tout ça… ponctua-t-il en écartant les bras.

Un agent en civil pénétra dans la salle d'interrogatoire sans frapper. Il tendit au commissaire le portable d'Abragrall protégé dans un sachet en plastique transparent.

— Bon, elle est où, cette adresse ?

Juhel Abragrall tendit la main pour prendre son téléphone. Shepherd ne le lui remit pas.

— Donnez-moi plutôt votre code, je vais trouver tout seul.

Abragrall tenta de nouveau d'obtenir du commissaire la promesse d'une remise en liberté. Ce n'était pas un professionnel de la négociation, loin de là. Il n'était décidément pas en position de force.

— Monsieur Abragrall, reprit Shepherd, si je me fatigue, c'est quarante-huit heures de plus ici ! Je vous rappelle que, jusqu'à nouvel ordre, vous êtes complice d'un terroriste.

— OK, OK, mon code c'est quatre fois le zéro.

— J'aurais dû le deviner tout seul, soupira le commissaire en haussant les sourcils. Vous êtes un gars prudent…

Il savait reconnaître un truand lorsqu'il en avait un entre les pattes et ce n'était pas le profil de ce type pénible. Il manipula quelques instants le téléphone et trouva facilement les coordonnées d'un dénommé Reda Messina. Il se figea et leva les yeux vers le pêcheur.

— Vous vous foutez de moi ?

Décontenancé, Abragrall resta muet.

— J'ai écrit ce qu'il m'a dit. J'ai pas été invité à aller chez lui pour vérifier.

— Vous êtes sûr de l'adresse ?

— Je suis pas de Paname, moi ! Pourquoi, elle vous pose un problème, cette adresse ?

— Un peu, oui, répondit le commissaire énigmatique, avant de quitter la pièce et de le laisser seul.

## – 21 –

Il était environ 7 heures du matin lorsque les lumières s'allumèrent au rez-de-chaussée. Depuis déjà un moment, Ève Melville avait repéré du mouvement dans la maison. Elle était frigorifiée. Passer la nuit au milieu de nulle part, à surveiller les faits et gestes de Talia et en même temps les menaces pesant sur elle, était l'une des missions les plus loufoques qu'on lui ait confiées. Un peu plus tôt, elle était sortie de sa voiture pour faire un tour. Grelottante, elle avait inspecté le parc jusqu'au vieux portail, à la lueur de la lampe de son téléphone. Tout était normal et seule une berline garée devant la première maison aux volets fermés attira son attention, car elle n'était pas là la veille. Elle pouvait aussi bien appartenir à quelqu'un qui se levait tôt ou se couchait tard, elle ne connaissait pas les habitudes des gens du coin.

Emmitouflée jusqu'aux oreilles dans son épaisse couverture, elle vint frapper à la porte. Talia était déjà habillée ; un fuseau en cuir renforcé aux genoux, des bottes et un pull blanc à grosses mailles. Autant son visage était fin et féminin, avec de longs cheveux châtains et des yeux vert émeraude, autant ses tenues semblaient sorties d'une penderie de bikers nord-américains. Sans un mot, elle s'écarta pour laisser Ève passer. La policière pénétra dans le vestibule en désordre. Il donnait sur une grande pièce aux poutres apparentes qui servait de salle à manger, de cuisine et de living.

— C'est à gauche, précisa Talia qui la suivait.

Ève s'installa derrière une longue table, le plus près possible du four dans lequel réchauffaient des viennoiseries. Elle ne se rendit pas compte qu'elle tremblait de tout son corps. La maison était plus accueillante que ce qu'elle avait imaginé de l'extérieur. Il y faisait bon et l'odeur de bois de la pièce était agréable. Il y avait plusieurs canapés de formes et de coloris différents, un vieux piano à queue sur lequel on avait posé un vase de roses séchées. Derrière se trouvait une longue bibliothèque avec essentiellement des livres anciens, des bibelots poussiéreux, des photos en noir et blanc, et une grande cuisine ouverte. Au milieu trônait la table en bois massif d'où elle observait les lieux. L'ensemble formait un genre de bazar joyeusement organisé qui lui plut. Certes, c'était rustique et le sol constitué d'une simple chape en ciment amplifiait cette impression, mais les meubles et la décoration dégageaient une atmosphère chaleureuse. Talia lui tendit un bol de café chaud qu'elle serra entre ses mains. La céramique était épaisse et lui rappela celle qu'elle utilisait enfant dans la ferme de ses grands-parents.

— Vous habitez ici depuis longtemps ?

— C'est une maison qui appartient à ma famille depuis plusieurs générations. Je l'ai fait moderniser il y a quelques années, pour y habiter moi-même.

— Vous vivez seule ?

— Non.

Ève espérait un développement, malheureusement Talia ne dit rien de plus. Dommage, bien essayé, pensa-t-elle avant de poursuivre :

— C'est dangereux pour vous d'habiter une maison isolée.

— Pourquoi ?

— Si quelqu'un voulait vous chercher des noises, ce serait un endroit idéal. Votre portail ne ferme même pas.

— Je sais me défendre. Et puis tout ce qui concerne les agents du Raid est secret-défense, que ce soient nos identités ou nos adresses.

— Quelqu'un pourrait vous suivre.

— Vous croyez ?

Ève acquiesça d'un mouvement de menton.

— Il faudrait qu'il conduise autre chose qu'une Clio, ajouta Talia ironiquement.

— Les bandits sont mieux équipés que la police, c'est connu.

— Lorsque je rentre chez moi, je roule à une vitesse qui ne permet pas à beaucoup de véhicules de me suivre, même de loin. Et si malgré tout c'était le cas, je peux vous assurer que je le remarquerais vite.

C'était vrai, réfléchit Ève Melville, une centaine de kilomètres sur une moto de cette cylindrée lui garantissait presque à coup sûr de ne pas être suivie. Mais il y avait bien d'autres moyens de localiser quelqu'un.

— Pour ce qui est de votre identité, visiblement, le barge a trouvé !

— Vous pensez réellement que si j'habitais à Paris, au milieu de la population, je serais plus en sécurité ? Que si un terroriste motivé et entraîné venait pour moi, je pourrais compter sur un voisin plombier ou expert-comptable pour me protéger ?

Cette fois, c'est Ève qui ne répondit pas.

— Je me sens bien ici, à l'écart, ça correspond à ma personnalité. Et par rapport à ma profession, je crois que ça ne change pas grand-chose.

— Peut-être, admit Ève. Mais moi, je ne pourrais pas vivre dans un endroit aussi isolé.

Talia sourit de cet aveu spontané.

— Vous n'aimez pas la campagne, capitaine ?

— Non.

— Vraiment ?

— Vraiment pas, non !

— C'est étrange. Pourquoi ça ?

— Je ne sais pas, je n'analyse pas.

Talia la fixait en attendant une autre réponse.

— Vous savez toujours dire pourquoi vous n'aimez pas les choses, vous ? finit par répondre Ève, embarrassée.

— Oui, à peu près.

— Eh bien, pas moi.

Au-dessus de la porte, le balancier de l'horloge égrenait longuement les secondes.

— Disons que lorsque je suis à la campagne je m'emmerde. Et la nuit j'ai peur. Ça vous suffit comme réponse ?

Talia posa la corbeille de viennoiseries devant elle.

— Effectivement, vous n'êtes peut-être pas faite pour vivre ici, dit-elle en souriant doucement.

Ève commençait pourtant à se sentir étonnamment à son aise dans cet univers hostile. Elle trouvait étrange de se retrouver là, à prendre le petit déjeuner avec celle que Shepherd soupçonnait de complicité dans l'enlèvement de dizaines d'enfants. Ses craintes s'estompaient, même si la désignation de Talia comme interlocutrice par le chef des terroristes continuait de poser question.

Elle saisit un croissant qu'elle plongea vigoureusement dans son bol de café.

— Vous avez fait comment pour devenir négociatrice ?

— J'ai fait des études.

— Vous avez un petit humour à froid comme ça, l'air de rien, que je n'aime pas trop.

— Ce n'est pas de l'humour.

— Et il faut faire quoi comme études ?

— Il n'y a pas de chemin type, mais moi, j'ai fait psycho.

— Vous avez fait psycho pour finir dans la police ?

— J'avais envie de faire un métier différent des autres. Je ne me serais pas vue travailler dans un cabinet ou un hôpital, il me fallait quelque chose de plus musclé.

— J'imagine. Vous n'avez jamais peur ?

— Non, jamais. Pas de colère, pas de tristesse, pas de joie non plus…

Ève Melville resta immobile, maintenant son croissant au-dessus de son bol.

— Évidemment que j'ai peur ! s'exclama Talia. Tout le monde a peur, y compris les agents du Raid. Mais c'est un élément de l'équation que nous apprenons à contrôler.

— Et comment faites-vous pour contrôler ça ? demanda Ève, amusée.

— D'abord, en ayant confiance dans le groupe. Seule, je ne prendrais jamais ce genre de risques. Aucun de mes camarades non plus. Ce qui permet d'intervenir dans des situations extrêmes, c'est la force du collectif. Mais celle-ci ne tombe pas du ciel, il faut l'alimenter, elle nécessite beaucoup d'engagement. Nous devons ne faire qu'un, notre force vient de cet esprit de meute.

— Je comprends.

— En général, j'ai peur avant, et parfois après, mais jamais pendant. Durant l'assaut, je suis concentrée sur la mission, les objectifs, ma technique, la stratégie. La peur n'a pas sa place.

— Comment s'est fait votre choix ?

— Je crois que les choses importantes ne se font jamais facilement. Je suis entrée dans la police comme lieutenant. Une fois en poste, j'ai continué ma formation par une licence en sciences comportementales, puis deux masters en psychologie criminelle et en sécurité intérieure. Mais vous savez déjà tout ça, je crois.

— Effectivement, dit Ève, gênée, puis elle reprit : ça fait beaucoup d'études, j'en serais incapable. Déjà que j'ai du mal avec les évaluations !

— La plupart des gens en sont capables. La véritable question est celle de l'implication que vous décidez de mettre dans votre projet et dans votre vie en général. Cela a représenté quelques sacrifices, mais pendant un temps assez court. À la fin, ça m'a ouvert des portes.

— Et pourquoi la négociation ?

— Pour une raison personnelle.

— Qui est ?

— Personnelle.

Ève s'effaça devant cette réponse intrigante, mais sa curiosité était attisée et elle se dit qu'elle tenterait d'en savoir plus autrement. Elle poursuivit cependant sans donner l'air d'insister :

— Pour le peu que j'ai vu des négociateurs, je ne sais pas comment vous faites pour être gentille avec tous ces dingues.

Talia sourit puis but une gorgée de café.

— Être gentil avec quelqu'un augmente son taux de dopamine. C'est un phénomène biologique.

— Ah ouais…

— C'est comme d'accroître son bien-être, il voudra y revenir pour retrouver la sensation et sera inconsciemment enclin à faire ce que vous lui dites. Leçon numéro 1, capitaine, la perspective de la récompense !

— C'est noté ! J'en parlerai à Shepherd.

— Et puis, dingues, ils le sont rarement.

— Vous le pensez vraiment ? Pour moi, ils sont à enfermer.

— Lorsqu'on entre en négociation, l'objectif principal n'est pas de faire un diagnostic médical, mais de tuer l'œuf dans le cul de la poule. On doit toujours avoir ça à l'esprit. Après, si on peut épargner la poule, c'est un plus, mais ce n'est jamais la priorité. Je pars toujours du postulat que mon interlocuteur n'est pas fou, mais que son discernement et ses émotions sont altérés. Qu'il a perdu les pédales, pour des raisons qui peuvent être très diverses, et qu'en le faisant redescendre en température on évitera d'avoir d'autres victimes.

— C'est un postulat risqué.

— Peut-être, mais c'est le seul qui ait une utilité. L'autre option rend la négociation impossible. Rentrer dans le tas, tirer sur tout ce qui bouge produit nécessairement plus de dégâts. Face à l'adversaire, mon rôle est d'apaiser, de lui montrer de l'intérêt, de gagner du temps, de lui faire percevoir une autre issue que celle qu'il a en tête.

— Même avec des terroristes ?

— Dans tous les cas.

— Pourtant, eux ne viennent pas pour discuter.

— Vous vous trompez, capitaine. Tout le monde se trompe là-dessus.

À l'extérieur, un homme, qui avait lui aussi passé la nuit dans sa voiture, s'approcha en silence des fenêtres.

Il ne s'attendait pas à trouver cette fille avec la cible. Elle était restée là toute la nuit dissimulée dans sa Clio à une cinquantaine de mètres de la maison. À sa dégaine et à son holster, il avait vite compris qu'elle devait être de la police. Une protection rapprochée pour un agent du Raid, on n'arrêtait pas le progrès. Heureusement qu'il l'avait vue arriver, sinon il se serait fait avoir. Il déplia un bras télescopique équipé d'une caméra miniaturisée et d'un préamplificateur de sons qu'il fit coulisser le long d'un des barreaux de la fenêtre. Le bras était tellement fin qu'à plusieurs mètres il était totalement invisible. L'homme voyait ce qui se passait à l'intérieur, comme s'il y était. Il porta un écouteur à son oreille.

— On pense que les terroristes intègrent le fait qu'ils vont mourir, dit encore Talia. Qu'ils donnent leur vie pour la cause, mais ce n'est jamais complètement vrai. Au dernier moment, l'instinct de survie prend toujours le dessus. Ils espèrent, consciemment ou non, qu'une fenêtre va s'ouvrir et qu'ils pourront sauver leur peau. Les terroristes sont des êtres humains, même si cela ne saute pas aux yeux. Cette brève fenêtre, cette espérance sont les ultimes points d'entrée pour négocier.

— Si vous le dites, répondit la policière, mais j'ai tout de même beaucoup de mal à l'imaginer.

— Il est bien évidemment plus facile de réussir avec une personne isolée qu'avec un groupe, car l'esprit de corps peut prendre le dessus sur l'instinct de survie.

— Vous pensez qu'on a affaire à ce genre d'individu ?

— Non, je ne le crois pas du tout. Avec lui, c'est beaucoup plus compliqué.

Talia réfléchit quelques instants pour formuler ce qu'elle percevait sans en être totalement certaine.

— Tout ce qu'il fait est organisé, soigné. Il est clinique.

— Clinique ?

— Précis, si vous préférez. On est plutôt en face d'un pervers narcissique, quelqu'un qui veut vous plaire en plus d'aimer vous faire du mal ! Rien à voir avec un profil terroriste qui sera uniquement dans l'exaltation de son acte.

— Un pervers narcissique ? C'est assez commun, non ? Vous pensez vraiment que ce n'est que ça ?

Devant son regard interrogatif, Talia poursuivit :

— Oui, probablement. On les identifie facilement par une survalorisation permanente d'eux-mêmes aux dépens d'autrui. C'est une pathologie essentiellement masculine, très répandue dans les métiers qui permettent d'accéder à un ascendant psychologique.

— Parce que ça les canalise ?

— En quelque sorte, oui. Mais s'ils ne parviennent pas à ce statut très élevé, qu'ils estiment mériter dans leur profession, alors ils expriment souvent leur névrose dans le cercle familial. Ils peuvent y faire régner de véritables tyrannies et facilement basculer dans la violence lorsqu'ils rencontrent des résistances.

— Avec moi, ce genre de type aura du boulot !

— Ne croyez pas cela, capitaine.

Ève ne dit rien.

— Je peux vous citer de nombreuses femmes célèbres, avec des caractères affirmés, des carrières époustouflantes, et qui sont pourtant restées longtemps sous le joug de sociopathes de ce genre. Il s'agit d'une véritable prédation, au sens premier du terme, qui peut aller jusqu'à l'annihilation complète de l'identité de la proie. Même pour une personne très forte et équilibrée, il est difficile de sortir d'une relation toxique comme celle-là sans une aide extérieure.

— Oui, bon, admettons que notre type soit un pervers dans ce genre, il ne peut pas être seul pour enlever soixante-dix personnes ! Ils sont nécessairement nombreux à tremper dans cette affaire.

Talia termina son café d'une traite et s'essuya la bouche.

— Une bonne organisation peut compenser le nombre. Les pervers narcissiques ont du mal à travailler efficacement en équipe, car ils recherchent toujours la lumière à titre individuel. De plus, ils ne savent pas gérer les conflits, ils ont une sorte d'intolérance à la contrariété, ils font tout pour l'éviter et d'ailleurs, en général, c'est là qu'ils font n'importe quoi. À mon avis, nos ravisseurs ne sont que trois ou quatre. Une petite équipe autour d'un leader que les autres doivent vénérer. Ou bien ils lui sont redevables de quelque chose. Toute autre configuration rendrait leurs relations impossibles.

— Comment pouvez-vous savoir tout cela ? Vous n'avez été en contact avec lui que quelques minutes et pour échanger des paroles banales.

— Il ne s'agit pas uniquement des mots qu'il a prononcés, mais du contexte, des intonations, de ses rares silences durant l'échange qui démontrent une envie de toujours avoir le dessus.

— Dommage que vous ne soyez pas arrivée à découvrir son identité.

— Ça viendra.

— Et ils ont des faiblesses, les pervers narcissiques ?

— Oui, heureusement, ils en ont beaucoup !

— Lesquelles ?

— Eh bien, le revers de tout ce que je viens de vous expliquer : une estime d'eux-mêmes extravagante, un besoin quasi physiologique de plaire, entre autres. Dans une négociation de haut niveau, ce sont des lacunes rédhibitoires. Qui plus est, pour se sentir en confiance, ils ont besoin de tout maîtriser, de tout planifier. Si vous parvenez à introduire un grain de sable, un soupçon d'inattendu dans leur organisation, ils sont perdus bien plus vite que la moyenne des gens et ils commettent des erreurs. Avec notre type, on ne va pas se contenter de grains de sable, on va lui déverser des pelleteuses entières.

— Ah ben voilà… J'aime bien vous entendre parler comme ça !

Talia sourit.

— Et vous, capitaine, qu'est-ce qui vous a menée rue du Bastion ?

— Oh, pour moi, le chemin a été bien moins exceptionnel.

— Dites toujours.

— Je crois que j'ai toujours eu ça en moi. Quand j'étais petite, je voulais être Zorro. Mes parents m'ont acheté un cheval en bois, mais ça ne m'a pas suffi, alors je suis entrée dans la police.

À l'extérieur, l'homme replia sa caméra. Il avait transmis suffisamment d'images. Il savait qu'il allait bientôt y avoir du mouvement et qu'il ne devait pas rester là. Il reprit le chemin des cyprès pour retourner vers sa voiture. Il devait être prêt au bon moment et celui-ci n'allait pas tarder.

Ève laissa glisser la couverture en laine le long du dossier de la chaise et déboutonna le haut de sa veste. Avec la chaleur de la maison et du café, son visage était passé en quelques minutes d'un blanc livide à un rouge révolutionnaire. Elle se sentait bien et avait presque oublié la raison initiale de sa présence.

— C'est original d'entrer au Raid pour faire de la négociation ?

Talia sourit à cette nouvelle tentative à peine déguisée.

— Vous savez, tous les métiers d'expression orale nécessitent une forme de psychothérapie, l'envie de plaider, de « convaincre » pour exister. Ça commence avec ça.

— Vous vous y prenez comment pour convaincre les dingues ?

— Je vous l'ai dit, il faut d'abord être gentille. Ensuite, il y a différentes méthodes qui nécessitent une compréhension, même succincte, de la névrose de notre interlocuteur. Ça ressemble un peu à un travail de traduction.

— Il faut comprendre ce qu'il attend ?

— C'est ça. Et ce qu'il attend est souvent très éloigné de ce qu'il exprime. Lorsque des linguistes veulent comprendre une langue oubliée, dans un premier temps ils ne s'attachent ni aux symboles ni aux sons, mais aux points de contact. Une pierre de Rosette qui leur permettra de découvrir son fonctionnement, puis, par recoupement, de déchiffrer les mots. La négociation fonctionne d'une façon similaire. Vous devez parvenir à entrer dans la tête de votre adversaire, à trouver avec lui une pierre de Rosette pour comprendre son fonctionnement, ses attentes et le sens qu'il donne aux choses.

— Afin de les utiliser contre lui ?

— C'est vrai dans tous les cas de figure. Que vous négociiez avec un terroriste, un braqueur de banque, un commercial ou votre assureur, les ressorts inconscients sont identiques.

— Ce n'est pas plus difficile pour vous ?

— Vous voulez dire pour une femme ?

— Oui.

— Ce n'est pas une question de genre, mais le fait d'être une femme présente aussi des avantages. Un forcené sera plus enclin à se confronter à un autre homme qu'à négocier, avec une femme il pourra avoir une attitude différente. Il entrera moins dans un combat d'*ego*. La séduction est également un atout.

— J'aurais du mal à essayer de séduire un terroriste, j'aurais l'impression de me prostituer.

— Je ne le vois pas ainsi. Je n'ai pas dit que c'était facile ou plaisant. Mais vous savez, une femme qui se prostitue le fait souvent pour survivre, ou faire manger sa famille. Je ne me prostitue pas, mais le travail que je fais a pour objectif de sauver des personnes qui sont en danger de mort. On ne lutte pas contre des criminels uniquement avec de bons sentiments.

Le carillon sonna 7 h 30 par une note grave qui résonna dans toute la maison. Talia se leva et se dirigea vers le bas de l'escalier. Plusieurs pas rapides résonnèrent à l'étage. À l'enchaînement des mouvements, Ève comprit qu'il y avait au moins deux personnes au-dessus de leurs têtes. C'est un petit bonhomme d'une dizaine d'années qui apparut le premier. Il avait le même regard volontaire, les mêmes traits fins que Talia. Vêtu d'un blouson en cuir, il ressemblait à un motard miniature. Visiblement fier de son allure, il s'arrêta net à la vue de la femme qu'il ne connaissait pas.

— Capitaine Melville, je vous présente mon fils, Jules, dit Talia.

Rasséréné, l'enfant s'approcha de la policière pour l'embrasser. Elle hésita un instant, regarda vers Talia, puis tendit la joue. En même temps, il attrapa un pain au chocolat.

— Dépêche-toi, Jules, on va être en retard ! dit Talia avec autorité.

Ève se leva d'un bond, comme si la consigne lui était destinée. De biais, elle regardait avec appétit le dernier croissant. Talia lui tendit la corbeille.

— Vous le mangerez durant le trajet du retour.

— Merci, commandante.

— Talia, la reprit-elle.

Ève allait les suivre. C'était sa mission. Elle remonta le col de sa veste en jean et hésita à garder la couverture en prévision du froid humide qui l'attendait à l'extérieur. Une jeune fille, les cheveux si blonds qu'ils en étaient presque blancs, des tatouages et des piercings un peu partout, descendit l'escalier à son tour. Elle marqua le même temps d'arrêt devant la policière. Talia sourit.

— Bonjour, Agnieszka.

— *Cześć !* Bonjour, madame, dit-elle à la policière.

— Bonjour, mademoiselle.

— *Śpię zbyt długo, mam zamiar być późno.*

— Tu veux emporter quelque chose à manger ? lui demanda Talia.

— *Nie, dziękuję, że tam ją zabram.*

La policière écouta l'échange sans en comprendre le moindre mot, ni même savoir en quelle langue il se tenait. La fille passa devant elle, décrocha un manteau doublé de fourrure au portemanteau et l'enfila.

— Au revoir, dit-elle en emportant le trousseau dc clés qui était suspendu à la porte.

— *Pa pa, Agnieszka*, lui répondit Talia.

Ève se rapprocha de la fenêtre pour observer cette étrange gamine. Celle-ci eut beaucoup de difficultés à démarrer la petite voiture garée le long de la maison que la policière avait remarquée en arrivant. Elle n'y parvint qu'à la troisième reprise, en faisant s'échapper un nuage de fumée blanche qui se mélangea à la brume matinale.

— Qui est Agnieszka ? demanda Ève prudemment, de peur que Talia ne lui réponde pas.

— C'est ma garde-malade, répondit Jules tout en faisant ses lacets, assis sur le sol.

— Jules ! réagit Talia, agacée par l'attitude de son fils.

— Ben quoi ? C'est vrai. Sauf que je ne suis pas malade.

— Agnieszka est fille au pair, expliqua Talia. Elle est polonaise et vit chez nous depuis quelques mois. Elle suit un cursus en histoire de l'art et m'aide avec Jules lorsque je suis absente.

— C'est-à-dire très souvent, compléta le jeune garçon.

— Oui, souvent…

Ève s'efforça de ne pas prendre part à cette querelle entre mère et fils. Elle se doutait qu'avec ses fonctions et ses déplacements fréquents, la vie quotidienne de la commandante et celle de son fils ne devaient pas être toujours simples. Elle changea de sujet.

— Qu'est-ce qu'elle vous a dit, Agnieszka ?

— Rien d'important.

Ève dodelina de la tête, manifestement peu convaincue par la réponse.

— Elle m'a dit qu'elle s'était levée trop tard et qu'elle allait être en retard à la fac, lui dit Talia pour la rassurer. Rien de compromettant, ni d'utile à l'enquête.

— Vous parlez beaucoup de langues étrangères comme ça ?

— Quelques-unes. Disons que je les apprends vite. Observation, décryptage, restitution, les mécanismes d'apprentissage linguistiques ressemblent beaucoup aux techniques de négociation.

— J'ai encore une question à vous poser, commandante.

— D'accord, mais d'abord on va se tutoyer, répondit Talia en enfilant un blouson en cuir.

— Très bien ! répondit Ève, surprise. Je ne suis plus votre ennemie alors ?

— On n'en est plus là. Et puis, vu que tu vas m'accompagner partout durant quelque temps, j'ai deux possibilités : te considérer comme un parasite ou comme une collègue. Il me semble que la seconde option sera la plus agréable pour tout le monde.

— OK !

— Quelle est ta question ?

— Tout à l'heure, en faisant un tour jusqu'au portail, j'ai remarqué qu'une voiture noire, de grosse cylindrée, était garée devant la maison à l'entrée du chemin. Elle n'était pas là lorsqu'on est arrivées cette nuit. Elle appartient à l'un de tes voisins ?

Talia la regarda sans répondre. Ève sortit son téléphone.

— J'ai pris une photo de sa plaque d'immatriculation. Je vais demander son identification pour savoir de qui il s'agit.

## – 22 –

*Au même moment*

Gérald Mansour détestait recevoir des appels qu'il n'attendait pas. La plupart du temps, c'était pour lui annoncer des nouvelles qui lui déplaisaient. Néanmoins, cette fois, et malgré l'heure matinale, il n'était qu'à demi surpris. Certes, Der Adler n'aurait jamais dû le contacter sur sa ligne privée, même si avec lui il ne risquait pas grand-chose. Il décrocha à la quatrième sonnerie et n'eut pas le temps de dire un mot.

— Je peux savoir ce qui vous prend, Gérald ?

Il savait exactement ce qui le chagrinait, mais feignit la surprise et laissa passer quelques instants avant de parler.

— À quel propos ?

— Nc faites pas l'idiot avec moi.

— On ne fait jamais l'idiot, on peut l'être parfois, mais c'est à l'insu de notre volonté.

— Pourquoi avez-vous demandé à changer de négociateur ? Ce n'est pas ce dont nous étions convenus !

Gérald se retint de rire devant le burlesque de la situation. Cet homme puissant était un pitre sans envergure.

— Vous dites cela parce que je n'ai pas souhaité poursuivre avec celui que vous m'imposiez ? se contenta de répondre Gérald.

— Pourquoi choisir Talia Sorel ?

— Mettez ça sur le compte de mon esprit de contradiction.

— Vous ne pouviez pas trouver pire qu'elle.

— Je ne suis pas de cet avis.

— Je la connais bien. Elle a des capacités particulières, une intuition hors du commun. Vous êtes doué, Gérald, mais elle aussi.

— Tant mieux alors, la partie n'en sera que plus relevée ! Je vous rappelle qu'en me sollicitant comme vous l'avez fait, c'est vous qui m'avez mis en relation avec elle. Alors maintenant, non seulement je la connais, mais mieux que vous ne l'imaginez. Si je l'ai désignée, ce n'est pas par hasard.

— Vous ne savez pas de quoi vous parlez. Elle est imprévisible.

— Moi aussi !

— Comme vous, oui.

— À vaincre sans péril on triomphe sans gloire. Vous devriez le savoir, Der Adler.

— Vous êtes brillant, Gérald, intelligent aussi, mais vaniteux, faites attention à ne pas vous brûler les doigts.

— Et les vôtres avec…

Der Adler ne répondit pas, il fulminait et n'avait guère besoin de parler pour que cela s'entende.

— Vous voulez gagner beaucoup d'argent, Der Adler. Prendre votre retraite sur un gros coup. Alors que moi, je veux changer le monde ! Un jour, je serai un chef d'État aimé et respecté. Nous n'avons pas le même appétit, c'est tout.

— Vous ne changerez pas le monde, Gérald. Dans vingt ans, personne ne se souviendra ni de vous, ni de moi d'ailleurs. Nous ne sommes que les soubresauts d'un monde imparfait, pas son âme ! Contentez-vous de ramasser ses miettes en silence et laissez la lumière aux gens plus vertueux que vous.

— Avec tout le respect que je vous dois, Der Adler, malgré toutes vos simagrées et votre pseudo d'opérette qui n'impressionne que vous, votre manque d'ambition est détestable. Vous n'êtes pas un aigle[1] mais une poule, grasse et déjà gavée de grains. Conformément à votre souhait, vous resterez obscur, mais pas moi. Après ce coup, plus personne n'ignorera mon nom.

— Ma vie a un sens, Gérald, pas la vôtre.

— Je crois que la vie n'a aucun sens, et qu'on se donne beaucoup de mal pour tenter de lui en trouver un. La mienne n'en a pas plus que la vôtre, mais elle a plus de relief !

1. *Adler* : aigle, en allemand.

# – 23 –

« La guerre, c'est comme la chasse,
sauf qu'à la guerre les lapins tirent. »
Charles de Gaulle

Dans le centre-ville de Lyons-la-Forêt, Talia conduisait prudemment. Un respect strict de la signalisation et des règles de sécurité routière. Le conducteur anonyme qui la suivait au volant de la grosse berline noire restait à distance. Même s'il connaissait les difficultés de la mission, il était fier d'avoir été choisi. Suivre une commandante du Raid en exercice, c'était le nec plus ultra de sa profession, une marque de confiance dont il pourrait se vanter à l'avenir. Qui plus est lorsque celle-ci se déplaçait sur l'une des motos les plus puissantes de la planète. L'autre femme qu'il avait vue à l'intérieur de la maison, probablement une policière, n'en était pas ressortie. Peu importe, car ce n'était pas la cible. Pour l'occasion, il était équipé en conséquence – une berline allemande de 450 chevaux, pourvue de deux turbocompresseurs et d'une injection haute pression permettant d'atteindre les 100 kilomètres/heure en moins de quatre secondes.

Avec ça, il était capable de rivaliser avec n'importe quel véhicule terrestre de deux ou quatre roues. Mais au lieu de la course-poursuite de cinéma dont il rêvait, il se traînait à 25 kilomètres/heure derrière une moto qui pouvait aller dix fois plus vite, mais qu'à cet instant il aurait pratiquement pu suivre à vélo. Lorsqu'il se trouvait à distance suffisante pour ne pas être repéré, il faisait vrombir les six cylindres et les turbos pour profiter un petit peu du bolide au volant duquel il était installé.

Talia ralentit encore un peu plus à l'entrée de la rue Rouge-Mare, pour finir par s'arrêter complètement devant l'école Maurice-Ravel. Son poursuivant se gara lui aussi, à une centaine de mètres. Sous le regard de sa mère, Jules descendit d'un bond et rangea son casque dans le top-case arrière. Il échangea quelques mots avec elle puis il disparut derrière un muret et une grille en fer forgé verte. Talia effectua un virage à 180 degrés en souriant à l'agent municipal qui réglementait la circulation, puis elle repartit tout aussi lentement dans la direction du château de Vascœuil. L'homme la laissa passer à sa hauteur en évitant son regard, fit demi-tour un peu plus loin et revint sur elle en accélérant.

Talia attendit de le voir réapparaître dans le coin droit de son rétroviseur pour abaisser sa visière et mettre les gaz.

L'avait-elle repéré ? se demanda l'homme dans la berline. Rien dans son attitude ne le laissait présumer, mais il savait que les agents d'élite étaient tellement entraînés à identifier le danger qu'ils en devenaient paranoïaques. Si elle l'avait deviné, elle était probablement déjà en train de faire une requête pour l'identification de sa plaque. Cela ne donnerait rien, et il lui faudrait alors attendre d'être sur l'autoroute pour essayer de se débarrasser de lui. Et ça, il avait hâte.

À la sortie du village, elle mit son clignotant et obliqua à gauche. La rue était étroite et ce changement de direction le surprit. Son GPS n'indiquait qu'un modeste quartier pavillonnaire. Trente secondes plus tard, il tourna à son tour et se trouva nez à nez avec la moto qui s'était placée en travers de la route face à lui. Brusquement, il s'arrêta, blêmit et enclencha la marche arrière. Il allait rebrousser chemin lorsqu'une Clio bleu métallisé arrivant de nulle part lui obstrua le passage. Devant lui, la commandante Talia Sorel mit pied à terre et sa moto sur la béquille, sans couper le contact. Elle sortit son arme de service et, bien que les vitres teintées l'empêchent de voir l'intérieur du véhicule, mit en joue la place du conducteur. Aux fenêtres des maisons, plusieurs personnes âgées, alertées par le crissement des pneus, étaient apparues et regardaient la scène, effarées. Une femme portant un blouson de cuir et un brassard de police sortit de la Clio. Elle installa un gyrophare sur le toit, sortit son arme à son tour et la pointa en direction de la portière avant gauche.

De façon synchronisée, visiblement bien entraînées, les deux femmes s'approchèrent lentement de la voiture pour se placer de manière à former entre elles et l'individu au volant un angle de 90 degrés, l'une face au pare-brise, l'autre devant la portière. Si l'homme montrait le moindre signe d'hostilité, il savait qu'il serait immédiatement abattu.

C'est Talia qui fit les sommations.

# – 24 –

*Principauté de Monaco,*
*hôtel Métropole,*
*douze mois plus tôt*

« Une plante pousse difficilement
si vous la déterrez chaque matin
pour vérifier l'état de son enracinement. »
Christiane SINGER

Tarek n'avait jamais vu autant de luxe que cette nuit-là. Derrière le bar, le champagne millésimé coulait sans discontinuer. La timidité de la plupart des invités et la bienséance n'avaient pas tenu longtemps sous les éclairages bariolés et avec un DJ survolté. Évidemment, dans un lieu pareil, le niveau sonore ne dépassait pas un seuil calibré, mais les rires étaient francs et certaines personnes commençaient même à se déhancher au bord de la piscine. Sur le plateau en argent d'une hôtesse qui semblait sortie d'un magazine de mode, le jeune Marocain prit une coupe pour son employeur et un verre de jus d'orange pour lui. Malgré son antipathie pour les foules et les environnements bruyants, Gérald Mansour semblait étrangement à son aise.

— Ça doit vous faire rudement bizarre de vous retrouver ici, monsieur Gérald.

— Tu dis cela parce qu'il y a du monde ?

— Oui, entre autres.

— Je soigne mon agoraphobie par le mal, dit-il en trinquant. Nous avons besoin d'argent, de beaucoup d'argent, pour en gagner encore davantage, et ici, c'est le lieu idéal pour en trouver.

Tout ce que Monaco comptait de jet-setteurs et d'investisseurs était là et la présence du prince en personne n'y était pas étrangère. Les affaires et les relations se liaient et se déliaient dans une ambiance de camaraderie surjouée. Gérald Mansour aimait l'argent. Non pas pour ce qu'il autorisait, il n'avait jamais eu le goût du luxe, mais parce qu'il permettait de se mesurer aux autres. La culture, le talent, l'intelligence étaient subjectifs, sujets à interprétation, alors que l'argent était mathématique. Le résultat d'un calcul.

— Vous pensez que tous ces gens vous donneront de l'argent ? l'interrogea Tarek.

— Tous, peut-être pas, non, mais quelques-uns suffiront. L'argent, c'est bête comme l'eau, ça suit toujours la pente la plus favorable. Je vais leur en donner une belle.

— Peut-être qu'ils ne vont pas vous croire.

— La clé de toute escroquerie réside dans la confiance qu'inspire l'escroc. Quand on ment, il faut le faire avec conviction, sans fausse note, et alors tout se passe bien.

Tarek le regarda avec perplexité. De tous les talents de son employeur, c'était sans doute celui qu'il se sentait le moins capable de reproduire.

— Tu n'as jamais menti, Tarek ?

— Non, monsieur Gérald. Chez nous, c'est péché !

— Même pour des petites choses sans importance ?

Il réfléchit un moment à ce qui pourrait le plus s'apparenter à un mensonge.

— Tu peux me le dire, je ne le répéterai pas.

— Au Maroc, parfois, je mentais à mes chats.

Gérald sourit. Au-delà de sa loyauté, c'était sa naïveté qu'il aimait le plus chez Tarek.

— Et ils te croyaient ?

— Pas tellement.

— Tu devais très mal le faire.

— Peut-être.

— La vérité, Tarek, c'est triste comme de la poésie. Et au fond d'eux, la plupart des gens n'aiment pas la poésie. Alors, il faut leur donner ce qu'ils attendent : du mensonge !

Il illustra son propos en écartant les mains pour mimer une illusion. Tarek resta silencieux. Gérald but sa coupe de champagne d'un trait puis se concentra sur les invités de la soirée. Pour lui, la principauté était ce qui se rapprochait le plus de l'idéalité. Des rues luxueuses, des commerces étincelants, tout y était propre, ordonné, et le moindre serveur de brasserie arborait une élégance digne des plus grands palaces. Les passants eux-mêmes semblaient remplir une fonction attribuée à l'avance. Ils étaient prévisibles. Monaco, c'était comme une maquette, une ville-témoin, où rien de fâcheux ne pouvait arriver. Du moins, c'était l'impression qu'il en avait. Après dix ans passés près des souks bruyants de Marrakech, il avait trouvé ici un univers de vie plus conforme à ses aspirations. L'acclimatation de Tarek avait été plus périlleuse. Certes, il vivait en France, ou presque, mais on l'acceptait moins facilement qu'il ne l'avait rêvé. On ne lui faisait jamais de remarques désobligeantes, mais certaines attitudes ne trompaient pas. Il avait l'impression d'être un grain de poivre dans un pot de sel. Pourtant, il n'était pas le seul homme basané qu'on pouvait croiser dans les rues, certains l'étaient davantage, mais à Monaco les gens venus du Maghreb étaient différents de lui. Ils portaient des vêtements de couturiers, des chaussures de marque, ils roulaient dans des voitures qu'une vie entière de labeur n'aurait pas permis d'offrir. Ici, la seule discrimination était celle de l'argent et elle était ostensible.

— Tu aimes cette ville, Tarek ?

— Pas trop, reconnut-il après quelques secondes.

— Pourtant, c'est une ville parfaite, propre et sûre ! Les gens n'y bafouent pas l'autorité, ils ne crient pas, ne gesticulent pas en permanence. Lorsqu'on est enfant et qu'on construit une ville, on construit Monaco ! Un univers parfait où tout est à sa place.

Le jeune Marocain n'osa pas le contredire.

— Il faut t'y habituer, Tarek ! Je pense que, bientôt, toutes les villes qui comptent sur la planète seront comme celle-ci.

Un homme élégant, costume anthracite, chemise blanche et cheveux noir corbeau, vint à leur rencontre. Tarek baissa le regard alors que Gérald soutint celui de l'homme. Il avait l'allure sportive, la démarche assurée. S'il n'avait pas porté sous sa veste un holster aux reliefs visibles, on aurait pu le confondre avec l'un des hôtes.

— Monsieur Mansour ?

— Oui.

— Der Adler vous attend, dit-il en montrant l'un des espaces privatifs situés de l'autre côté de la piscine, où le volume sonore était atténué.

La partie allait être serrée, Gérald le savait. En quelques mois, il s'était construit une réputation d'arnaqueur et ses faits d'armes auprès d'assureurs et de banques le précédaient plus bruyamment qu'il ne l'aurait souhaité. Il avait conscience de pouvoir manipuler la plupart des gens avec le son de sa voix, de les magnétiser à distance, mais en serait-il de même en tête à tête avec un client de ce calibre ? C'était autre chose que des petites arnaques au téléphone. Ces gens-là avaient un sixième sens, une intuition presque animale qui leur permettait d'évoluer dans un monde d'occasions et de dangers permanents. Un univers auquel Gérald était totalement étranger, mais qu'il souhaitait intégrer. Le risque physique était lui aussi une partie encore inconnue de son équation. Jamais il ne s'était trouvé dans une pareille situation, où il risquait plus qu'une poignée d'insultes ou un dépôt de plainte. Les faux placements financiers qu'il proposait étaient anormalement lucratifs, aussi pensait-il avoir toute l'attention de son interlocuteur.

L'homme était grand, trapu, les cheveux blonds coupés court, le cou épais et le regard carnassier. Il était en décalage avec le microcosme élitiste de la soirée. Il se dégageait néanmoins de lui le charisme de ceux qui ont l'habitude de commander. Trois autres types étaient en faction autour de lui, visiblement armés, probablement des gardes du corps. Un quatrième homme, plus jeune et portant sur le visage une grande cicatrice qui traversait un œil sans iris, se tenait à ses côtés. Gérald s'assit face à eux, Tarek resta debout, en retrait. Der Adler se présenta comme un investisseur ayant des intérêts dans la principauté. Gérald devina instantanément que c'était faux mais il n'objecta pas. Il exposa sa proposition et déroula son argumentaire à base de défiscalisation, de grosses sommes confiées et d'encore plus grosses récupérées, le tout grâce à lui, sans prendre le moindre risque. Les bénéfices à cinq zéros se succédaient et, pour appâter son interlocuteur, il n'hésita pas à avoir la main lourde. Der Adler écoutait avec attention, sans interrompre ni poser la moindre question. Après quelques minutes de prêche, Gérald comprit que ça ne fonctionnait pas comme à l'accoutumée. Il percevait bien de la curiosité, de l'intérêt même, mais absolument aucun désir d'investissement. Il tourna la tête vers les hommes en armes et l'individu à l'allure sportive qui les avait introduits. La fuite allait être difficile. Derrière lui, Tarek ne s'était encore rendu compte de rien. Ils étaient tombés dans un piège. Gérald hésitait entre un contrat mis sur sa tête par l'une de ses victimes, ou un traquenard tendu par la police. En général, il savait identifier clairement la menace, mais en l'occurrence, pour une raison qui lui échappait, il n'y arrivait pas. Se sachant démasqué, il interrompit son discours. Der Adler écarta les bras en signe d'incompréhension.

— Monsieur, dit Gérald, nous savons vous et moi que vous n'avez aucune intention de me confier votre argent, n'est-ce pas ?

Der Adler sourit, adressa un clin d'œil à l'homme à la balafre qui était assis à côté de lui, puis se mit à applaudir. Il fit signe de la main à l'un des serveurs. Sans un mot de plus, celui-ci se présenta avec une bouteille de Dom Pérignon dans un seau à glace et trois flûtes à champagne givrées.

— Je me demandais combien de temps il vous faudrait pour deviner que je n'adhérais pas à vos sornettes.

— Eh bien, vous voyez, pas très longtemps.

— J'ai toujours aimé les numéros de singes savants, mais je dois reconnaître que vous, jeune homme, vous êtes d'un genre bluffant.

Gérald se tourna de nouveau. S'il se levait brusquement et partait, que se passerait-il ? Ces hommes briefés et armés le contraindraient-ils devant toute la jet-set monégasque ? C'était difficile à évaluer. Ce Der Adler semblait avoir une maîtrise totale du contexte et des événements.

— Savez-vous, monsieur Mansour, ce que signifie Der Adler ?

— Non.

— C'est une erreur. Si vous voulez survivre dans ce milieu, vous devez mieux préparer vos arnaques.

Gérald resta silencieux, tentant vainement de se rassurer en regardant les gens qui dansaient à seulement quelques mètres.

— Je vais vous aider. Ça veut dire « l'aigle ». C'est de l'allemand. On me surnomme ainsi parce que j'ai la réputation de bien observer mes proies.

— Je ne savais pas que j'étais l'une de vos proies.

— Ça fait longtemps que nous vous suivons, Robert Mansour. Ou devrais-je plutôt vous appeler Gérald Mansour ? Depuis le meurtre de votre mère, pour être précis. Vous avez laissé votre empreinte ADN un peu partout, heureusement vous étiez déjà mort. Encore une fois, tout ceci n'était pas très sérieux.

— Et l'allemand, c'est censé faire peur, j'imagine ?

Les hommes autour restèrent de marbre tandis que leur chef se mit à rire exagérément.

— J'aime bien les gens comme vous. Rebelle, provocateur, alors que vous êtes pris la main dans le pot de chocolat ! Mais si vous voulez devenir un gros poisson, Gérald, il faut d'abord ne pas vous faire attraper.

— Puis-je vous demander qui vous êtes ?

— Selon mes intérêts, je travaille pour la police ou pour mon compte. Vous avez de la chance, car pour vous, j'ai préféré attendre avant de me prononcer.

— C'est un drôle d'endroit pour me trouver devant un policier.

— Vous dites ça parce que vous manquez d'expérience.

Gérald ne répondit pas. Cette fois, il semblait être tombé sur plus fort que lui, ou en tout cas mieux informé.

— La vie est courte, mon ami, et vous la perdez en peccadilles sans envergure.

— C'est votre avis.

— Vous avez un don, un talent, mais vous ne le respectez pas.

— Mes peccadilles, comme vous dites, me permettent de vivre dans un luxe que la plupart des gens n'atteignent jamais.

— Quand on n'a pas vu la mer, on trouve qu'une flaque, c'est beaucoup d'eau.

— Qu'est-ce que vous entendez par là ?

— Que vous pourriez donner un sens plus lucratif à vos aptitudes.

— Vous êtes un samaritain ?

— En quelque sorte.

— Je travaille seul.

Der Adler leva les yeux au ciel, termina d'une traite sa coupe de champagne et le regarda dans les yeux.

— Excusez-moi, Gérald, mais ce que vous faites ressemble davantage à un loisir qu'à un travail. Peu importe que vous en dégagiez quelques bénéfices vous permettant de vivre en nabab chez les cafards. Moi, je propose de vous faire jouer dans la cour des grands. Dans la division supérieure.

— Rien que ça ?

L'autre sourit sans répondre.

— Qu'est-ce que j'aurais à gagner à travailler pour quelqu'un comme vous ?

— Dans un premier temps, la liberté.

— Je suis déjà libre.

— Comme pour la vie et la mort, c'est un état qui peut changer très vite, dit Der Adler en claquant des doigts. Pour vos petites combines, vous prendrez quelques années, mais pour le meurtre de votre mère et de son concubin, j'ai peur que la note ne soit plus salée.

— Et dans un second ?

— L'impunité, bien sûr.

— L'impunité ?

— Oui. Savez-vous ce qu'étaient les indulgences dans la chrétienté du Moyen Âge ?

Gérald ne répondit pas.

— C'était une sorte d'excuse. Une excuse devant Dieu, qui pouvait être offerte par anticipation, avant même que les méfaits soient commis. C'est en partie grâce à ce principe de péchés pré-pardonnés que l'Église a pu envoyer des milliers de chevaliers piller la Terre sainte et y asseoir son autorité.

— Vous voulez mener croisade, Der Adler ?

— Moi, non, mais vous, oui, n'est-ce pas ? Vous avez quelque chose à prouver, une identité à affirmer.

Gérald resta stoïque.

— Je n'ai aucun pouvoir devant Dieu, mais pour ce qui est de la justice terrestre, je peux vous offrir quelques facilités.

— Sur quoi porterait cette protection ?

— Sur tous les actes que vous commettrez dans l'exercice de votre « art ».

— Pour votre compte, bien entendu ?

— Un blanc-seing, qui vous rendra invisible aux yeux du plus grand nombre.

Gérald aurait bien échangé cette proposition contre celle de ne jamais avoir rencontré cet homme. Mais voilà, c'était trop tard, il le savait et Der Adler aussi. Un éventuel refus ne serait pas sans conséquences.

— Quelles seront vos contreparties ?

— Nous en parlerons plus tard. Faites-vous d'abord à cette idée, Gérald. Et surtout, à tout ce qu'elle sous-entend pour vous.

# – 25 –

*Paris, XVII^e arrondissement,*
*bureaux de la Bac,*
*huit jours après la disparition des cars*

Thomas Shepherd était de très mauvaise humeur. Sa journée s'annonçait déjà compliquée avec le patron-pêcheur et les otages qui se réveillaient en ordre dispersé sans aucun souvenir, mais il n'avait pas imaginé la démarrer par un pareil pataquès.

— Je vous assure que je n'y suis pour rien, tempêta-t-il devant les deux jeunes femmes qui se tenaient face à lui.

Persuadées que ce n'était pas tout à fait la réalité, elles restèrent silencieuses, l'une assise et l'autre debout.

— C'est vrai, finit-il par reconnaître à contrecœur en regardant la négociatrice, j'ai fait une demande d'information pour en savoir plus sur vous.

— Ça, je suis déjà au courant, répondit Talia, j'ai surpris des bruits de cafétéria…

— Vu le contexte et la façon dont vous êtes entrée dans l'affaire, c'était une méfiance légitime et ne pas le faire aurait été une faute. Mais je vous assure que je n'ai rien demandé de plus. Il faudrait être complètement stupide pour vous mettre sous la protection rapprochée d'un agent à moi, tout en vous faisant suivre par la DGSI. C'est le meilleur moyen de provoquer une bavure.

— La stupidité est une hypothèse que je n'exclus pas, répondit froidement Talia.

Ève Melville vint au secours de son supérieur.

— C'est vrai que ça n'aurait pas de sens. Qui plus est, c'est moi qui ai rempli la demande au juge pour la fiche de renseignements et il n'était pas question d'une filature.

— Alors qui ? Un autre service ?

— Sans doute, oui ! conclut Shepherd. Et vous pouvez être sûres que je ne vais pas laisser passer.

— Si vous le dites, commissaire. Pour donner suite à votre demande, la DGSI a peut-être jugé bon d'élargir le périmètre.

— Non, ça ne marche pas comme ça. Ils n'interviennent que sur un ordre de mission précis et temporaire. Si ce type était à vos basques, c'est qu'il en avait reçu la demande. On en saura plus lorsque j'aurai parlé au juge. Et le type de la DGSI, il dit quoi ?

— Il ne dit rien.

— Il est où maintenant ?

— En cellule.

Shepherd se figea.

— Vous n'avez pas mis un officier de renseignement en cellule ?

— Sa carte pouvait être bidon, répondit Ève.

— Vous ne l'avez pas malmené, quand même ?

— Non. Mais il pouvait nous raconter n'importe quoi, il fallait qu'on vérifie.

— Et alors ?

— *A priori*, il dit la vérité.

— Mais il est toujours enfermé ?

— Ouais.

Le regard interloqué de Shepherd resta sur Melville.

— On revérifie, pour être sûres.

— Ève, faites-moi sortir ce type tout de suite ! Avant qu'Hamon et la DGSI me tombent sur le dos.

Les deux femmes échangèrent un sourire complice. Il décida de ne pas en rajouter et changea de sujet.

— La bonne nouvelle de la matinée, c'est que les otages vont bien. Ils sont en phase de réveil. Vu le shoot qu'ils ont pris, ils vont avoir mal à la tête, mais leurs pronostics vitaux ne sont pas engagés.

— On a pu interroger les chauffeurs ? demanda Talia en s'immisçant naturellement dans l'enquête.

— Oui, mais malheureusement, rien de ce côté-là. Ils ont été agressés et endormis par des hommes armés le matin en arrivant au dépôt. Ce sont les ravisseurs qui ont pris leur place dans les cars. Ni vu ni connu, comme dans un moulin.

— Il n'y a aucun contrôle ?

— Aucun !

— Et ils les ont emmenés.

— Oui, probablement pour qu'ils ne donnent pas l'alerte, mais ils n'ont rien vu. Ils ne se sont réveillés qu'à l'hôpital ce matin.

— Ça nous donne une information, réfléchit Ève à haute voix. Il y a au moins deux conducteurs de cars chez eux, donc potentiellement possesseurs du permis.

— Oui, pour peu qu'il l'ait, le permis. C'est large.

— En comparant avec les empreintes ADN identifiées dans le bus de Montpellier, on pourrait trouver des correspondances.

— OK, allez-y !

— Et l'enfant ? demanda Talia.

— Pour lui, c'est plus compliqué, mais ça devrait aller. Il a été placé sous assistance respiratoire car il est asthmatique de niveau 4.

— C'est bon signe qu'ils l'aient libéré, répliqua-t-elle.

— Pourquoi ?

— Parce qu'ils veulent éviter de faire des victimes.

— C'est peut-être un hasard.

— Un enfant sur soixante-six, non.

— C'est un signe un peu mince.

— Pas tant que ça. Si on avait affaire à une entreprise terroriste, ils n'agiraient pas ainsi. Ils ne libéreraient pas d'otages gratuitement et considéreraient l'enfant comme un dommage collatéral.

— Le grain de sable ! ajouta Ève.

Talia lui adressa un clin d'œil.

— C'est autre chose qu'ils cherchent.

— Quoi ?

Elle écarta les bras.

— Il faut rapidement interroger ce gamin. Nathan, précisa Ève en survolant des yeux le compte rendu. Les ravisseurs avaient prévu de libérer les monitrices et les chauffeurs, mais l'enfant, certainement pas. Lui aura peut-être vu ou entendu des choses qui pourront nous aider.

— Qu'est-ce que vous croyez que j'ai demandé aux médecins pendant que vous jouiez les cow-boys ?

— Et alors ?

— Pour le moment, ils refusent de nous laisser l'approcher. Comme il a été dans le coma durant au moins vingt-quatre heures, il y a des risques de séquelles si on force son réveil. J'ai mis un homme à son chevet. On le questionnera dès qu'il sera en état.

— On ne vide jamais complètement la mémoire de quelqu'un, dit Talia, surtout d'un enfant. Il perdure toujours des éléments. C'est étonnant, ce qu'un cerveau peut emmagasiner comme informations, anodines la plupart du temps et qu'une série de questions remet en lumière.

Elle n'avait aucun doute sur le fait que si Nathan avait vu son lieu de captivité, il serait capable de fournir une foultitude de détails. Ce qui était plus surprenant, c'était que l'homme qu'elle avait eu au téléphone et qui semblait tout contrôler devait le savoir également.

— Ça a donné quelque chose avec le patron-pêcheur ? questionna Ève en regardant les photos du *Gwen-Bleiz* que Shepherd avait accrochées sur le mur d'indices.

— On contrôle ce qu'il m'a raconté et on continue d'interroger sa famille, mais *a priori* il s'est fait embobiner. Il nous a fait un portrait-robot du type qui lui a loué le bateau.

Il tourna son écran pour le leur montrer. Un visage épais, de grosses mèches et des yeux bleus sous des lunettes rectangulaires aux montures foncées.

— Ça va être compliqué d'identifier quelqu'un avec ça, jugea Talia.

— Effectivement, souffla le commissaire.

— Vous ne le libérez pas ?

— On va le garder ici quelque temps, pour distraire les médias et qu'ils nous lâchent un peu, mais il ne nous apprendra rien de plus.

— C'est impressionnant, la quantité de personnes qu'on met en cellule et qui n'ont rien à y faire en ce moment, l'apostropha la policière.

— Ève !

— Pardon, patron.

— En revanche, le loueur du bateau lui a refilé un nom, Reda Messina, et une adresse.

— C'est où ?

— L'endroit est le plus inattendu de la terre pour chercher un terroriste.

Les deux jeunes femmes étaient suspendues à ce qu'il allait dire.

— Rue André-Suarès, c'est à cent mètres d'ici. Et à mon avis, ce n'est pas un hasard.

— Ce type est complètement dingue.

— Peut-être, Ève, mais peut-être pas. Vous restez avec moi toutes les deux, je vais avoir besoin de vous. On attend l'équipe d'intervention et on y va !

# – 26 –

« La crainte du danger est mille fois
plus terrifiante que le danger présent. »
Daniel DEFOE

Situé dans la partie moderne des Batignolles, le vieil immeuble de la rue André-Suarès détonait. Construit vers la fin des années 1950, il semblait sorti directement d'une autre époque. Comme si son temps à lui s'était interrompu tandis que celui du quartier avait poursuivi sa course. En quelques minutes, la BRI avait sécurisé le périmètre. La concierge qui rentrait ses poubelles fut neutralisée et exfiltrée, autant pour sa sécurité que pour qu'elle ne puisse pas informer quelqu'un à l'intérieur. Après avoir bloqué l'ascenseur, vingt agents armés et équipés de gilets pare-balles investirent le bâtiment. Au dernier étage, deux hommes se positionnèrent en silence pour empêcher tout repli, et deux autres de chaque côté de l'entrée de l'appartement. Une poignée de secondes plus tard, le commissaire Shepherd, accompagné d'Ève Melville et de Talia Sorel, arriva à son tour. Il salua l'assistance et écrasa son mégot sur le haut de la rampe.

Aucun mouvement n'avait été détecté à l'intérieur. Il frappa trois coups secs.

— Police ! Ouvrez !

Talia le regarda d'un air dépité.

— Ben quoi ? souffla-t-il pour ne pas être entendu par les agents qui se trouvaient derrière eux.

Il réitéra la sommation en retirant le « Ouvrez ! », mais il n'y eut toujours aucun bruit derrière la porte.

— Putain ! Fait chier, se dit-il à lui-même.

Il n'attendit que quelques secondes avant d'utiliser la clé de la gardienne. Derrière lui, Ève sortit son arme et se tint prête à ouvrir le feu. La porte se déverrouilla, il l'écarta lentement avec le pied. L'appartement semblait vide et était bien rangé. Shepherd avança d'un pas en faisant signe aux autres agents de rester en retrait. Le plancher grinça sous son poids. Arme au poing, il progressa dans le salon. Sur la table, un vase débordant de jacinthes bleues témoignait d'une présence récente. Les rideaux des fenêtres donnant sur la rue étaient fermés et seule une lumière tamisée éclairait l'espace. Il actionna l'interrupteur et poursuivit vers les chambres. La première était vide, hormis un autre bouquet, de roses rouges cette fois, posé au milieu du lit. En entrant dans la seconde chambre, il comprit rapidement qu'ils se trouvaient devant une mise en scène laissée par le preneur d'otages.

— Vous pouvez entrer ! dit-il à ses collègues qui étaient déjà dans son sillage.

Ève, encore sujette au soupçon, observa discrètement la commandante du Raid pour voir si quelque chose dans son attitude ne trahissait pas une connaissance préalable des lieux, mais rien ne le laissait présumer.

— Venez ici, commandante, lança Shepherd afin que Talia accélère le pas. Je vais avoir besoin de votre expertise des détraqués !

La pièce sentait le renfermé. Un vieux téléphone portable, similaire à ceux qu'on fabriquait vingt ans plus tôt, était posé en évidence sur une table de chevet, mais c'étaient les contours de la pièce qui attiraient l'attention.

— Qu'est-ce que vous en pensez ?

Les quatre murs servaient de support à une exposition de portraits. Des visages juvéniles, souriants pour la plupart, et sous chacun un prénom écrit à la main en lettres capitales. Une mise en scène sordide. Talia chercha le visage du petit Nathan, sans le trouver. Elle les compta rapidement. C'était facile, ils étaient alignés en damier, en treize colonnes sur cinq lignes.

— C'est difficile à dire.

Shepherd n'arrivait pas à lâcher les murs des yeux. Évidemment, depuis le début, il avait bien conscience que la vie de ces enfants était dans la balance, mais voir tous leurs visages réunis illustrait sa responsabilité autant que son impuissance.

— Vous avez déjà dû croiser des dingues comme lui, non ? demanda-t-il sur un ton moins assuré qu'à l'accoutumée.

— Non, commissaire, pas de ce…

Elle n'eut pas le temps de terminer sa phrase. Le téléphone posé sur la table de chevet s'éclaira puis se mit à sonner.

— À mon avis, on va vite être fixés, dit Ève en soulevant l'appareil.

Elle vérifia rapidement qu'il n'y avait pas de détonateur ou d'entrée extérieure.

— Commissaire ?

Il acquiesça d'un geste de menton en direction de la négociatrice.

— Tenez.

« *Incoming call* », mentionnait l'écran. Talia leva les yeux quelques secondes vers le plafond, fit le vide dans sa tête afin de se mettre en condition plus rapidement qu'elle ne le faisait habituellement. Elle ouvrit le clapet qui protégeait les touches. Elle reconnut le même bourdonnement désagréable que lors du premier appel.

— Bonjour, Talia, dit la voix.

« Haut-parleur, haut-parleur », fit Ève à voix basse en lui montrant qu'elle allait enregistrer avec son propre téléphone. Talia chercha la touche sur le clavier, puis positionna le combiné devant sa bouche.

— Vous avez trouvé la fonction haut-parleur ? Pour que tout le monde m'entende ! demanda la voix avant qu'elle ait eu le temps de parler. Je l'ai laissée pour ne pas vous mettre dans l'embarras devant nos amis.

Elle ne répondit pas.

— Talia, je peux vous appeler par votre prénom ?

— Seulement si c'est réciproque.

— Il faut créer de la proximité, c'est la première étape de la négociation. C'est bien cela qu'on vous a appris, n'est-ce pas ?

Il y eut un silence qui dans une autre situation aurait été embarrassant.

— Comment dois-je vous appeler ? demanda-t-elle.

— J'ai réfléchi à la question depuis notre premier entretien. Si vous voulez, appelez-moi Aaron.

— Aaron ?

— Oui. Bien évidemment, Talia, il ne s'agit pas de mon véritable prénom. Vous l'aurez deviné, juste un petit jeu, un *private game*, entre vous et moi.

Elle réfléchit un instant, se remémorant ses vieux cours de catéchisme, mais c'était vague.

— Comme le frère de Moïse ?

— Vous chercherez.

C'est sûr, elle chercherait.

— J'espère que vous n'avez pas été trop perturbée par votre mésaventure avec l'agent du renseignement ?

Pourquoi parlait-il de ça ? Il n'avait aucun moyen d'en être informé, il le savait et elle aussi. Il poursuivit.

— Je n'imaginais pas que vous alliez lui braquer une arme au visage en pleine rue, en mode Far West ! C'était terriblement excitant, vous savez. Quelque chose me dit qu'il ne doit pas trop falloir vous chercher dans votre vie privée. Je me trompe ?

— Venez me voir, Aaron, je vous montrerai.

— Non, Talia. Finalement, à bien y réfléchir, je n'ai pas l'intention de me retrouver en face de vous. Vous avez trouvé les fleurs dans mon appartement ?

Elle jeta un coup d'œil au bouquet de roses posé sur le lit et se rappela les jacinthes sur la table du salon.

— Je les ai déposées spécialement pour vous.

Elle resta silencieuse pour ne pas lui donner de prise sur un sujet qu'il avait préparé.

— C'était pour vous montrer mon intérêt, et aussi pour souligner combien j'avais apprécié notre premier entretien.

Il laissa de nouveau passer quelques secondes avant de reprendre :

— En tout cas, je vous félicite. Vous et toute la palanquée de flics qui doivent écouter. Vous avez rapidement trouvé les indices que j'avais semés. Le bateau, le pêcheur, maintenant l'appartement… Honnêtement, je pensais que vous mettriez plus longtemps.

« Ce mec est dérangé », dit Shepherd d'une voix plus forte qu'il ne l'aurait voulu. Il mit ses mains devant sa bouche en se rappelant que le téléphone était sur haut-parleur. Ève et lui se demandèrent d'un coup d'œil si Aaron l'avait entendu, mais Talia poursuivit comme si de rien n'était :

— Vous avez tort de sous-estimer les autres, Aaron.

— C'est vrai, vous m'avez démasqué, c'est un petit défaut que j'ai. À ce propos, vous devriez relâcher mon ami Abragrall. Comme vous l'avez probablement deviné, il n'a été qu'un pion dans ma mise en scène. Un pion amusant et un peu rustre, mais innocent. Je ne voudrais pas qu'il ait trop d'ennuis à cause de moi.

Elle jeta un œil vers Shepherd qui objecta de la tête.

— Je vous propose de venir prendre sa place, Aaron. Je vous promets que nous le libérerons dans l'heure. Sans cela, j'ai bien peur qu'on ne le garde encore un peu au frais.

— Il vous fera perdre votre temps.

— Il vous a rencontré. Il sait à quoi vous ressemblez.

— Beaucoup de personnes m'ont rencontré. Vous n'avez pas idée. Vous-même, peut-être ?

— Vous aimez jouer avec les pions, Aaron ?

— J'aime jouer ! Si vous voulez le faire avec moi, on va passer un sacré bon moment.

— Vous pourriez perdre.

— Pour pouvoir gagner, il faut accepter l'éventualité de la défaite. Sinon le jeu n'a pas d'intérêt.

— Vous le pensez ?

— Oui. Mais vous voyez, Talia, vous commencez une partie de Monopoly alors que je possède déjà toutes les rues, les hôtels et les gares.

— Vous me paraissez bien sûr de vous.

— Tellement que je vous laisse les deux premières ! Vous savez, celles dont personne ne veut jamais et qui ne rapportent rien. Belleville et… je ne me souviens jamais de l'autre.

— Lecourbe.

— Eh bien, vous voyez tous ces visages d'enfants disposés sur les murs, ce sont mes rues, mes hôtels, mes gares, et vous n'avez que Belleville et Lecourbe.

— J'ai les monitrices, les chauffeurs, Abragrall, le petit Nathan que vous avez libéré parce qu'il faisait de l'asthme. Il n'était pas prévu, celui-là.

— Bravo, Talia, ce sont vos quartiers qui ne rapportent rien. La partie peut donc commencer !

— Qu'est-ce que vous voulez ?

— Mon droit de passage, lorsque vous vous arrêtez sur l'une de mes cases.

— C'est-à-dire ?

— Dix millions d'euros.

— Pour les libérer ?

— Non.

Elle leva les yeux vers Shepherd.

— Pour commencer à discuter. Ensuite, je veux dix millions par enfant !

— Vous voulez six cent cinquante millions d'euros ?

— Si vous arrondissez à sept cents, je vous les enveloppe dans un paquet-cadeau. Je vous l'ai dit, j'ai les beaux quartiers.

— Vous êtes fou, personne ne paiera une rançon pareille !

— La folie n'est qu'une question de perception. Vous êtes bien placée pour le savoir.

— Alors c'est la finalité de toute cette mise en scène ? Une vulgaire demande de rançon ?

— La vulgarité également est subjective.

— Le pays ne négocie pas avec les terroristes.

— C'est faux, je pourrais vous citer de nombreux exemples, mais ce serait inintéressant, je vous ferais perdre votre temps et vous n'en avez pas beaucoup. Je vous ai donné mes conditions par politesse.

— Politesse ?

— Oui. Je voulais vous en informer de vive voix, avant de les communiquer à la presse du monde entier.

— Pourquoi feriez-vous ça ?

— Voyons, Talia, vous êtes beaucoup trop intelligente pour me poser ce genre de question. Ou alors, je vous ai surestimée.

Elle ne répondit pas et le laissa poursuivre sans acquiescer.

— Les familles doivent être informées.

— Parce que vous comptez sur l'opinion publique pour faire payer l'État ?

— Je ne compte pas dessus, Talia, je la connais déjà ! Aucun gouvernement ne peut espérer rester en place sur la dépouille d'enfants envoyés sciemment à la mort pour raison budgétaire. Vous comprenez ? Mais j'accepte aussi les paiements individuels. Je suis persuadé que certaines familles auront la possibilité et la volonté de réunir l'argent. Dans sept jours précisément, tic-tac tic-tac, je libérerai les enfants pour lesquels la somme aura été acquittée. Les invendus seront exécutés. Il n'y aura aucune autre négociation que celle-ci.

— C'est beaucoup trop court, il me faut plus de temps.

— Les gens ne réfléchissent pas, car pour la plupart ils n'en sont pas capables. Cependant, ils s'insurgent ! Alors ils s'insurgeront et ne pardonneront pas à ceux qui auraient pu éviter une fin tragique. Croyez-moi, tous les dirigeants démocratiques du monde connaissent cette équation. Six cent cinquante millions, c'est le prix de leur réélection. Ils paieront, comme beaucoup avant eux. Vous n'aurez pas plus de temps. Dans une semaine, Talia, je les tuerai, un par un, jusqu'au dernier, et vous ne retrouverez jamais les corps.

— Si vous faites ça, vous êtes un homme mort. Nous vous traquerons, où que vous soyez. Vous ne vous en sortirez pas vivant !

— Je suis déjà mort, Talia. On ne peut pas mourir deux fois. Je vous rappelle dans vingt-quatre heures pour les modalités de paiement.

La communication s'interrompit brutalement. Il se passa quelques secondes de silence, tout le monde se regarda.

— *Putain de salopard !* furent les seuls mots de Shepherd.

# – 27 –

*Col San Giacomo, vallée d’Antigorio,*
*Alpes italiennes*

Midi trente. Situé au pied du col San Giacomo, le plateau était inondé d’une chaleur estivale exceptionnelle pour la saison, sous un ciel bleu sans limite. Loin du tumulte et de l’inquiétude qui régnaient de l’autre côté de la frontière, un match de foot s’était improvisé, deux équipes mixtes, augmentées de Tarek et d’Igor d’un côté, de Kevin et du Muet de l’autre. Pour l’occasion, tous avaient tombé la chemise. La partie était acharnée et même ceux qui ne jouaient pas encourageaient l’une ou l’autre équipe. Cela ressemblait à un bon moment de colo, comme il en existe dans toutes les colos et, en apparence, c’en était un authentique. Sur le bord du terrain, assise sur une chaise, en bras de chemise et lunettes de soleil sur le nez, Myriam surveillait les allées et venues, les fenêtres, et surtout la route qui descendait du col de Gries en longeant le Toce.

Prétextant de préférer la lecture aux effusions du ballon rond, Zora et Pierre n’avaient pas accompagné leurs camarades. L’argument était facile et il n’avait surpris personne, y compris Myriam qui leur portait pourtant une attention particulière. Une fois seuls, ils avaient entassé dans leurs sacs vêtements chauds, couvertures, bouteilles d'eau, paquets de bonbons, un briquet et une bouteille d'alcool pour allumer du feu. L'aventure promettait d'être périlleuse mais le soleil de midi leur donnait du courage. Dès la tombée du jour, ils savaient que la température descendrait largement en dessous de zéro et que, s'ils n'avaient pas trouvé un village, ils devraient se débrouiller pour survivre. Zora avait hésité avant d'accepter de suivre Pierre. Il était fils de policier. Surtout, il était sérieux et sûr de lui, alors s'il disait que la situation était alarmante, c'est qu'elle devait l'être. Maintenant que leur décision était prise, elle souhaitait partir sans attendre, afin de profiter des quatre ou cinq heures restant avant la nuit. Mais avant, Pierre voulait tenter quelque chose. Par la fenêtre de la chambre, il avait remarqué que la veste de l'Allemand traînait dans l'herbe sans surveillance. Il était convaincu que son téléphone était dedans et que, même s'il n'y avait pas de réseau dans le périmètre, ils en trouveraient forcément plus loin.

— Ça va pas, tu es complètement fou ! s'alarma Zora. Tu as vu sa tête et sa cicatrice ?

— C'est pas sa tête que je vais piquer mais son téléphone.

— S'il te chope, il va te tuer !

— T'inquiète pas, il va pas me choper.

Il s'apprêtait à essayer mais se rendit compte d'une difficulté de taille. Si presque tout le monde était concentré sur la partie et le ballon, Myriam, elle, surveillait surtout les alentours. Et il savait qu'elle l'avait à l'œil. Ça se compliquait, il fallait prévoir une diversion. Pierre avait remarqué que les rares véhicules qui passaient sur la route provoquaient visiblement chez elle une angoisse immédiate. Alors, c'était simple, il suffisait de lui donner des émotions.

Deux minutes plus tard, lorsque Pierre sortit du bâtiment pour venir s'asseoir tout près de l'aire de jeu, Myriam l'accompagna du regard. Elle trouva surprenant que le fils du flic, qui était toujours à l'écart, vienne participer à ce moment en abandonnant sa petite copine. Mais à bien y réfléchir, elle préférait le voir là que ne pas le voir du tout. Il s'assit dans l'herbe comme les autres et se mit à encourager ses copains. Ce gamin était spécial, pensait-elle, sans noter qu'il s'était installé à un mètre du tas de vêtements des joueurs. Elle l'observa de longues secondes. Elle en était à sa vingtième cigarette au moins depuis le réveil. Elle fumait trop, il allait falloir qu'elle se calme. Subitement, elle vit la petite Zora ouvrir l'une des fenêtres situées à l'étage, de l'autre côté de sa chambre. La jeune fille fit mine de s'intéresser à la partie puis, rapidement, son regard se porta ailleurs. Au loin, en direction de la route. Elle resta immobile quelques instants, puis disparut vers l'intérieur pour réapparaître avec des jumelles. Cette fois, c'était sûr, elle scrutait la route. Myriam se leva d'un bond mais ne vit rien. Elle regarda de nouveau vers Zora. La jeune fille souriait. Elle avait posé les jumelles et lui faisait maintenant un grand coucou de la main. Myriam se rassit, à demi rassurée. Elle avait dû vouloir observer un aigle, un chevreuil ou du vent dans les sapins. Le petit Pierre s'était levé et retournait à présent vers la maison. Le foot de ses copains ne l'avait pas passionné très longtemps. Elle aurait pu le parier avant même qu'il arrive.

Lorsque Pierre rejoignit Zora, celle-ci était déjà au bas de l'escalier.

— Alors, tu l'as ? lui demanda-t-elle immédiatement.

— Ouais.

— Super ! On peut l'utiliser ?

— J'ai pas regardé. On part avant qu'ils s'en rendent compte, on verra ce qu'on peut en faire sur le chemin.

— Si on essaie de sortir par le portail, de là où elle est, Myriam nous verra !

— Oui, mais on va passer ailleurs.

— Ailleurs, le grillage est trop haut.

— Je sais.

Pierre s'agenouilla et ouvrit la poche ventrale de son sac pour en sortir la pince qu'il avait chapardée lors de son exploration de l'étage interdit.

— C'est pour ça qu'on va pas passer par-dessus !

## – 28 –

Dans tous les pays, y compris les plus démocratiques, les actualités ressemblent le plus souvent à une sorte de ronronnement rassurant. Malgré ses soubresauts, elles vous susurrent que le monde évolue au rythme attendu et que rien de fâcheux ne le menace. Pourtant, cette fois, l'information avait eu l'effet d'un tsunami. Dans le quart d'heure qui suivit, tous les médias nationaux diffusaient des éditions spéciales. Un bandeau annonçait la nouvelle sur la plupart des chaînes européennes. Depuis une semaine, les hypothèses les plus invraisemblables circulaient : extraterrestres, intraterrestres, embrasements spontanés, sectes, démons… Un ufologue autodidacte avait déterminé avec certitude le lieu des disparitions. Il se trouvait sur l'alignement précis de sites mégalithiques ouvrant sur une dimension parallèle ! La plupart des organisations terroristes, elles aussi, avaient tenté de revendiquer l'enlèvement, mais aucune de façon suffisamment probante pour être prise au sérieux. Paradoxalement, seule l'option crapuleuse, après avoir été évoquée dans les premières heures, avait été exclue faute de demande de rançon. Alors la mise en ligne d'une vidéo montrant les enfants dormant dans les cars, suivie de leurs photos individuelles marquées chacune du montant de dix millions d'euros, avait de quoi secouer les plus hermétiques aux faits divers. Shepherd le savait : les familles allaient implorer de payer. Leurs suppliques seraient assourdissantes. Et le gouvernement paierait, car politiquement il ne survivrait pas à une négociation aboutissant à l'assassinat de soixante-cinq mineurs. Aucun argument intelligible ne suffirait, et les heures de Shepherd à la tête de la cellule antiterroriste étaient probablement comptées s'il ne tentait pas quelque chose d'aussi spectaculaire qu'efficace.

Les quatre otages qui avaient été libérés présentaient la même version des faits. Ils n'avaient rien vu, rien entendu et, comme le marin-pêcheur, ils n'avaient rien à confesser. L'espoir le plus élevé reposait sur les épaules de Nathan. Seulement voilà, le petit asthmatique placé sous assistance respiratoire n'avait pas encore rouvert les yeux. Les médecins commençaient à s'en inquiéter. Shepherd observait, impuissant, les images des chaînes d'information. Toutes ces petites frimousses qui défilaient étaient autant d'arguments de persuasion massive. Moins inerte, Talia rédigeait un rapport d'opérations pour le commandant Laville. Elle n'imaginait pas qu'il ne soit pas déjà au courant de la situation, mais elle préférait lui faire part de sa propre perception et de ses hypothèses. Notamment une : Aaron était visiblement informé de l'intérieur et elle n'excluait pas une taupe au sein des équipes de Shepherd ou d'Hamon. Pour ce qui était du plan, il avait été minutieusement préparé, c'était certain. Aaron avait malgré tout commis une erreur importante qu'elle pensait pouvoir exploiter rapidement. Elle ne lui en dit pas plus, attendant qu'il sollicite des précisions.

— Commissaire ?

— Oui, répondit Shepherd après un moment à l'agent qui venait d'entrer dans son bureau.

— Le père du gamin est là.

— Le gamin ? Quel gamin ?

— Jean-Luc Jonquet, le père du petit Pierre. Celui avec qui vous avez rendez-vous, précisa le fonctionnaire devant son regard incrédule. J'ai essayé de vous appeler mais vous êtes sur messagerie.

— Ah oui, je l'ai complètement oublié, celui-là.

— Pas lui.

— Bon, OK, laissez-moi cinq minutes et faites-le monter.

— Merci, commissaire, dit-il avant de repartir par là où il était arrivé.

— Je vais vous laisser, commissaire, souffla Ève. Après quarante-huit heures sans dormir, les parents, ça va être trop pour moi.

Elle quitta le bureau, incitant Talia d'un clin d'œil à en faire autant. Appuyée contre le grand tableau des photos, celle-ci ne bougea pas.

— Je peux le voir, commissaire ?

— Vous voulez voir le père d'un des otages ?

Elle hésita à répondre la vérité mais resta muette.

— J'ai soixante-cinq autres familles dans la même situation que les Jonquet et qui veulent avoir des informations qu'on n'a pas. Alors si cela vous tente, je peux vous installer un petit coin tranquille pour les recevoir.

— Non, je vous remercie, commissaire. J'aimerais juste voir celui-là, si ça ne vous dérange pas.

— D'accord, faites-vous plaisir, commandante. Moi, je vais plutôt aller prendre des coups sur la tête dans le bureau d'Hamon. On va voir s'il me vire aujourd'hui ou un peu plus tard. On fera le compte du plus amoché après !

## – 29 –

*Col San Giacomo, vallée d'Antigorio,*
*Alpes italiennes*

Le soleil avait rejoint la cime des plus hauts sapins et il continuait de descendre à vue d'œil. Dans peu de temps, la nuit allait apparaître et la température chuterait rapidement. Pierre regarda sa montre, ils marchaient depuis près de cinq heures et ils commençaient à être fatigués. Zora ne disait rien, ou presque, mais il voyait bien qu'elle peinait. Au camp, on avait dû s'apercevoir de leur fuite depuis longtemps. Pourtant, ils n'avaient vu ni entendu aucune voiture. Afin de ne pas être repérés, ils s'étaient enfoncés dans la forêt et ne suivaient que de loin le tracé de la route, ce qui ralentissait considérablement leur allure.

— On va monter un peu plus ! dit Pierre.

Cela faisait un moment qu'ils ne s'étaient pas parlé. Le poids de leurs sacs à dos pesait de plus en plus. Rompre le silence fut difficile.

— Pourquoi encore monter ? demanda Zora, essoufflée.

— On trouvera plus facilement un abri pour la nuit.

— Maintenant ?

— Oui. Dans une heure, on ne verra plus rien, ça va devenir dangereux. Il faut qu'on trouve rapidement un endroit pour se protéger et faire du feu sans être visibles de la route.

— D'accord, se contenta-t-elle de répondre, à contrecœur.

Zora était intrépide. Elle savait bien dès le départ que fuir était hasardeux, mais l'idée de passer la nuit dans la montagne glacée la terrorisait.

*Paris, XVII^e^ arrondissement, bureaux de la Bac, au même moment*

Contrairement à ce que Talia avait imaginé, le père de Pierre n'était pas éploré. Du moins en apparence. Policier lui-même, il n'en voulait à personne et encore moins à ceux qui menaient cette enquête qu'il savait compliquée. Il désirait aider et avait une idée précise sur la question. Talia dut lui expliquer ce qu'il savait déjà : vu sa proximité avec l'un des otages, ce n'était pas possible. Il insista, elle aussi, puis il orienta la négociatrice sur un chemin inattendu.

— Mon fils, c'est un garçon particulier. Il l'a toujours été.

— Quel âge a-t-il ?

— Treize ans. Vous avez des enfants, commandante ?

Elle hésita à répondre à cette question directe. Officiellement, elle n'en avait pas le droit, mais il était difficile d'esquiver la question d'un papa dont l'enfant était retenu en otage. Elle fit une entorse au règlement.

— J'ai un fils. Il a à peu près l'âge du vôtre.

— Et vous n'êtes pas inquiète pour lui ?

Elle sourit.

— Bien sûr. On est toujours inquiet pour ses enfants.

— Je ne sais pas si c'est dû à mon métier ou à l'éducation que nous lui avons donnée, sa mère et moi, ou bien si c'est juste sa personnalité, mais la vérité, c'est que Pierre est différent des autres gamins.

— Comment ça ?

— Il est très en avance pour son âge. Il est clairvoyant et fait facilement preuve d'initiative.

— Qu'est-ce que vous essayez de me dire, monsieur Jonquet ?

— J'ai bien étudié les différents parcours possibles, je pense que les enfants sont entre la Savoie et l'Italie. Plutôt de l'autre côté de la frontière, à mon avis. Les terroristes ont dû maquiller et séparer les cars pour ne pas être repérés par les caméras de surveillance.

— La police italienne aussi est en alerte.

— Certes, mais avec moins de moyens déployés. Plusieurs dizaines de milliers de véhicules franchissent les Alpes chaque jour. Les policiers italiens ont probablement visualisé les images des postes-frontières, mais ils cherchaient deux cars bien précis, et il est évident qu'ils ne sont pas passés à la queue leu leu.

Talia n'objecta pas. Peut-être que Shepherd aurait trouvé à redire, mais elle était éloignée de sa zone de compétence et le scénario qu'il décrivait lui paraissait plausible.

— La photo des enfants est diffusée en Italie aux heures de grande écoute, dit-elle pour le rassurer sur les moyens. On les voit là-bas presque autant qu'en France.

— Je sais, mais il y a soixante-cinq visages, plus les cars, les monitrices et les chauffeurs qui ont été libérés depuis. Personne n'a suffisamment de mémoire pour retenir autant d'informations. Trois, quatre visages tout au plus, et encore.

— Vous avez raison, mais que faire ? On ne peut pas obliger les gens à mémoriser tous les visages par cœur.

— Tous, non. Les bons, oui. Je pense que si l'un des enfants tente de s'évader, ce sera Pierre.

Prise au dépourvu, Talia ne put s'empêcher de le contredire.

— Vous n'êtes peut-être pas très objectif.

— Si, justement ! Parce que, indépendamment du fait que c'est mon fils, je le connais très bien.

Elle dodelina de la tête.

— Pierre est plus mûr que les enfants de son âge. Je l'ai sensibilisé très tôt aux risques d'enlèvement et au comportement à avoir en cas de danger. Il est courageux. S'il a compris ce qui était en train de se passer, je sais qu'il essaiera de s'échapper. Par tous les moyens et même s'il est menacé. Ce ne sera probablement pas le cas de ses copains.

— Admettons, monsieur Jonquet. Et ça change quoi ?

— Arrêtez de diffuser le visage des autres durant quelques jours et diffusez uniquement celui de Pierre, en France et en Italie !

C'est au pied d'un gros rocher que Pierre décida qu'ils passeraient les prochaines heures. Avec leurs bottes, ils avaient nettoyé la couche de neige qui tapissait le sol gelé. La nuit était tombée comme un rideau. Ils avaient à peine eu le temps de creuser un trou pour le feu et ramasser quelques branchages humides à proximité. Pour les enflammer, ils avaient dû utiliser la totalité de la bouteille d'alcool qu'ils avaient emportée. C'était une nuit sans lune. Ils ne voyaient aucune lueur alentour. Un noir épais, sans relief, habituel en montagne mais comme ni l'un ni l'autre n'en avaient jamais vu.

Assise au pied du brasier, Zora était frigorifiée. La peur avait depuis longtemps remplacé l'enthousiasme de la fuite. Pierre aussi ressentait la crainte, mais il la dissimulait en s'affairant à chercher des morceaux de bois.

Quelques minutes après la tombée du jour, la nature nocturne s'éveilla. D'abord dans le mouvement des branches. Un frottement, une caresse silencieuse le jour, mais qui devenait plus sinistre la nuit. Des mouvements imperceptibles et inquiétants, éloignés, qui se rapprochaient progressivement. Dans le silence et dans le noir, chaque froissement de feuilles produisait une résonance insoupçonnée. Lorsqu'il eut amassé suffisamment de combustible pour la nuit, Pierre s'assit à côté de Zora. Il aurait aimé la rassurer davantage en faisant preuve de plus de courage, mais à treize ans il ne pouvait paraître plus qu'il n'était. Il fit éclater l'un des paquets de chips. Le bruit familier dupa provisoirement leur angoisse.

— Voyons voir de plus près, dit-il en sortant le téléphone de l'Allemand de sa poche.

Depuis leur départ, la barre de connexion au réseau était toujours désespérément à zéro. C'était si surprenant que Pierre se demandait si leurs ravisseurs n'avaient pas neutralisé tous les relais de la région. De toute façon, il ne connaissait pas le code de déverrouillage. Il en avait déjà essayé deux, les plus simples, quatre fois le zéro puis 1234, mais cela n'avait pas marché. L'Allemand était méfiant, ça se voyait. Il aurait été surprenant qu'il choisisse un code de ce genre-là, mais ça valait le coup d'essayer. Ce type ne parlait jamais, ne s'occupait de rien et observait toujours les autres sans aucune expression. Son père avait dit à Pierre que les assassins avaient ce regard, que c'était celui de la mort, et qu'avec l'expérience on pouvait le reconnaître. Pierre n'en avait pas vu jusqu'alors, mais était certain que c'était celui-là. Afin de ne pas bloquer le téléphone, il n'avait pas essayé d'autres codes ; ils pouvaient s'en passer pour le moment. Dès qu'il capterait quelque chose, il utiliserait la fonction « appel d'urgence » et les services de secours identifieraient leur position sans qu'il ait besoin de la donner. Ça aussi, c'était son père qui le lui avait enseigné.

— Tu penses qu'on pourra s'en servir ? lui demanda Zora.

— Bien sûr qu'on pourra ! Depuis qu'on est partis, on a marché au moins dix kilomètres, si on fait une distance équivalente demain on trouvera forcément un village et il y aura du réseau.

— Si tu le dis…

Pierre commençait à se demander s'il avait eu raison de l'emmener et même de s'enfuir.

— Je suis désolé de t'avoir embarquée avec moi, c'est dangereux, je m'en veux.

— Je voulais venir. Ce n'est pas toi qui m'as embarquée, comme tu dis, mais moi qui suis venue.

— Je suis content que tu sois là.

Elle grelottait maintenant de tout son corps. Elle lui sourit en claquant des dents.

Dans les chambres du Paradiso delle Alpi, tout était calme et le voile du sommeil enveloppait déjà la plupart des occupants. Igor, le Muet et Tarek étaient remontés au quatrième étage en silence. Ils avaient fait des allers-retours le long du Toce jusqu'à l'église de Riale, guettant une lumière ou un mouvement dans la forêt, mais sans succès. Qui plus est, ils s'étaient rapidement fait repérer par des riverains peu habitués à voir des étrangers traîner la nuit dans les parages, au volant de voitures de sport. Myriam attendait, face à la fenêtre. Elle ne se retourna pas pour les accueillir. Elle observait le haut des montagnes au loin, espérant voir un feu, une lumière, un signe trahissant une présence. Tout était noir. Un peu plus tôt, elle avait beaucoup crié et Tarek avait dû s'interposer pour l'empêcher d'en venir aux mains avec Igor, qui sans ça l'aurait probablement tuée.

— On les trouvera demain, dit Tarek pour essayer de détendre l'atmosphère. Avec le jour, ce sera plus facile.

C'était aussi le pronostic de Myriam, même s'il était loin d'être certain.

— J'ai prévenu Gérald, se contenta-t-elle de répondre.

— Et qu'est-ce qu'il a dit ? s'inquiéta Tarek.

— Il arrive.

— Gérald va venir ici ? reprit Igor.

Elle ne répondit pas. L'Allemand ne baissa pas les yeux. Il n'était pas du genre à reconnaître ses erreurs et encore moins à les ruminer.

— De toute façon, dit-il, le petit brun et sa chiotte, je voulais buter dès le départ. Ils arrêtent pas faire chier. Si toi et Gérald écoutez mieux, tout irait bien !

— Tu n'étais pas obligé de leur laisser ton téléphone, répliqua Myriam.

— À quoi il sert ? Y a pas réseau.

— S'ils vont vers Riale ou vers la frontière suisse, ils en trouveront !

— Leur seule chance, réfléchit Tarek à voix haute, cela serait de rejoindre Riale par le sud, mais c'est à plus de vingt-cinq kilomètres, sans compter le dénivelé. Il y a des loups dans la montagne et puis, surtout, il gèle la nuit.

Le Muet les regardait. Il semblait compter les points. L'avantage de son état, c'est que personne ne savait jamais ce qu'il pensait ni dans quel camp il était.

— Ils n'ont pas carte, rien pour diriger, poursuivit Igor, aucune chance d'arriver. S'ils sont partis dans mauvaise direction, ils sont morts déjà.

— Et si quelqu'un trouve les corps, tu y as pensé ?

— Dans coin aussi isolé, avec mètre de neige qui tombe la nuit, aucune chance.

— Ils peuvent aussi revenir seuls avant de mourir de froid.

— Ça, reprit l'Allemand, pour eux pire ce serait que mourir dans la neige.

— Si on les récupère, c'est Gérald qui décidera, pas toi, répondit sèchement Myriam. Ce n'est jamais toi qui décides, de rien ! On accepte juste que tu sois là, pour les surveiller sans te faire piquer ton téléphone !

— Ils sont enfuis parce qu'eux comprendre, au cas où toi pas voir. On pourra pas les remettre comme si rien n'était, Gérald ou pas, il faudra qu'on s'en débarrasse.

— Il faut qu'on trouve un baratin pour expliquer aux autres pourquoi ils ne sont plus là, dit Tarek pour aller sur un sujet légèrement moins conflictuel. Les deux qui partageaient la même chambre, à mon avis, ils savent pourquoi ils se sont enfuis.

— On va changer de braquet, c'était prévu. La joyeuse colonie va se transformer en quelque chose de moins festif, conclut Myriam.

La répétition des chiffres lui était familière. Gérald connaissait bien le numéro qui s'affichait sur son écran. Il avait ferré sa proie. Enfin ! Il s'offrit le luxe d'attendre quelques secondes, puis il décrocha.

— On peut savoir à quoi vous jouez ?

La voix était essoufflée, moins assurée qu'à l'accoutumée. Il avait perdu de sa superbe, Der Adler, depuis leur premier entretien à Monaco. Venait-il seulement de comprendre que cela n'allait pas se passer comme avec ses malfrats habituels, ceux qu'il contrôlait facilement ?

— Bonjour, Der Adler.

— Épargnez-moi vos simagrées et combines d'expert de la manipulation.

— Je ne savais pas que dire bonjour était une manipulation.

Gérald l'entendit maugréer. Il perçut le pas agité de celui qui pressent qu'il en a fait un de travers. Il l'imaginait marchant derrière son bureau, ou peut-être dans l'un des nombreux lieux sécurisés de la Bac ou du Raid. Les personnes chargées de l'enquête et la négociatrice étaient loin d'être idiots, et il en avait dit suffisamment pour que leurs projecteurs changent de direction.

— Qu'est-ce qui vous a pris de parler à Talia Sorel de l'agent de la DGSI qui la surveillait ?

— Vous avez vu, elle ne s'y attendait pas du tout ! Ça m'a amusé de la surprendre.

— Arrêtez vos conneries, Gérald.

— C'était un moyen, facétieux je vous l'accorde, de mettre la pression.

— La pression, mais la pression sur qui ?

— Ils devaient savoir qu'ils n'ont pas affaire à des bandits ordinaires. Pour la bonne marche de notre plan, c'était nécessaire.

— Tout ce que vous allez réussir à faire, c'est diriger leurs soupçons vers l'intérieur. Vous voulez me mettre en danger ?

— Comme vous y allez ! Je vous rappelle que celui qui est le plus en danger actuellement, c'est moi.

— Ne jouez pas au plus malin, Gérald.

— Si vous tombez, Der Adler, je tombe, cela devrait vous rassurer.

— Et vice versa.

— En effet.

— C'était l'objectif de votre petite sortie, n'est-ce pas ?

Gérald ne répondit pas, mais profita du moment. Il n'avait que seize ans lorsqu'il avait rejoint son père au Maroc. Il y repensait. Son renvoi de l'école avait précipité les choses. Ce jour-là, l'univers aseptisé que sa mère s'évertuait à calquer sur la haute bourgeoisie avait volé en éclats et le peu d'affection qu'elle portait à son fils avec. Bien qu'en désaccord sur tout, elle et Robert Mansour avaient rapidement trouvé un terrain d'entente. Gérald irait vivre à Marrakech. Pour lui, c'était un changement de vie, un nouvel univers, chez un père qu'il connaissait finalement assez peu. Robert Mansour avait une haute opinion de tous ceux qui l'entouraient, que ce soit ses amis, ses collègues, ou son fils. À ses yeux, le moindre livreur de pizzas, le moindre serveur de brasserie était un être exceptionnel promis au plus grand destin. Mais il avait également une autre particularité, encore plus singulière : il se prétendait le descendant direct d'une famille alaouite de sultans saadiens, une dynastie ayant régné sur le sud du Maroc au XVI^e siècle et aujourd'hui disparue. C'était invérifiable, mais c'était ce qu'il répétait à qui voulait bien l'écouter. Au fil des années, c'était devenu une véritable obsession. Il avait entrepris les démarches auprès des autorités marocaines pour faire reconnaître son lignage. Pour cela, il avait accumulé des éléments factuels, actes de naissance, certificats de mariage et même des témoignages d'historiens. Il ne voulait récupérer aucune prérogative particulière, ni faire de tort au souverain en place, mais seulement voir reconnaître sa généalogie. Une qualité honorifique de descendant de grande famille qu'il aurait pu transmettre à ses enfants. Mais les autorités administratives royales n'avaient pas jugé bon d'étudier son dossier, ni même de lui répondre.

Gérald avait longtemps été convaincu que, si le monde n'avait pas changé, il aurait été un prince régnant. Cette idée flatteuse au départ était rapidement devenue pour lui une source de frustration. Son manque de diplômes et d'appuis avait rapidement mis en jachère le reste de ses ambitions. C'est progressivement qu'il avait élaboré son projet criminel. Un kidnapping. En étudiant celui de la prise en otage d'un car scolaire à Loyada, en 1976, par des militants du Front de libération de la côte des Somalis. Une entreprise qui, faute d'un négociateur aguerri du côté des ravisseurs, s'était terminée dans un bain de sang, mais qui avait abouti malgré tout quelques mois plus tard à l'indépendance de Djibouti. Gérald était fasciné par les conséquences de ce fait divers hors du commun. Il le pensait améliorable et reproductible. Il avait toutes les qualités pour ça et lorsque Der Adler lui avait proposé d'utiliser ses capacités de mentaliste pour organiser un gros coup pour son compte, en lui en fournissant les moyens, il y avait vu une occasion unique de reproduire celui du car de Loyada.

— Nos sangs sont mêlés, Der Adler, c'est vous qui l'avez voulu en venant me chercher, non ? Je n'étais pas demandeur. Mais pour le moment, soyez heureux car tout se passe bien.

— Ce n'était pas le plan de libérer des otages…

— Der Adler, une négociation, c'est comme une respiration. Il faut inspirer et expirer, prendre et donner, pour qu'un contact fiable s'établisse. En leur rendant les adultes et le petit asthmatique, je leur fais comprendre que c'est moi qui dirige !

— Votre vanité est un poison dangereux, Gérald. Je vous ai placé là, ne l'oubliez pas, vous me devez la loyauté.

— Je ne vous dois rien ! Mais je n'oublie pas qu'avec moi vous faites un bon placement.

## – 30 –

*Paris, XVII^e arrondissement,*
*bureaux de la Bac*

Il était presque minuit et, hormis le troisième étage, l'immeuble était plongé dans l'obscurité. Shepherd fit un rapide point de la situation devant les membres de la cellule antiterroriste qu'avaient rejoint le commandant Laville et Julien en fin d'après-midi. Le petit Nathan était enfin sorti du coma. Avec l'accord de ses parents et des médecins, l'enfant avait aussitôt été entendu, et ce malgré son asthme. Une première fois, on l'avait interrogé de façon classique. Une seconde fois, un psychothérapeute l'avait placé sous hypnose afin d'accéder aux zones les plus retranchées de sa mémoire. Contrairement aux adultes libérés sur le bateau, il avait conservé des souvenirs précis et nombreux du temps passé avec les preneurs d'otages. Vu l'organisation militaire des enlèvements, c'était une erreur surprenante de l'avoir relâché ainsi, mais le commissaire préférait y voir une manne d'informations providentielle. Le jour du départ, Nathan s'était rapidement endormi. À son réveil, il était seul dans le car. Il se rappelait le froid, sa bouche sèche et une impérieuse envie d'aller uriner. Il avait rejoint ses copains à l'extérieur et s'était étonné d'avoir dormi plus de huit heures d'affilée. Ensuite, il s'était empressé d'aller se soulager derrière un arbre. Il faisait noir, le sol était gelé, recouvert d'une épaisseur de neige, et il avait vu les étoiles.

— C'est intéressant, l'interrompit le chef de la police Paul Hamon, cela signifie que le temps était dégagé. Par recoupement avec la carte météo de cette nuit-là, on va pouvoir exclure beaucoup de points de chute.

Shepherd acquiesça et reprit la lecture du procès-verbal d'audition. Les enfants s'étaient à peu près tous réveillés au même moment et dans un état similaire. Les cars étaient stationnés, portes et fenêtres ouvertes, face à une grande maison de plusieurs étages.

— Ils ont tous vécu la même amnésie durant le voyage ? demanda l'un des participants.

— Probablement, oui.

— Ils dormaient. Vraisemblablement un gaz injecté dans la clim, compléta Ève.

— Devant eux, poursuivit Shepherd, Nathan voit quatre adultes, trois hommes et une femme. L'un porte sur la joue une balafre qui remonte jusqu'à un œil blanc et un autre se fait appeler le Muet.

— Ça aussi, c'est intéressant, intervint Paul Hamon.

— Nous avons lancé une recherche dans les fichiers du grand banditisme et sur les individus fichés « S », ajouta Ève. On a trouvé deux profils pouvant correspondre, on est en train de faire les vérifications.

Shepherd reprit sa lecture.

— Il y avait également deux chiens, probablement des rottweilers. Le plus jeune des hommes était basané et il portait une casquette des Los Angeles Lakers. Nathan s'en souvient car il est fan de cette équipe. Il a pensé qu'il pourrait parler avec lui de l'association entre LeBron James et Anthony Davis ou des exploits passés de Kobe Bryant.

— Et ça a été le cas ?

— Pas du tout, le type savait à peine qu'il s'agissait d'une équipe de basket. La femme se fait appeler Myriam, c'est elle qui parle aux enfants. Nathan a listé une multitude de détails sur l'intérieur du bâtiment, mais malheureusement assez peu sur l'extérieur. Hormis des montagnes de chaque côté, aucune habitation à proximité et une petite route caillouteuse qui contourne la clôture.

— Combien de temps est-il resté sur place ? demanda Hamon.

— Il ne le sait pas exactement, mais au moins deux nuits complètes, avant d'être victime d'une crise d'asthme carabinée. La femme lui a fait une piqûre dans le bras. « Ça va te calmer » sont les derniers mots qu'il a entendus. Il s'est réveillé à l'hôpital, entouré de ses parents et des policiers, sans bien comprendre ce qui lui était arrivé.

— Et qu'est-ce qu'ils ont fait durant ces trois jours ?

— Rien d'extravagant, ils ont joué à des jeux vidéo et regardé des DVD. Les ravisseurs font en sorte qu'ils se sentent bien.

— C'est diabolique.

— Oui, parce qu'il leur serait très difficile de gérer les soixante-cinq gamins en mode réclusion. Tout a été préparé. Reste à savoir où ils les ont emmenés.

— Avec toutes les informations communiquées par Nathan, poursuivit Ève, les géographes militaires essaient de déterminer des zones en France, en Suisse, en Autriche et en Italie.

Talia relata ensuite l'entretien avec le preneur d'otages. Paul Hamon, les patrons du GIGN et du Raid, le préfet et le conseiller du ministre écoutaient sans l'interrompre. Hormis le ministre de l'Intérieur lui-même, tout ce que la France connaissait d'autorités policières était réuni dans la pièce, aussi Talia pesa-t-elle chaque mot. Le commissaire Shepherd ajoutait parfois certaines impressions qu'il avait ressenties durant la conversation, approuvant ainsi implicitement les propos de Talia.

— Qui est cet Aaron ? demanda Hamon à l'évocation du pseudonyme dont le ravisseur s'était affublé.

Talia regarda Julien, qui avait effectué des recherches sur le sujet. Intimidé et peu habitué à l'exercice, il mit quelques secondes avant de prendre la parole et commença par balbutier.

— Eh bien, il y a de très nombreux Aaron, dans l'Histoire. Notamment dans celle du peuple juif. Mais vu l'importance que notre homme semble se donner, je présume qu'il fait référence au plus illustre d'entre eux, le frère de Moïse.

— Rien que ça ?

— Oui, probablement.

— Je ne savais même pas que Moïse avait un frère, reconnut Shepherd.

— Un frère et une sœur, Myriam.

— Ah ça, c'est pas mal, s'exclama Shepherd en repensant au prénom de la terroriste donné par le petit Nathan. Mais est-il assez idiot pour nous donner le prénom de l'une de ses complices ?

— Il n'est pas idiot, répondit Talia, il est joueur.

— Pour le Livre de l'Exode et le Lévitique, reprit Julien, Aaron est avec Moïse le personnage le plus important.

— Moïse n'était pas le frère du pharaon ? demanda Hamon en cherchant vaguement du soutien autour de lui.

— Yul Brynner ! ajouta Ève.

Tous les regards se tournèrent vers elle dans un silence embarrassant.

— Non, reprit Julien en ajustant ses lunettes. Il s'agit là d'une vision caricaturale de l'Histoire véhiculée par le cinéma américain des années 1950, mais la vérité est très différente.

— Expliquez-nous.

— Dans les textes hébraïques, il est écrit que, pour échapper au massacre des nouveau-nés mâles, Moïse est caché puis élevé par Bithiah, l'une des nombreuses filles du pharaon Séthy Ier.

— Bithiah ? répéta Hamon.

— Oui. Il est peu probable qu'à l'âge adulte Moïse ait réellement rencontré le pharaon, et encore moins son fils Ramsès. Les relations sociales à cette époque étaient rigoureusement définies par un système de castes et les liens familiaux n'avaient pas la même importance qu'aujourd'hui. Moïse, Aaron et Myriam faisaient partie de la tribu de Lévi, issue du patriarche Jacob, le père des enfants d'Israël.

— OK, OK, on s'éloigne du sujet, intervint Shepherd. Qu'est-ce qu'il a de si important, ce frère ?

— On ne s'éloigne pas tant que ça, le contredit Julien. Aaron est l'aîné de Moïse, de trois ans, mais surtout il est son interprète !

— Son interprète ?

— Oui. C'est lui qui parle.

— J'avais compris, mais pourquoi Moïse avait-il besoin d'un interprète ?

— Parce qu'il souffrait d'un défaut de langage, il ne s'exprimait que rarement en public.

— C'est attesté, ça ?

— Oui. C'est relaté dans les Écritures, sans toutefois que la nature de ce handicap soit précisée. Aujourd'hui, la réalité la plus vraisemblable admise par les théologiens est qu'il bégayait.

— Moïse ?! s'insurgea Ève.

— Oui. On était probablement assez loin du Charlton Heston des *Dix Commandements*.

Shepherd regarda sa montre et recentra de nouveau le débat.

— Bien, notre preneur d'otages serait donc le « messager » de quelqu'un d'autre, qui bégaie, ou quelque chose dans le genre ?

— Oui. Peut-être.

— Cela remet en question votre position, commandante, sur l'hypothèse qu'il est le chef narcissique de l'organisation.

— Pas nécessairement, répondit Julien. À cause du handicap de Moïse, Aaron prend sa place. C'est lui le premier prêtre de l'histoire judéo-chrétienne. Dieu parle à Moïse sur le mont Sinaï, mais il parle aussi à Aaron. Et c'est Aaron qui est désigné pour exercer le sacerdoce. Pour beaucoup, il est le grand personnage du Lévitique. De son vivant, il était probablement plus populaire que ne l'était Moïse. Il est possible que notre homme s'identifie à lui, car il est le prolongement de quelqu'un d'autre. Mais pas nécessairement au sens hiérarchique du terme.

— Bon, admettons qu'il soit suffisamment tordu pour se considérer comme le frère de Moïse, tenta de conclure Shepherd. Est-ce que cela peut nous servir à quelque chose ?

Talia approuva de la tête.

— Lorsqu'on entre en négociation, tout ce qu'on peut savoir est intéressant.

— Vous préconisez quoi, alors ?

— Dans un premier temps, nous devons le discréditer dans l'opinion publique.

— Pour le rendre moins populaire qu'Aaron, ajouta Julien, heureux d'avoir compris à l'avance où elle voulait en venir.

— Bon, arrêtez avec cette histoire ! demanda Shepherd.

— Selon toute vraisemblance, dans son fonctionnement, il cherche trois choses : avoir de l'autorité, être reconnu…

— … et être aimé ! compléta de nouveau Julien.

— Exactement. On va lui montrer qu'on supprime cette dernière carte et le faire sortir de son terroir psychotique.

— Il a enlevé soixante-six enfants, qu'est-ce qu'il vous faut de plus ?

— C'est vrai, admit Talia, mais pour lui l'histoire se situe dans une autre réalité. C'est le gouvernement qui prendra la décision du paiement ou non, de la vie ou de la mort, pas lui. Il essaie de se positionner en médiateur bienveillant. C'est une technique de communication classique qui consiste à inverser les polarités.

— Les gens ne sont pas si idiots !

Le préfet toussota.

— En facilitant les choses, poursuivit Talia, et en ne faisant aucune victime, il espère sans doute, au-delà de l'argent, se donner en plus le beau rôle dans le dénouement.

— Comme Aaron, ponctua encore une fois Julien.

— J'ai dit d'arrêter avec ça ! s'énerva Shepherd.

— C'est probablement ce qu'il a en tête. On doit absolument le contrarier, mettre un grain de sable dans son plan, lui montrer que cela va se passer autrement.

— D'accord, Talia, mais vous voulez l'apporter comment, ce grain de sable ?

— En diffusant un appel à témoins.

— Un appel à témoins ? Où est-ce que vous avez vu des témoins ?

— Avec le portrait-robot réalisé par le patron-pêcheur et l'enregistrement vocal de l'appel de ce matin, on va en trouver. Il n'utilise pas de transformateur de voix et, comme il ne descend pas de la lune, il y a nécessairement des gens qui peuvent le reconnaître.

— Il n'utilise pas de transformateur, reprit Shepherd, parce qu'il modifie lui-même sa voix. Nous l'avons fait décortiquer par un linguiste, spécialiste des cordes vocales, et il en est convaincu.

— Un genre d'imitateur ? demanda Hamon.

— Oui, quelque chose dans ce genre-là.

— Je pense plutôt qu'il s'agit d'un métamorphe, précisa Talia.

— Comme les sirènes et les loups-garous ? sourit Hamon.

— Non, là, je vous assure que ça va faire beaucoup…

— Rien de magique, rassurez-vous, commissaire, ajouta Talia. Il s'agit plutôt d'une aptitude permettant de reproduire l'apparence de celui qui est imité. Beaucoup de parodistes très connus sont en réalité des métamorphes. Ce sont des genres de bernard-l'hermite. Ils entrent dans la personnalité de leur proie, adoptent ses attitudes physiques, ses expressions, ses tics, parfois même sa façon de marcher. La plupart du temps, ils le font inconsciemment, c'est un mécanisme nécessaire à leur travestissement. Ils peuvent aller jusqu'à modifier leur apparence et à être quasi méconnaissables.

— Ça ne va pas nous aider pour l'identifier.

— Il faut tenter le coup, insista-t-elle. La voix comme le regard sont les reflets les plus profonds de notre personnalité, on ne peut pas complètement les travestir. Même les plus grands métamorphes sont reconnaissables au moins par leurs proches. Ce sont eux que nous devons cibler.

— Avec simplement un vocal et un portrait-robot, on va avoir des milliers de signalements, des dénonciations fantaisistes, des vengeances. Il nous faudra des mois pour les étudier, on n'y arrivera pas, objecta Paul Hamon.

— On n'a pas de meilleure piste, alors peu importe, on va y mettre les moyens, répliqua Shepherd.

Hamon n'osa pas le contredire. Talia approuva son soutien et poursuivit :

— Ce n'est pas grave si on n'arrive pas à tous les étudier. Ça nous permettra de lui mettre la pression. Ensuite, on ne va pas diffuser n'importe quelle séquence. Commissaire, pouvez-vous nous faire écouter le passage où il évoque le sort qu'il réserve aux enfants ?

À l'aide de son téléphone, il enclencha l'extrait qu'il avait prédécoupé. L'enregistrement artisanal était de piètre qualité mais l'intonation y restait menaçante : « Vous n'aurez pas plus de temps. Dans une semaine, Talia, je les tuerai, un par un, jusqu'au dernier, et vous ne retrouverez jamais les corps. »

— Oui, cet enregistrement sera parfait, approuva-t-elle. Il faut juste voiler mon prénom.

— Ça donnera une bonne idée aux gens du genre d'individu à qui nous avons affaire, dit Shepherd, qui voyait également enfin une chance de ne plus être l'unique souffre-douleur des médias.

— On sort de son canevas et c'est ça qui est intéressant. Il ne pourra pas s'empêcher de redouter qu'un parent ou un ami le reconnaisse. La peur est souvent plus destructrice que le danger, c'est l'effet qu'on recherche. Et puis ainsi, le côté Robin des Bois qu'il imagine s'octroyer va en prendre un sacré coup. Vu son profil, il ne va pas aimer ça du tout.

Il y eut un long silence. La jeune commandante paraissait sûre d'elle, mais c'était loin d'être le cas de tous les membres de la cellule.

— Vous voulez enfumer un terroriste qui détient soixante-cinq enfants en otage ? l'interrogea le conseiller du ministre, qui était jusque-là resté discret.

Tout le monde se tourna vers Talia.

— Ouais, se contenta-t-elle de répondre.

— Vous êtes aussi dingue que lui ! Et s'il s'en prend à eux ?

— Il n'aurait aucun intérêt à le faire et il est trop organisé pour agir dans la précipitation. Ce n'est pas une personnalité qui improvise facilement. Tout ce qu'il fait est planifié depuis des mois, peut-être même des années. Il a probablement prévu des plans B, C et ainsi de suite, mais si on arrive à l'en sortir on le mettra en danger.

Personne n'osa rien dire durant plusieurs secondes.

— L'imprévu, messieurs, enchérit-elle, c'est le petit caillou dans la chaussure de la vie, le meilleur moyen de le pousser à l'erreur.

— C'est une stratégie cohérente, approuva Laville.

— Ça me va aussi, confirma Shepherd à demi-mot.

Les cinq autres étaient moins convaincus. Les risques, notamment politiques, en cas d'échec étaient vertigineux. Ils sortirent de la pièce un moment pour se concerter et passer quelques appels. Talia resta seule avec les autres policiers. Shepherd l'observa. Un axe inattendu s'était créé entre eux, une affinité opérationnelle que ne pouvaient pas comprendre ceux qui étaient sortis de la pièce.

— J'espère que vous savez ce que vous faites.

Elle ne répondit pas. Il attendit quelques instants avant de lâcher à voix basse :

— Je suis désolé pour l'autre jour.

Elle lui demanda de répéter.

— Je vous ai jugée trop vite.

— C'est bien de le reconnaître.

— Je suis d'un naturel méfiant.

— C'est votre rôle.

Elle baissa les yeux, avant de les relever instantanément.

— Même si la filature, c'était de trop !

— Je vous ai déjà dit que je n'y étais pour rien.

— Ça va.

— On repart sur un bon pied ? lui proposa-t-il en tendant le poing vers elle. On est d'accord ?

Elle checka.

— Je ne dirais pas qu'on est d'accord, mais on est moins pas d'accord qu'au début.

Il se mit à rire, exagérément au goût de Talia. Avant de se rasseoir, le directeur de la police précisa que la décision était prise indépendamment du ministre de l'Intérieur. Que celui-ci n'en serait informé qu'*a posteriori*. En langage plus clair, cela signifiait que personne d'autre que les opérationnels de la police ne porterait le chapeau en cas d'échec.

— OK, affirma Shepherd en regardant Talia. On part là-dessus !

Elle acquiesça.

— Ensuite, il y a le père du gamin, dit Talia.

— Le flic ? demanda le DGPN Hamon.

— Oui, il est de la maison. Jean-Luc Jonquet.

— Et alors ?

— Il a raison : montrer plus de soixante visages à la télé ne sert à rien. Personne ne peut les mémoriser. Mieux vaut en montrer un seul, que tout le monde aura bien en tête.

— Celui de son fils ?

— Oui.

— La bonne blague ! s'exclama Hamon.

— Il n'a rien à y gagner, ce n'est pas un concours de popularité. Au contraire, ça peut mettre son fils en insécurité et il en est conscient.

— Pourquoi demande-t-il ça, alors ? s'interrogea cette fois le conseiller du ministre.

— Parce qu'il est persuadé que son gamin va tenter de s'enfuir, par tous les moyens. Et que donc, si quelqu'un repère un des enfants, ce sera lui. À ma connaissance, on n'a aucune information de cette nature concernant un autre enfant.

— Qu'est-ce que vous en pensez ? lui demanda Shepherd, qui connaissait déjà en partie la réponse.

— Lorsqu'il dit que Pierre est mature, répondit Talia, et qu'il est sensibilisé à ce qu'il faut faire en pareille circonstance, je lui fais confiance.

— Il n'est peut-être pas sensibilisé à des enlèvements de cette nature.

— Son père lui a enseigné très tôt que, quelle que soit la gentillesse apparente d'un kidnappeur d'enfants, la finalité la plus probable est la mort. Tous les parents ne racontent pas ce genre d'histoires à leurs gamins.

— Personne, enchérit Julien.

— Alors, on choisit celui qui a le plus de probabilité de s'échapper et on mise dessus ? demanda le conseiller du ministre.

— Oui, en gros, dit Talia.

— Vous n'êtes pas sur un champ de courses, protesta Hamon. Et comment expliquerez-vous ça aux autres parents ?

— Peu importe.

— « Peu importe » pour vous !

— Politiquement, ce n'est pas tenable, ajouta le conseiller.

— Stratégiquement, ça l'est, poursuivit Talia. On peut leur dire qu'on pense qu'il s'est évadé, qu'il a été repéré quelque part.

— Lorsqu'on aura diffusé sa photo, on aura des centaines de témoins qui nous diront l'avoir vu un peu partout. Vous en êtes consciente ?

— Oui, c'est exactement l'idée. Et puis ce « pari » a un autre intérêt, répliqua-t-elle en éludant l'objection.

— Lequel ?

— Aaron ne s'y attend pas.

— C'est sûr que si le gamin est toujours avec lui, il ne peut pas s'y attendre, ne put s'empêcher de commenter ironiquement Shepherd.

Elle acquiesça mais poursuivit :

— C'est du situationnisme. Ce qu'on veut, c'est qu'il se demande pourquoi on fait ça. C'est surtout ça qui est intéressant, le petit caillou. Avec de la chance, il pensera que le gamin a réussi à contacter l'extérieur. Il déplacera les otages et alors il prendra inévitablement de gros risques.

— Après les courses de chevaux, c'est une partie d'échecs que vous nous proposez, dit le conseiller, peu habitué à ce genre de témérité.

— C'est la technique du cheval de Troie, expliqua encore Talia. On fait entrer une idée destructrice dans la tête de notre adversaire et on attend de voir ce qui se passe.

— Qu'en pensez-vous, commandant Laville ? demanda Hamon pour changer d'interlocuteur.

La question du directeur de la police dépassait la demande d'un simple avis. Tous les yeux se tournèrent vers le commandant Laville qui avait jusque-là peu parlé. Après quelques instants, il exprima le fond de sa pensée.

— Je pense que la commandante Sorel est la plus qualifiée pour déterminer les réactions d'un preneur d'otages. C'est son métier et elle le fait bien. Vous pensez qu'il s'agit d'une partie d'échecs, et vu de l'extérieur ça peut y ressembler, en effet. Mais si ce type-là ne fait pas d'erreur, alors on n'a aucune chance de le choper. Vu son profil, il a probablement suffisamment anticipé nos réactions pour ne pas en faire. Donc, je suis d'accord avec la commandante, notre meilleure chance est de bousculer la partie, même maladroitement, pour provoquer des réactions improvisées.

# – 31 –

« Je préfère cueillir l'instant
plutôt qu'attendre que pousse ma chance. »
Virginie LLOYD

La voûte céleste ne leur avait jamais semblé si étincelante qu'en cette nuit d'hiver. Avec un peu d'imagination, ils auraient presque pu saisir les étoiles entre les montagnes enneigées. Près du feu, Zora s'était blottie avec Pierre sous un millefeuille de couvertures. Au début, Pierre avait été gêné, surpris, mais il avait trouvé ce rapprochement agréable. Dans la nature à demi éclairée par un filet de lune, la vie nocturne s'était installée. Des bruits d'abord, puis des odeurs, des murmures dans les arbres. Comme une symphonie harmonieuse que rien n'entravait jamais, ce décor en apparence abandonné recelait à la tombée du jour tout un univers dissimulé. Le hululement d'un hibou les fit sursauter, le sifflement d'une marmotte déclencha un rire… Un monde bruyant qu'ils ne pouvaient voir mais qui les observait. Pour un enfant de treize ans, c'était terrifiant, mais pour Pierre, cela l'était moins avec elle. Et puis c'était lui le garçon et, même s'il était plus jeune de quelques mois, il devait donc la protéger, être courageux, au moins faire semblant. Pour dissiper leurs peurs, ils avaient longtemps parlé, de tout et de rien, de leurs familles, de leurs collèges, de musique, des séries qu'ils aimaient, puis la température était descendue. Beaucoup. Ils avaient moins parlé et s'étaient recroquevillés en essayant de trouver de la chaleur l'un près de l'autre.

La nuit avait été longue, interminable et glacée. Ils n'avaient trouvé le sommeil que par intermittence, entre deux ramassages de bois. La dernière flamme avait expiré aux premières lueurs du jour. Le brasier était devenu un nimbe noirâtre qui ne dégageait plus qu'une odeur de brûlé et une vague chaleur résiduelle. Pierre l'avait pourtant alimenté aussi longtemps que possible, mais tous les deux avaient fini par s'endormir et la nature s'était figée sous une pellicule blanche mortifère.

Il était un peu plus de 7 heures lorsque Pierre rouvrit les yeux. Il eut immédiatement conscience que le froid l'avait transpercé. Ses jambes, ses doigts et son dos étaient gelés. Face à lui, immobile et rigide, Zora était également réveillée. Il lui frotta le dos pour essayer de la réchauffer mais ce ne fut pas très efficace. Elle blottit encore davantage son visage contre la poitrine de Pierre mais leurs chaleurs cumulées ne suffisaient plus. Après un moment, il l'embrassa. D'abord sur le front, puis sur la joue, deux fois, puis sur la bouche. Ce ne fut pas très réfléchi, pas très réussi non plus, mais pour lui c'était la première fois. Pour elle aussi. Elle ne dit rien, ne le repoussa pas, mais ne l'encouragea pas non plus.

Ils passèrent un long moment l'un contre l'autre, sans parler. Il voulut l'embrasser de nouveau, mais la spontanéité de son premier élan avait disparu et il n'osa pas.

Gérald Mansour avait pris le premier vol. L'aéroport de Malpensa ne semblait pas encore tout à fait réveillé. À une quarantaine de kilomètres de Milan, à cette heure matinale, il savait qu'il lui faudrait moins de deux heures pour rejoindre le val Formazza.

Les nombreux écrans publicitaires qui balafraient la zone de transit exhibaient tous le portrait-robot « *del Mostro* » publié durant la nuit par les journaux transalpins qui lui avaient trouvé ce surnom. Devant ces quelques coups de crayon approximatifs, il se dit que les physionomistes des polices italiennes et françaises n'étaient pas près de l'identifier. Juridiquement, il était un genre de fantôme, néanmoins il ne pouvait s'empêcher d'observer les autres passagers avec anxiété. À aucun moment il n'avait prévu de rejoindre le Paradiso delle Alpi en personne. Pour être invisibles, les équipes devaient rester cloisonnées, mais étant donné les incidents de la veille, il n'avait pas eu le choix. De plus, il devait régler le problème avec Igor avant que la situation de Myriam devienne intenable.

En se dirigeant vers la zone de retrait des bagages, il imaginait aisément sa vie plus tard. Il serait un prince saadien honoré et reconnu. Craint sans doute, car pour conserver le pouvoir il faut l'être, mais respecté pour son intelligence. Il ne pourrait plus se déplacer, du moins au début, puis avec le temps les choses s'atténueraient. Les dirigeants démocratiques mettaient toujours un point d'honneur à avoir de bonnes relations avec les autocrates, même lorsque ceux-ci étaient les pires crapules. Un chef bédouin n'avait-il pas été reçu dans les plus grandes capitales après avoir sciemment envoyé à la mort plus de quatre cents civils lors d'un attentat à Lockerbie trente-six ans plus tôt ? Le temps rendait tout plus acceptable, son petit kidnapping serait vite oublié. Il aurait de riches protecteurs, auxquels il offrirait facilités, discrétion et exonérations fiscales. Après dix ou quinze ans de règne, tout le monde l'aurait accepté.

Il prit connaissance des articles de presse en attendant sa valise. Un appel à témoins international, avec sa voix enregistrée par Talia. Bien joué, il n'avait pas pensé qu'elle ferait cela. C'était contre les usages des autorités politiques, qui préféraient toujours garder les tractations secrètes afin de ne pas perdre la face en cas d'échec. Der Adler l'avait alerté par texto durant la nuit. Ça lui avait probablement fait plaisir de le savoir en difficulté. À cela s'ajoutait la photo d'un des gamins qui tournait en boucle. C'était ce dernier point qui l'intriguait le plus. Pourquoi celui-là ? Il espérait qu'il ne s'agissait pas d'un des fugitifs de la veille. Il avait peut-être eu tort de venir sur place. Dans la démarche policière, ce qui était encore plus surprenant, c'était qu'ils communiquaient sur le sujet. Lorsqu'on a une carte maîtresse dans son jeu, la dernière des choses à faire est de le clamer sur tous les toits. Cela ressemblait plutôt à un bluff, ou alors… Il composa le numéro Iridium-Next. Comme toujours avec les appels satellite, il resta en attente un long moment sans savoir si son appel allait aboutir ou non. Il eut le temps de récupérer son bagage et de quitter la zone. Après plusieurs minutes, Myriam répondit.

— Bonjour, Gérald.

Il y avait un léger écho métallique, probablement dû à la structure de l'aéroport, mais la communication était suffisante.

— Salut.

— Tu arrives ?

— Je suis à Milan. Vous en êtes où avec les gamins qui se sont barrés ?

— Tarek est parti au nord et Igor, au sud. Ils ont pris les drones. Ne t'inquiète pas, ils vont les retrouver.

— C'est qui, le garçon ?

— Pierre Jonquet, le fils du flic, celui qu'on ne sentait pas depuis le début.

— Putain !

— Quoi ?

— C'est sa photo qu'ils diffusent partout.

— En France ?

— En Italie aussi, je suppose.

— C'est pas possible, ils se sont enfuis hier et il n'y a pas âme qui vive à moins de vingt kilomètres !

— Je sais.

— Il a gelé cette nuit, l'informa Myriam. La température est descendue largement en dessous de zéro, le plus vraisemblable est qu'ils sont morts. On a mis hors service les deux relais qui couvrent le secteur. Ils n'ont pas pu appeler avec le téléphone qu'ils ont piqué à Igor, ni trouver qui que ce soit en si peu de temps.

Il s'arrêta en arrivant au comptoir des locations de véhicules. Il sortit son passeport et son permis de conduire, tous deux au nom de Robert Mansour, et les tendit à la préposée en lui souriant.

— Tu veux qu'on déménage vers le plan B ?

Il réfléchit quelques secondes en regardant la jeune femme qui remplissait les formalités. Myriam répéta la question.

— Non.

Il se tourna et plaça la main devant sa bouche.

— Il n'y a rien à craindre. S'ils avaient vraiment quelque chose, ils seraient déjà sur nous et ils n'auraient rien laissé fuiter.

— T'en es sûr ?

— Oui. Et puis ils diffuseraient la photo de la gamine aussi, or il n'y a rien sur elle. Je pense que c'est un bluff de la négociatrice.

— Comment peut-elle savoir ?

— Elle ne sait rien, elle tape au hasard pour nous faire bouger. Pierre doit être un sale môme, peut-être à cause de son père. Ils estiment sûrement que s'il y en a un qui bouge, ce sera lui. C'est plutôt malin, j'aurais fait la même chose.

— On aurait dû les mettre à part, comme je te l'avais dit le premier jour.

— Tu ferais mieux de moins parler et de plus surveiller. S'il ne s'était pas vraiment tiré, ça en serait presque drôle. Mais là, moins. Morts ou vifs, il faut que vous les retrouviez vite.

— On va les trouver.

— Comment évoluent les choses avec Igor ?

— Mal. Il ne respecte pas mon autorité. Il s'éloigne souvent pour appeler Der Adler, je ne sais pas ce qu'il lui raconte.

— On s'en fout, encore une étape et on se passera d'eux.

— Il est dangereux, ce type. Malsain aussi. Il est persuadé que lorsqu'on aura l'argent tu tueras tous les gamins.

— Tarek ne te soutient pas ?

— Si, mais Igor a l'ascendant sur lui. Sur tout le monde, en fait. À part sur toi.

— Pour le moment, ta priorité, c'est de retrouver les deux fugitifs. Après, je verrai si l'Allemand nous sert encore à quelque chose.

## – 32 –

Les parents étaient tous réunis pour la première fois dans la salle de conférences de l'immeuble flambant neuf de la rue du Bastion. L'ambiance était délétère. En médiatisant ses exigences, le ravisseur avait réussi son coup, et les réactions ne s'étaient pas fait attendre. Des personnalités des arts, du sport, de la science et de la politique s'exprimaient partout sur la planète. Des centaines de cagnottes avaient été ouvertes sur les réseaux sociaux pour réunir les fonds. Une chanteuse de renommée internationale avait même proposé de verser les dix millions d'euros demandés pour sauver une vie. Par voie de presse, les Carter-Melendez, la famille de l'un des enfants, issue de la bourgeoisie bourguignonne et d'origine anglaise, avaient fait savoir qu'ils allaient payer la rançon. En quelques heures, ils avaient attiré sur eux un opprobre qui mêlait aussi bien les relents nationalistes que des prises de position dignes de la plus virulente lutte des classes. Mais ils s'en moquaient, ils pouvaient payer, alors ils voulaient le faire. Le monde entier avait le regard braqué sur cette prise d'otages hors du commun et beaucoup de gouvernements redoutaient déjà des *copycats* dans leur pays.

Assis face à cette grosse centaine de parents désespérés, le commissaire Shepherd, accompagné du conseiller du ministre, peinait à rationaliser la discussion. Les questions fusaient dans tous les sens et il n'avait que peu de réponses. L'animosité était palpable et la présence des Carter-Melendez n'arrangeait rien à l'affaire. Ils venaient d'un autre monde, celui de gens capables de réunir dix millions d'euros en une nuit, tout en présentant cette somme de telle sorte qu'elle en devienne acceptable. Shepherd aurait dû leur dire que le paiement était risqué, qu'il ne leur garantissait rien, mais cela aurait été bien présomptueux de sa part, alors qu'il n'avait jamais été confronté à une situation pareille. Et puis il se rappelait les propos de Talia sur le beau rôle qu'imaginait se donner le ravisseur. Il était possible que, une fois la rançon versée, leur enfant soit réellement libéré. Il aurait aimé leur en vouloir de ce manque d'esprit de corps, lequel créait un gouffre avec ceux qui n'avaient pas les mêmes moyens, il savait aussi qu'il aurait probablement fait comme eux dans la même situation.

— Ce premier paiement pour libérer Thomas, dit-il à destination des autres parents en colère, est une opportunité de faire commettre une erreur aux ravisseurs.

— Comment ça ? demanda une femme au premier rang qui avait manifestement déjà beaucoup pleuré.

— Parce que ça nous donnera des informations dont on va profiter pour essayer de les localiser.

— Je ne vais pas payer dix millions d'euros pour que vous tendiez un piège aux kidnappeurs, dit Édouard Carter-Melendez avec son accent britannique. Je veux que vous respectiez scrupuleusement leurs conditions, sans coup tordu, pour libérer mon fils !

Un brouhaha de protestations et quelques insultes lui répondirent. Le niveau sonore monta encore et l'un des pères présents se leva pour en découdre physiquement avec l'Anglais. Ève, qui s'était placée exprès au milieu de la salle, s'interposa. Elle eut bien du mal à le faire reculer. La situation était explosive et chaque mot inapproprié devenait une mèche prête à s'allumer.

— Asseyez-vous, monsieur, lui intima Shepherd en élevant la voix à son tour, ou je vous fais évacuer !

Après quelques secondes, l'homme obtempéra à regret. Shepherd s'adressa aux Carter-Melendez avec sévérité :

— Non, nous n'allons pas préparer un « coup tordu », car cela mettrait inévitablement en danger votre fils et les autres avec. Rassurez-vous, on fera ce qu'ils demandent. C'est uniquement la façon dont ils vont procéder et les échanges qu'ils auront avec notre négociatrice qui nous apporteront des éléments d'enquête.

— Justement, où est-elle, cette fameuse négociatrice ? renchérit le père qui s'était relevé. Pourquoi on ne la voit pas ? On veut lui poser des questions, on a des choses à lui demander !

— Ça, je suis désolé, mais c'est impossible.

— Alors pourquoi parle-t-elle en notre nom ? On ne sait pas qui elle est ! Si des enfants sont tués, ce sera elle, la responsable !

— Calmez-vous, monsieur. Elle est commandante au Raid, c'est un grade très élevé. Elle est compétente et aguerrie à ce type de négociations sous extrême tension.

— On s'en fout de son grade, moi, je veux la voir, répéta le même homme.

— Est-elle au moins mère de famille ? demanda une maman qui n'avait pas encore parlé.

Bien conscient qu'il n'avait pas le droit de révéler d'informations sur un agent en exercice, il ne sut quoi répondre et se tourna vers Ève Melville. Celle-ci hésita quelques instants puis répondit du bout des lèvres.

— Oui, elle est maman. Elle a un petit garçon.

Comme si elle avait reçu le gage qu'elle serait comprise, la mère de famille esquissa un sourire. Le commissaire revint brutalement à des considérations plus matérielles en regardant Édouard Carter-Melendez.

— En combien de temps pouvez-vous réunir la somme ?

— Notre banque a mis en place un dispositif exceptionnel. Ils nous ont dit que l'argent serait disponible avant midi.

Il y eut un nouveau brouhaha.

— Pourquoi l'État ne paie pas pour nous ? demanda le père qui n'était pas redescendu en tension.

— Ils préfèrent envoyer de l'argent pour développer des pays à l'autre bout du monde plutôt que libérer nos enfants, ajouta un autre.

— Ça n'a rien à voir, répondit Shepherd. Si nous payons cette fois, ça recommencera avec d'autres. C'est comme les enlèvements d'humanitaires, de journalistes, ça n'arrive jamais à des Chinois, à des Russes ou à des ressortissants de pays totalitaires, pour une raison simple… Ils ne paient jamais !

— Mais nous, la France, nous payons ! Alors pourquoi ne pas le faire ?

Shepherd se rendit compte que ses exemples étaient mal choisis. Le conseiller du ministre leva les yeux au ciel maladroitement.

— Parce que, balbutia Shepherd, les conséquences seraient catastrophiques pour notre sécurité, et potentiellement pour beaucoup d'autres enfants. Nous ne pouvons pas créer un précédent.

L'argument ne convainquit personne. Avoir une position rationnelle est une chose beaucoup moins aisée lorsqu'on est soi-même concerné. Shepherd n'avait jamais donné beaucoup d'importance à l'argent dans sa vie. Il en avait suffisamment pour répondre à ses besoins et n'en voulait pas davantage, de peur que cela lui attire des ennuis. Cependant, ce matin-là, l'argent allait faire une grande différence. Il le savait. Tôt dans la matinée, il avait reçu l'ordre de Paul Hamon d'organiser l'échange à défaut de l'encourager, afin que rien ne puisse être reproché aux responsables politiques dans le cas où cela tournerait mal. Officiellement, l'État ne négociait pas, alors le fait que ce soit une riche famille qui prenne cette responsabilité arrangeait tout le monde. Restait à savoir si le preneur d'otages accepterait de libérer un seul enfant, ce qui allait mettre en lumière le moyen de paiement qu'il avait prévu. Shepherd espérait que oui, mais il n'en était pas totalement sûr.

# – 33 –

La fumée venait de l'autre côté de la montagne et s'évaporait dans un ciel de plus en plus menaçant. Zora et Pierre ne la voyaient que par intermittence et ne pouvaient deviner si son origine était proche ou lointaine. Les premiers rayons de soleil de la journée avaient transformé la gelée en rosée et, par endroits, la nature reprenait vie. Leurs corps aussi progressivement se ranimaient. Paradoxalement, plus ils se rapprochaient des cimes et plus la pente s'atténuait. Ils marchaient vite, Pierre imposait l'allure sans faiblir. Il chantait, mal, mais il chantait. De vieux airs de Brassens et de Renaud qu'écoutait son père et qui lui étaient venus à l'esprit. Des chansons que Zora ne connaissait pas mais qui l'amusaient. L'enthousiasme maladroit de Pierre, destiné à la rassurer, la faisait rire. Rapidement, ils avaient décidé d'arrêter de longer la route, qui semblait serpenter à l'infini, pour prendre de l'altitude, afin d'avoir un meilleur aperçu d'ensemble.

C'est en arrivant à hauteur des crêtes qu'ils aperçurent le refuge. Il se situait un peu plus bas, pas très loin, au pied d'un épais massif d'épicéas et de pins sylvestres. Des murs en vieilles pierres, un toit en chaume à demi couvert de mousse, une cheminée, et surtout une fumée qui laissait supposer une aide potentielle. Ils dévalèrent la pente sur une trentaine de mètres. Avec le poids de leurs sacs à dos, c'était périlleux, mais Pierre prit toutes les précautions pour que Zora ne tombe pas. Sur un relief plus facile, ils traversèrent une pâture à l'herbe basse, que pacageaient les brebis au printemps. Puis enfin un chemin de terre rocailleux bordé d'une haie entretenue. Après une journée et une nuit à errer dans la montagne sans direction précise, ce petit coin de verdure ressemblait à une oasis de vie. Ils étaient fiers d'avoir réussi à arriver jusque-là et les rayons du soleil sur eux leur donnaient un sentiment de victoire. Pierre prit la main de Zora, sans prévenir. C'était la troisième fois qu'il le faisait. Zora se laissa faire sans encourager le mouvement.

Devant l'entrée, ils furent pris d'inquiétude, à cause d'une chose à laquelle ils n'avaient pas pensé. Ils se sentaient perdus mais en sécurité tant qu'ils n'étaient que tous les deux. Ils n'avaient en revanche aucune idée de ce qui se trouvait de l'autre côté de la porte. Il pouvait très bien s'agir d'une base arrière des ravisseurs, ou bien d'un poste de vigie pour surveiller la zone à l'aide de drones. Pierre fit le tour de l'abri pour regarder ce qu'il y avait à l'intérieur. Par l'unique fenêtre, il ne vit qu'un coin de table sur laquelle reposaient des bouteilles de bière et un cendrier rempli de mégots. C'était difficile de savoir s'ils n'allaient pas se jeter directement dans la gueule du loup, mais ils n'avaient pas d'autre choix que de tenter leur chance ici.

Pierre frappa, deux coups secs et puissants sur le bois, comme pour impressionner. Avant même de voir quelqu'un, il entendit des aboiements, puis un bruit de chaise et un pas lourd. Il eut un mouvement de recul. L'homme qui ouvrit ne ressemblait à rien de ce qu'ils auraient pu imaginer. Grand, sec, les cheveux longs et blancs, une barbe fournie, il devait avoir soixante-dix ans passés.

— *Buongiorno*, dit-il.

Pierre et Zora se regardèrent avec surprise.

— Bonjour, monsieur, répondit Pierre.

— Oh. *Tu sei francese ?*

Les deux adolescents restèrent de nouveau sans réaction. L'homme comprit rapidement.

— Je m'appelle Andrija, je suis serbe. Mon italien, pas trop bien, et mon français… pire encore.

L'énorme molosse qui était derrière força le passage pour venir donner aux adolescents un coup de tête et leur lécher les mains. Zora faillit tomber à la renverse. Il ressemblait au chien de *Belle et Sébastien*, mais en tout noir.

— Elle est Roxy !

Pierre caressa vigoureusement la chienne en répétant plusieurs fois son nom.

— Tu parles le italien ? demanda Andrija.

D'un mouvement de tête, Zora répondit par la négative.

— Anglais ?

— Non plus, répondit Pierre. Nous ne parlons que français. Pourquoi ? Nous sommes où, ici ?

Avec le peu de mots qu'il connaissait et en reformulant plusieurs fois, Andrija leur expliqua qu'ils se trouvaient sur le col de San Giacomo, à deux mille trois cents mètres d'altitude. Il les installa tous les deux au plus près du feu, qu'il alimenta d'une bûche supplémentaire pour les réchauffer. Avec un vieux journal qui traînait, il fit de grands gestes pour lui redonner de la vigueur. Les deux adolescents grelottaient et peinaient à reprendre leur respiration. Roxy vint rapidement se placer entre eux.

— *Ossigeno*, dit le Serbe en mimant l'essoufflement.

Zora se mit à rire. Ces deux oiseaux-là semblaient tomber de la lune. Il se demandait comment, sans équipement de montagne ni tenues adaptées, ils avaient pu atterrir dans un endroit où seuls des randonneurs expérimentés s'aventuraient. Lorsqu'il eut repris un peu de souffle, Pierre lui montra le téléphone portable. « *Call police* », dit-il en montrant la barre de réseau. Andrija comprit mais ne répondit pas.

— Kidnapping, répéta Pierre plusieurs fois. On a été enlevés ! Vous comprenez ?

Le Serbe fit oui de la tête en ouvrant de grands yeux.

— Ici ?

— Oui, plus bas ! Il y a plein d'autres enfants. Cinquante au moins. Il faut qu'on puisse appeler la police.

# – 34 –

*Lyons-la-Forêt, Normandie,*
*au même moment*

Depuis la fenêtre de son salon, Talia observait la nature immobile. Il était encore tôt et un froid paralysant enveloppait la végétation de givre. À l'étage, Jules dormait à poings fermés. Seule Agnieszka était levée. Allongée sur l'un des canapés du salon, la jeune Polonaise lisait les informations de son pays sur son smartphone.

Au-dehors, à une centaine de mètres de la maison, la Clio bleue recouverte d'une fine couche de neige était garée à côté d'un sapin. D'ici, elle ressemblait à une grosse boule de Noël. Afin de s'assurer que l'agent qui était à l'intérieur n'était pas congelé, Talia décida de lui porter quelque chose de chaud. Un thermos de café, accompagné de tartines au beurre salé de Normandie, ferait l'affaire, se dit-elle. En attendant le préchauffage de la machine à café, elle enfila un jogging et jeta un œil à ses messages. Plusieurs de sa mère qui, comme souvent, s'inquiétait de ne pas avoir de nouvelles. C'était parfois difficile pour Talia de l'appeler, sachant qu'elle ne pouvait jamais évoquer les sujets qui occupaient l'essentiel de ses pensées. Une réserve qui créait une distance. Un jeu de dupes :

parler de tout et de rien, mais surtout pas du principal, pour ne pas inquiéter et parce qu'elle n'en avait pas le droit. Avec son fils, c'était plus simple, il ne posait jamais de questions, mais avec une maman, c'était une autre affaire. Elle avait également reçu un message du capitaine Luc Fresnel. Un message court et qui ressemblait à une bouteille à la mer, ou peut-être à une pêche au filet, elle ne savait pas trop. « TU VEUX QUE JE PASSE ? » Elle se demandait à combien de femmes il envoyait ce genre de message. Qui pouvait bien accepter une proposition pareille ? Recevait-il parfois des réponses positives ? se demanda-t-elle par intérêt purement statistique. Elle hésita. Il était assermenté, avec lui elle aurait pu parler et cela lui aurait fait du bien, mais elle savait ce qu'il avait en tête et ne partageait pas du tout ce genre de projets. Elle chercha ses mots pour refuser sans ambiguïté tout en ne le vexant pas plus que d'habitude. Ça aussi, c'était compliqué, un dosage subtil entre « non, je ne veux pas coucher avec toi » et « j'apprécie que tu penses à moi dans un moment pareil ». Elle opta pour un « MERCI POUR TON MESSAGE, JE NE SUIS PAS SEULE. ON SE VOIT DEMAIN ». Mentir sans mentir, la communication est une gymnastique.

À côté d'elle, Agnieszka émit un grognement. Probablement quelque chose sur son écran qui lui déplaisait. Depuis qu'elle vivait en France et étudiait l'histoire de l'art, elle était devenue plus critique sur les décisions politiques de son pays. Néanmoins, comme elle avait un caractère très affirmé, il valait mieux ne pas en dire du mal devant elle. Dans ce cas, elle se transformait instinctivement en une patriote acharnée. Une versatilité que connaissaient de nombreux expatriés. La jeune femme se trouvait malgré elle dans la position d'une girouette sur un toit, changeant de direction en fonction du souffle du vent.

Talia venait de poser son téléphone et d'insérer une capsule dans le percolateur lorsque l'appareil se mit à vibrer. Elle craignit un instant que Luc n'ait pas compris la méthode diplomatique, mais ce n'était pas lui qui appelait. Elle était au repos ; cependant, comme tous les agents du Raid, elle restait mobilisable à chaque instant. Vu la situation, elle n'avait pas espéré profiter de sa journée. De là à être appelée au lever du jour… Sur sa ligne sécurisée, elle pensait entendre la voix autoritaire du commandant Laville. Elle répondit machinalement « Allô ? ». La voix de son interlocuteur l'extirpa violemment de ses pensées.

— Ça vous amuse de diffuser nos conversations dans les médias ?

Elle resta silencieuse.

— Talia, si je me lasse de vos combines, je mettrai un terme aux négociations et vous en porterez seule la responsabilité.

Alertée par le silence, Agnieszka leva les yeux vers elle. Talia obtura un instant le micro du téléphone avec sa main et lui fit signe d'aller chercher l'agent de police qui était à l'extérieur. La jeune fille bondit du canapé et, sans même enfiler de veste, se précipita en pyjama à travers le jardin encore glacé.

— Vous êtes prête à prendre un risque pareil ?

De nouveau, elle ne répondit pas. Entendre la voix de ce cinglé chez elle, dans son univers intime, provoquait un malaise inattendu, une peur qui engourdissait ses capacités.

— Vous pensez que je fais ça pour de l'argent ?

Comment pouvait-il connaître son numéro sécurisé ? S'il savait ça, il devait également connaître son adresse et beaucoup d'autres choses. Il cherchait à lui faire peur. Elle nota l'heure de l'appel sur la porte de son frigo et envoya un message à Julien pour qu'il mette immédiatement son téléphone sur écoute. Un léger bourdonnement sonore lui fit supposer que son interlocuteur utilisait un système de cryptage. Elle attendit encore quelques instants avant de répondre.

— Pour quoi le faites-vous, alors ?

— Mais voyons, Talia, pour changer le monde ! Je pensais que vous l'aviez déjà deviné.

— En quoi voulez-vous changer le monde ?

— Je veux l'épurer, le rendre plus prévisible et meilleur pour les gens comme vous et moi.

— En enlevant des enfants ?

— Bien sûr. Toutes les révolutions impliquent de terroriser ceux qui ont le pouvoir. J'ai peut-être surestimé vos capacités de déduction, en fin de compte.

— Vous m'avez l'air de souvent sous-estimer vos adversaires.

Il se mit à rire, d'une façon exagérée. Une attitude qui tranchait avec la manière dont il contrôlait ses propos. Il semblait plus essoufflé et énervé que lors de leurs précédentes conversations. La stratégie du grain de sable était peut-être en train de fonctionner.

— Vous n'êtes rien, agent Sorel ! Rien ! Vous avez été placée là par ma volonté. Parce que je vous ai regardée et que, en le faisant, je vous ai donné de l'importance. Un mot de moi et…

Elle raccrocha brutalement. Sur sa tablette, elle reçut la confirmation de Julien. Sa communication serait enregistrée dans moins d'une minute. Quelques secondes plus tard, le téléphone sonna. Elle laissa passer quelques secondes.

— Vous me refaites ça encore une fois et je tue dix enfants ! hurla-t-il.

— …

— Vous m'avez bien compris ?

Elle raccrocha de nouveau. Julien confirma qu'elle était enregistrée et qu'il venait d'informer Shepherd. L'agent de la Clio et Agnieszka entrèrent en courant dans la maison. Réveillé par le raffut, Jules descendit l'escalier et regarda sa mère. « Tout va bien », dit-elle de sa voix la plus rassurante. Il se passa un peu plus de temps avant que le ravisseur rappelle. Elle laissa encore sonner avant de décrocher. Cette fois, c'est elle qui éleva la voix sans lui laisser prendre l'initiative.

— Écoutez-moi bien, Aaron, si vous touchez à l'un des enfants, nous romprons immédiatement les négociations. Vous m'appelez pour m'informer de la façon dont vous voulez être payé en échange de la libération du fils Carter-Melendez. Sans moi, vous n'êtes rien non plus et vous n'aurez jamais votre argent. Vous ne resterez qu'un obscur kidnappeur d'enfants qui aura échoué toute sa vie et qu'on finira par coincer dans une planque minable.

Il resta silencieux.

— Je me suis bien fait comprendre, Aaron ou qui que vous soyez ? Alors, à partir de maintenant, c'est moi qui dirai où et quand vous appellerez.

Il n'objecta pas. Elle avait pris l'ascendant, Aaron le savait, sa respiration était saccadée, il poursuivit néanmoins :

— Je vous enverrai des coordonnées bancaires sur ce numéro à 18 heures précises. Vous aurez une demi-heure pour effectuer un virement de dix millions d'euros. Si l'argent ne me parvient pas dans les temps, je tirerai moi-même une balle dans la tête de Thomas Carter-Melendez et j'enverrai la vidéo à ses parents de votre part. Fin de la conversation.

Il raccrocha.

## – 35 –

*Col San Giacomo, vallée d'Antigorio,*
*quelques heures plus tard*

Ils avaient rejoint la route par l'autre flanc de la montagne. Pierre préférait marcher en surplomb pour ne pas être repéré, mais certains passages ne le permettaient pas. Andrija leur avait proposé de les mener jusqu'au village de Salecchio Superiore. Celui-ci se situait tout près de la frontière suisse et ils pourraient y trouver la police, ainsi que du réseau pour téléphoner. Le vieux Serbe eut beaucoup de mal à trouver ses mots pour leur expliquer qu'il ne les accompagnerait pas « tout à fait » jusqu'à la police. Ayant fait plusieurs erreurs de jeunesse, dans son pays, il ne tenait pas à se faire repérer de ce côté-ci de la frontière, expliqua-t-il confusément. Pierre et Zora se demandaient ce que ce vieil homme hirsute pouvait avoir à se reprocher de grave, mais c'était loin d'être leur priorité. Dans le refuge, avec sa chienne Roxy, le vieil homme leur avait semblé bien inoffensif. En randonnée, cependant, il démontrait une surprenante agilité qui le faisait paraître facilement vingt ans de moins. Comme une tortue qu'on venait de remettre dans l'eau, il surnageait, alors que les deux adolescents souffraient le martyre pour suivre la cadence. Malgré son aspect et son passé mystérieux, il leur inspirait un sentiment de sécurité. Andrija connaissait bien la montagne en général et celle-ci en particulier. Chaque recoin semblait lui être familier et cette expertise était rassurante. Roxy était elle aussi un gage de sécurité, qui les précédait de quelques dizaines de mètres et à qui rien de ce qui se mouvait alentour n'échappait.

Au détour d'une falaise un peu plus abrupte que les autres, ils aperçurent enfin ce qu'ils cherchaient depuis la veille : un clocher cerné par quelques maisons aux cheminées fumantes. Un hameau clairsemé comme on en trouve beaucoup dans les Alpes italiennes. Encouragés par les aboiements de Roxy et l'approche du but, ils effectuèrent la dernière portion rapidement malgré la pente et rejoignirent la route. Les premiers chalets devant lesquels ils passèrent étaient surélevés et en bois vernis. Une aire de stationnement et un arrêt de bus faisaient office de vigie, puis un rond-point fleuri menait vers le centre du village. Alertées par l'excitation démonstrative de Roxy, de rares têtes étaient apparues aux fenêtres pour voir qui venait troubler la quiétude habituelle des lieux. Ni le Serbe ni les adolescents ne prêtèrent une attention particulière à l'Audi noire à l'entrée du village.

Pierre sortit le téléphone dérobé dans la veste d'Igor. Plusieurs barres de réseau s'affichaient enfin. Ne comprenant rien au menu en allemand, il lança sans attendre un appel d'urgence.

— Pourquoi elle s'appelle Roxy ? demanda Zora à Andrija en montrant la chienne.

De nature timide, c'était la première fois qu'elle lui adressait directement la parole. Il sourit.

— Oh, répondit-il en souriant, c'est histoire simple. Chez moi en Serbie, on donne souvent mot flatteur pour animal qu'on aime bien. Chez vous aussi, non ?

— Oui, plus ou moins.

— J'ai donné nom Roxy en souvenir musique célèbre en Serbie lorsque j'étais jeune. Tu connais groupe Roxy Music ?

— Non. Je ne crois pas.

— Tu es trop jeune. C'était groupe de chanteur Bryan Ferry. Tu devrais écouter, tu aimerais peut-être.

— Je l'écouterai, c'est promis. En pensant à votre chienne, glissa-t-elle avec empathie.

Subitement, Pierre tendit le téléphone à Andrija. Celui-ci le regarda benoîtement.

— Quoi ?

— Le type me parle en italien.

Andrija s'arrêta, soupira et lui prit l'appareil des mains. Après quelques secondes, il expliqua du mieux qu'il put ce qu'il avait compris de la rocambolesque façon dont les deux enfants étaient parvenus sans équipement jusqu'à un refuge situé à plus de deux mille mètres d'altitude. Le préposé parlait également, mais Andrija ne semblait pas tout comprendre. Il dit plusieurs fois « *loro sono francesi* », puis il se tourna vers eux.

— Il demande ton nom, et toi aussi !

— Pierre Jonquet.

— Zora Presnelle.

Il répéta plusieurs fois les noms en articulant et fit une grimace avant de prononcer son propre prénom. Il y eut un silence, puis le préposé parla de nouveau. Plusieurs phrases, un ton saccadé. Andrija était attentif. Il ouvrit de grands yeux en regardant vers Pierre, puis répondit « *si* » à trois reprises, avant de raccrocher.

— Alors ? demanda Pierre.

— Il veut que vous allez à police de Salecchio. Je pense il a pas trop cru histoire.

— Super, on est protégés dans votre pays !

Andrija lui rendit le téléphone avec un demi-sourire.

— C'est pas mon pays.

La petite troupe franchit un vieux pont en pierre renforcé par des armatures métalliques qui surplombait le Toce et délimitait le bourg. Toujours en avance de plusieurs dizaines de mètres, Roxy revenait régulièrement sur ses pas pour ne pas les distancer. Tranquillisés par la proximité du village et des habitations, ils n'entendirent qu'au dernier instant l'Audi qui arrivait derrière eux. Elle freina brutalement à leur hauteur. Pierre comprit le danger en voyant les trois hommes en descendre. Il y avait le Muet, Tarek et Igor. Il voulut prendre la main de Zora pour partir en courant mais n'en eut pas le temps. L'Allemand attrapa l'adolescente par le bras et lui frappa violemment la tête contre la portière. Elle tomba au sol.

Le moment de surprise fut bref. Par réflexe, Andrija attrapa le Muet au cou avant qu'il atteigne Pierre et dégaina un couteau à cran d'arrêt pour effrayer les autres agresseurs. Légèrement en retrait, Igor sortit un pistolet d'assaut et tira à deux reprises sans sommation, l'atteignant au ventre et à la poitrine. Andrija recula, vacilla, mais ne lâcha pas le cou du Muet qui sortit à son tour un couteau de chasse cranté qu'il portait à la ceinture. Sonné, blessé, le bras immobilisé, Andrija ne put esquiver le coup. Le Muet, poussant un gémissement, enfonça si fort la lame dans le bas-ventre du Serbe qu'il le transperça. Les yeux exorbités, ce dernier régurgita une gerbe de sang.

Roxy revint en aboyant vers son maître expirant sur le pont. Lancée à pleine vitesse, la chienne n'était plus qu'à quelques mètres. Igor tira plusieurs fois sur elle sans parvenir à la ralentir ni même à savoir s'il la touchait ou non. Il visa la tête, mais rien ne pouvait plus l'arrêter. Avant qu'Andrija, l'homme qui avait toujours pris soin d'elle, tombe au sol pour y mourir, leurs regards se croisèrent. En un instant, en un coup d'œil, une vie fut exprimée, le Serbe sourit. Roxy bondit avec une violence inouïe à la gorge du Muet. Son couteau était encore planté dans le ventre d'Andrija, sa main sur le manche. L'homme ne put esquiver l'animal ni se protéger. D'instinct, la chienne visa la jugulaire et serra ses crocs de toute la force dont elle était capable jusqu'à sentir les os du cou de sa victime céder sous sa mâchoire. Les balles tirées par Igor qui s'enfonçaient une à une dans sa fourrure ne semblèrent lui faire aucun effet. L'Allemand redouta un instant que le monstre couvert de sang ne se retourne contre lui, mais il n'en fut rien. Emporté par la violence du choc, le Muet heurta le parapet de son dos et l'homme et la chienne basculèrent tous les deux dans le vide.

Lorsque leurs corps frappèrent le sol, vingt mètres plus bas, Roxy émit un dernier gémissement plaintif, puis ce fut le silence.

## – 36 –

*Résidence Paradiso delle Alpi,*
*quelques heures plus tard*

« Si l'argent n'était pas autant surestimé,
on lui accorderait moins de valeur. »
Hervé LE TELLIER

Une horloge apparut brièvement en haut de son écran. C'était le signe imminent d'un rafraîchissement de la page TransferWise. Myriam, qui n'était pas croyante, se surprit à réciter silencieusement un *Je vous salue Marie* surgi comme un vieux souvenir d'enfance, mal choisi mais qui lui était venu spontanément. C'était dans un temps pas si lointain que leur mère, en quête de respectabilité, les avait inscrits au catéchisme, Gérald et elle. Après son divorce, Mme Mansour avait occupé des emplois de femme de ménage, de bonne à tout faire et de domestique pour différentes familles. Les deux jeunes adolescents s'étaient construits en miroir de la haute bourgeoisie. Les bons et les mauvais souvenirs s'étaient entremêlés. Bien que conditionnés par leur mère pour s'intégrer à ce milieu social qu'elle enviait, ils ne possédaient ni les codes ni les qualités sociales requises et leurs démarches avaient le plus souvent été des échecs. Pourtant, ils avaient fait de leur mieux. Myriam en conservait le sentiment d'un travestissement réussi, et d'une fraternité avec Gérald qu'en ce temps-là rien ne pouvait compromettre.

Les informations s'affichèrent enfin. Elle eut une sensation de vide. Après des années d'errance, la destinée avait enfin posé son regard sur eux. Dix millions d'euros, portés au crédit d'un compte bancaire. Une impulsion électronique, un assemblage de pixels qui représentait plus que l'ensemble des salaires qu'ils auraient pu accumuler durant toute leur vie. Et ce n'était qu'un début. L'algorithme convenu avec la banque russe s'était activé. Aussitôt disponible, la somme fut transférée vers les îles Caïmans pour revenir en bons au porteur répartis sur des comptes dans différents pays. Cette dernière partie allait prendre quelques heures supplémentaires, mais Myriam savait déjà que rien de fâcheux ne pouvait plus se passer une fois cette étape franchie. Seuls les êtres humains étaient soupçonnables. L'argent, lui, était innocent par nature. Un même billet pouvait très bien servir à faire tuer quelqu'un le lundi et à soigner un enfant le mardi.

— Ça y est ! dit-elle.

Debout face à la fenêtre, Gérald n'eut aucune réaction perceptible. Myriam connaissait bien trop son frère pour savoir qu'il n'était pas exubérant, ni du genre à s'émouvoir. Il possédait une sorte de don de l'anticipation. Très tôt dans l'enfance, elle avait eu conscience du caractère unique de Gérald. Elle ne l'avait pourtant jamais admiré pour cela. Pour elle, c'était autre chose. Elle l'aimait, mais elle l'avait toujours regardé comme une incongruité : quelqu'un qui abusait de facultés que la nature lui avait données et que les autres n'avaient pas, mais qui, à de rares exceptions près, se montrait incapable d'être heureux.

Pendant longtemps, Myriam lui avait reproché d'avoir quitté le foyer maternel. La laissant seule, entre une mère castratrice et des beaux-pères de passage. Elle lui en voulait encore. Pour elle, une multitude de mauvaises rencontres et de mauvais choix avait suivi. Personne ne l'avait aidée. Elle avait arrêté l'école pour gagner sa vie. Des petits boulots, sans avenir et sans envergure, dont l'unique intérêt était alimentaire. La première fois qu'elle s'était droguée, elle n'avait pas dix-huit ans. Les doses et la nocivité des produits étaient allés crescendo, elle n'avait alors aucune limite si ce n'est celle de l'argent. Comme beaucoup d'autres jeunes filles avant elle, pour se financer, elle s'était prostituée. D'abord occasionnellement, puis régulièrement. Pour pouvoir le faire, sa consommation avait augmenté et pour pouvoir payer sa consommation, elle s'était davantage prostituée. Lorsque Gérald était réapparu d'entre les morts, quelques jours après le décès de leur mère et son propre enterrement, elle n'avait pas cherché à comprendre, elle n'en avait plus les moyens. Il l'avait secouée, violentée même. De ça, elle ne lui en voulait pas. Elle en avait eu besoin. Il avait financé une longue cure de désintoxication dans un institut réputé. Lorsque, après plusieurs mois de lutte, elle était enfin parvenue à sortir des abîmes, il lui avait proposé de le suivre. À la double condition qu'elle ne se drogue plus et qu'elle lui fasse confiance sans discuter.

Il lui avait d'abord fait réaliser quelques escroqueries sans risque dans le sud de la France. Elle s'était révélée douée. Et puis un jour, avec Tarek, il lui avait parlé de l'incroyable projet d'enlèvement des enfants. Elle avait émis quelques réserves morales, mais avec Gérald tout était toujours simple. Il n'y aurait aucune victime, c'était le plan, et elle serait personnellement chargée de la sécurité des jeunes otages durant leur captivité. Pour la première fois de sa vie, elle avait le sentiment d'être importante. Elle serait la numéro 2 de la plus grande opération de kidnapping de tous les temps. Une prouesse dont on parlerait durant des décennies. Elle n'avait pas hésité longtemps, il était Clyde Barrow, elle serait Bonnie Parker.

— Très bien, déclara Gérald sans se retourner. Maintenant, je vais pouvoir régler le problème avec Igor. On passe en phase deux. Blocus total, y compris les téléphones satellite.

— Tu es sûr ?

— Oui. Ils ne vont pas tarder à être sur nous. On ne doit pas être pris de court.

Elle avait espéré que la phase deux soit une option extrême, réservée pour le cas où les choses évolueraient au plus mal. Elle resta tétanisée par ce qu'elle allait devoir faire. Il s'en aperçut.

— Ne t'inquiète pas, tout se passe comme prévu, ni plus ni moins. Tu me fais confiance ?

Bien sûr, elle lui faisait confiance. Mais si elle s'était révélée à son aise dans le rôle de surveillante de colonie, celui de preneuse d'otages arme au poing lui était encore étranger. Elle n'était pas un caméléon, elle n'était pas lui.

— Qu'est-ce qu'on fait si les gamins ne nous écoutent pas et qu'ils se révoltent ?

— On en a déjà parlé. Ce sont des enfants, tu sépares les meneurs.

— Et si ça ne suffit pas ?

Il la prit dans ses bras, la serra fortement.

— Ça suffira et tu y arriveras !

— Et pour les fugueurs ?

Il relâcha son étreinte pour fixer son regard.

— Ce que nous faisons n'est pas très loin de ce que les gens considéreront comme le pire de l'humanité. Quoi qu'il arrive, nous ne serons jamais absous. Que nous en tuions un, deux, dix, ou même tous, cela ne changera en rien notre situation.

— Peut-être, mais ça changera qui nous sommes, dit-elle en essayant d'avoir sur lui une autorité qui n'avait jamais existé.

# – 37 –

Shepherd grimpa par l'escalier les trois étages qui le séparaient du bureau de Paul Hamon. La secrétaire du directeur réagit rapidement, mais pas suffisamment. Le commissaire ignora ses injonctions et entra sans y être convié, tentant de refermer la porte au nez de celle dont le principal travail était de la surveiller. Le directeur général de la police était au téléphone. Il sembla embarrassé à la vue de Shepherd et baissa instantanément la voix. Sans un mot, le commissaire s'assit face à lui. Après avoir balbutié quelques excuses à l'intention de son interlocuteur, Hamon raccrocha. Il fit un geste de la main agacé à son assistante qui avait suivi Shepherd au lieu de le retenir, en lui demandant de les laisser seuls.

— Qu'est-ce qui vous prend, Shepherd, vous êtes devenu fou ?

Shepherd glissa sous ses yeux la note qu'il venait de recevoir du juge en réponse à son injonction : la mise sous surveillance d'un agent du Raid en exercice résultait d'une demande formelle du directeur de la police.

— Je peux vous demander pourquoi vous ne m'avez pas informé ?

— Vous êtes entré un peu vite, commissaire, et vous n'avez pas pris le temps de lire ce qui est écrit sur ma porte.

Il ne répondit pas.

— Directeur général de la police nationale. Je suis votre supérieur hiérarchique et également celui de l'ensemble des agents de cette maison, et de Talia Sorel en particulier. Parce que c'est bien ce qui vous ennuie, n'est-ce pas, une filature rapprochée sur la négociatrice ?

— Entre autres…

— Elle est peut-être dans le coup.

— Ce qui m'ennuie d'abord, monsieur le directeur, c'est de ne pas avoir été consulté alors qu'elle était déjà sous ma surveillance. Ce qui justifie que je débarque dans votre bureau de la sorte est beaucoup plus grave. Le preneur d'otages, lui, en était parfaitement informé !

Paul Hamon leva les yeux au ciel. Il savait qu'il n'allait pas s'en tirer à bon compte.

— Oui, ce point est troublant, finit-il par admettre.

— Troublant ? Cela signifie qu'il y a une taupe dans vos services !

— Ne tirez pas de conclusions hâtives, Shepherd.

— Quelqu'un qui est de mèche avec des terroristes, à l'intérieur même de la direction de la police ! conclut-il en élevant la voix.

Hamon resta muet quelques instants, réfléchissant aux conséquences de ce qui venait d'être dit. Shepherd croisa les jambes et s'enfonça plus confortablement dans son siège.

— Vous ne pensez tout de même pas que c'est moi, commissaire ?

— Ce matin, reprit Shepherd, il a pris contact avec Talia Sorel directement sur son téléphone sécurisé *via* un numéro crypté. Comme vous le savez, monsieur le directeur, tout ce qui la concerne est classifié et personne d'extérieur n'a accès à ces informations. Le doute n'est donc pas possible, on a une taupe !

— Vous n'en savez rien, Shepherd. Il peut s'agir de n'importe qui, d'un administratif, d'un personnel annexe, ou même d'un geek qui aurait piraté nos données de l'extérieur. Je vais diligenter une enquête, ces choses-là doivent être faites dans les formes.

— N'importe qui pourrait avoir des éléments si précis ? J'en doute. Ce serait très inquiétant pour l'état de la police, monsieur le directeur. Enfin, quel que soit l'informateur, il met en danger l'enquête, la négociatrice et les agents de mon équipe qui la surveillent.

— N'exagérez pas, Shepherd, il ne s'agit quand même pas d'une armée.

— Peut-être pas, mais j'ai une autre interrogation.

— Je sens que vous allez m'en faire part.

— Visiblement, le terroriste ne nous cache pas qu'il sait ce que nous faisons, il nous le montre sans aucune crainte.

— Ce type est cinglé.

— Je n'en suis pas si sûr, justement. On ne monte pas ce genre d'opération dans l'improvisation. Il a probablement un intérêt à nous faire part de ce qu'il sait.

— Vous spéculez, commissaire, mais admettons que vous ayez raison. Quel intérêt pourrait-il avoir ?

— Je pense qu'il s'adresse ainsi à son complice de l'intérieur. L'osmose ne doit pas être parfaite entre eux. Si on se rapproche trop, il le balance. C'est ce qu'il lui dit implicitement en nous distillant des informations précises mais incomplètes. Je vais faire une demande de mise sur écoute de l'ensemble des agents travaillant sur l'affaire, administratifs et Raid compris.

— Vous vous rendez compte du monde que ça représente ?

— Peu importe. Il y a un ver dans le fruit et il faut le sortir au plus vite ! C'est peut-être lui, le point faible.

## – 38 –

Une neige épaisse tombait sur la résidence du Paradiso delle Alpi et le vent était glacial. Igor fumait une cigarette, adossé contre la portière d'une voiture. Depuis le début, il sentait bien que toute cette petite troupe lui cachait des choses, mais à vrai dire il s'en moquait. Il avait passé l'âge de s'inquiéter devant des gamins qui croyaient avoir inventé l'eau chaude. Il ne l'avait jamais eu, cet âge, il était né comme ça. Un grand-père nazi, un père bolchevique. Comme pour de nombreux Allemands de l'Est de sa génération, ses références politiques étaient bigarrées. Alors lui ne voulait dépendre d'aucune idéologie prête à penser et ne se référait qu'aux règles simples du grand banditisme. Tant qu'à revendiquer des idioties, il préférait qu'elles lui rapportent de l'argent.

Gérald sortit par la porte principale.

— Va chercher le gamin ! lui ordonna-t-il.

— Lequel ?

— Le garçon.

— On prend pas la fille ?

— Non.

— Pourquoi ?

— Parce que c'est le garçon, le problème.

— La fille aussi…

— Elle vaut dix millions d'euros, répondit Gérald. Tu veux que je les déduise de ton pourcentage ?

Dans l'esprit de l'Allemand, ça ne faisait pas de différence, aucun des enfants ne serait libéré. C'était le plan convenu avec Der Adler. Il trouva la réponse inappropriée mais il n'avait pas envie de débattre.

— C'est comme tu veux, c'est toi le patron.

— Effectivement. Ça serait bien que tu t'en souviennes, y compris lorsque tu parles à ma sœur.

Igor ne surenchérit pas. Sa sœur était encore moins que lui, c'est-à-dire rien.

— Tu veux qu'on fasse ça où ? demanda Igor.

— Au ravin.

— Pourquoi pas ici ?

— À ton avis…

— Je ne sais pas.

— Pour ne pas avoir à creuser après.

— Ça me dérange pas creuser.

— Moi, si. On va au ravin !

L'Allemand jeta son mégot à quelques centimètres des pieds de Gérald.

— Ils ont envoyé l'argent pour le fils des riches ?

— Regarde tes comptes dans une heure et tu le sauras.

Igor sourit et se dirigea vers l'abri où il avait enfermé les deux fugueurs. Depuis le départ, cette opération l'emmerdait. Sa spécialité à lui, c'étaient les stups, et occasionnellement le proxénétisme. Les risques étaient dilués, superficiels, et il connaissait les codes. Le kidnapping, c'était gnangnan et dangereux, même si cela rapportait potentiellement beaucoup plus.

Pierre était à l'arrière de la voiture, seul, les mains tenues par un serre-fil qui lui coupait la circulation du sang. Il ne connaissait pas l'homme qui était assis à la droite de l'Allemand. Celui-ci ne lui adressa pas la parole.

— Où m'emmenez-vous ? tenta-t-il de demander à ses ravisseurs.

— On aurait dû le bâillonner, soupira Igor.

À l'extérieur, il faisait un froid polaire mais dans l'habitacle, la température était acceptable. Après quelques minutes, le véhicule quitta la route principale par un chemin forestier qui montait vers une clairière dégagée. Au bout de celle-ci, un précipice de deux cent cinquante mètres que connaissaient bien les éleveurs de la région pour y perdre régulièrement quelques brebis effrayées par des prédateurs. Lorsque le rayon des phares se perdit dans un espace vide, Igor décrivit un arc de cercle et arrêta la voiture. Sans savoir exactement ce qui l'attendait, Pierre se mit à trembler.

— Tu veux que je le fasse ? demanda l'Allemand à l'homme que Pierre ne connaissait pas.

L'autre laissa passer quelques secondes.

— Tu veux ?

— Oui.

— OK.

Ils sortirent du véhicule. Igor en extirpa l'adolescent en le traînant sans ménagement. L'inconnu claqua la portière derrière lui et les suivit. Leurs pas s'imprimèrent dans la neige dans un silence de mort. Gérald avait identifié le problème qu'il allait rencontrer avec l'Allemand depuis longtemps. Bien avant que Myriam lui en parle. Lorsqu'il avait présenté son plan à Der Adler et demandé l'argent pour son financement, celui-ci avait été immédiatement séduit. Un kidnapping hors du commun et des normes du genre. Certes, c'était suranné, comme les braquages de banques ou de convoyeurs de fonds, que les moyens technologiques avaient réduits à peu de chose. Ce n'était pas non plus dans ses habitudes. Mais la super-cagnotte de six cent soixante millions d'euros l'avait rapidement convaincu. Une opération à laquelle il n'aurait même pas à prendre part. Néanmoins, d'un naturel méfiant, Der Adler avait exigé qu'Igor soit intégré à l'équipe, afin de garder un œil sur son investissement. Gérald avait accepté à contrecœur cette requête prévisible, à condition que l'Allemand n'interfère en rien dans la direction des opérations. Les deux hommes étaient rapidement parvenus à un accord de dupes et Der Adler avait consenti à financer l'opération.

Pierre s'arrêta brusquement et refusa d'aller plus loin. Même si l'obscurité ne lui permettait pas de discerner le précipice qui se trouvait à quelques mètres seulement devant lui, il le pressentait. Le vide était palpable et son odeur bien différente. Il eut un vif mouvement de recul mais l'Allemand qui le tenait par le col resserra son étreinte. Pierre se mit à hurler, à se débattre, puis à geindre comme un animal. « Allez », dit l'Allemand sur un ton presque affectueux. Il n'y avait pas d'échappatoire, aucune possibilité de fuite. Personne ne pouvait l'entendre ni le secourir. Cela pouvait se passer bien ou mal et, à sa façon de le tenir, l'Allemand lui faisait comprendre que ça ne dépendait que de lui. Il lui suffisait d'avancer, de tomber dans le vide et il ne le brusquerait pas inutilement. Insensible à cette promesse, c'était plus son corps que son esprit qui luttait. Après une éphémère résistance, il se trouva au bord du vide. Un abysse dont il ne distinguait aucune extrémité. Igor s'arrêta, pour prendre une meilleure prise. Pierre se sentit soulevé. Ses pieds ne pouvaient plus qu'effleurer le sol. Il aurait pu crier, mais il savait que cela ne servirait à rien. Il ferma les yeux, respira profondément, se prépara à la chute, redouta la douleur. Allait-il avoir mal ? Sentirait-il ses os se briser lors de l'impact ou bien la mort interviendrait-elle avant la souffrance ? En cet ultime moment, c'était la pensée qui habitait le jeune Pierre Jonquet, treize ans.

# – 39 –

L'ancien directeur d'exploitation de TéléMarketPro n'en menait pas large. Autant Patrice Esteban avait trouvé naturel et même procédant d'un devoir citoyen d'appeler les services de police, autant la suite lui avait totalement échappé. Dans un premier temps, il avait simplement signalé qu'il lui semblait reconnaître la voix d'un de ses anciens collaborateurs, Gérald Mansour, sur l'extrait diffusé dans les médias. Un agent l'avait contacté quelques heures plus tard pour qu'il lui répète de vive voix ce qu'il avait déjà dit sur la messagerie du numéro vert dévolu à la disparition des cars. Un point particulier avait attiré l'attention du fonctionnaire : Patrice Esteban possédait des enregistrements vocaux de l'homme qu'il prétendait reconnaître. Bien que celui-ci ait quitté l'entreprise deux ans plus tôt, il avait conservé de nombreux extraits où on entendait Gérald Mansour convaincre des prospects en quelques phrases. Ces archives lui avaient servi de support pour la formation des nouveaux et, lorsqu'il avait été limogé à son tour pour raisons économiques, il les avait conservés en souvenir d'un type anormalement brillant. Quelques minutes avaient suffi à l'expertise de ces fichiers audio, puis la machine s'était emballée.

Une certaine Ève Melville lui avait demandé de se rendre dans un aérodrome à trente kilomètres de son domicile, précisant qu'un hélicoptère viendrait le chercher. Le ton ne prêtait pas à la discussion, alors il n'avait pas discuté.

C'est un couple de policiers qui avait reçu Patrice Esteban dans une pièce capitonnée des locaux de la Bac parisienne. Miroir sans tain en guise de cloison et caméras, pour un peu il se serait cru dans un film de Martin Scorsese. Seul l'homme s'était présenté, il s'agissait du commissaire Thomas Shepherd, directeur de la cellule antiterroriste qui travaillait sur la disparition des cars. Le témoignage qu'il apportait était pris très au sérieux, mais ça, il l'avait déjà compris. Bien que modifiée par un accent plus rauque, c'était probablement la voix de son ancien collaborateur qu'il avait reconnue, et donc possiblement Gérald Mansour qui avait monté cet infernal kidnapping. Surpris, Patrice Esteban l'était, mais à bien y réfléchir il avait toujours trouvé quelque chose de malsain chez Mansour. Il ne l'avait jamais exprimé avant, mais il conservait de lui un souvenir désagréable. Il était persuadé que c'était la même chose pour tous ceux qui l'avaient côtoyé à l'époque. La preuve, le jour de son départ, aucune réjouissance n'avait été organisée, aucun discours prononcé, il n'y avait eu aucun au revoir particulier. Mansour avait juste quitté son poste comme chaque soir, en cochant ses chiffres de la journée sur le tableau du service et en emportant une boîte contenant ses effets personnels. Personne n'était venu le saluer spécialement. Le pire, c'est que Patrice Esteban était persuadé que, dans le cas contraire, Mansour aurait été ennuyé. Pourtant, cet homme avait passé plus de quatre ans dans l'entreprise, et c'est lui qui avait formé la majorité des téléprospecteurs, mais il était des hommes comme lui que l'on côtoyait tous les jours sans qu'ils existent jamais vraiment.

Le commissaire Shepherd avait d'abord questionné Patrice Esteban sur lui-même. Ça l'avait surpris. Il n'y avait rien à dire, ou presque. Il habitait un appartement à Orléans, était célibataire et au chômage depuis que l'entreprise TéléMarketPro avait supprimé la moitié de ses succursales du Maghreb. À cinquante ans bien sonnés, il tardait à rebondir. Il ne rêvait que de repartir, pour bénéficier de cette qualité de vie qu'offraient les postes de cadres expatriés dans des pays au niveau de vie plus faible. Mais les offres n'étaient pas si nombreuses et le temps qui passait devenait un véritable handicap.

— Dans le monde de la téléprospection, Gérald Mansour était un genre de Michel-Ange, commença par reconnaître Patrice Esteban. Vous voyez ce que je veux dire ?

— Pas vraiment, répondit Shepherd.

— Eh bien, pour vendre, il y a de nombreuses méthodes, des centaines, expliqua-t-il. Parmi celles-ci, la voix a longtemps été la plus efficace.

— C'est pour ça qu'on est autant emmerdés au téléphone ?

— Oui.

— Et ça marche, ce harcèlement ? s'insurgea le commissaire.

— Bien sûr, sinon les entreprises ne le feraient pas. Ce n'est que depuis quelques années que le télémarketing a été devancé par le démarchage numérique, qui est beaucoup moins onéreux.

— Je me suis toujours demandé comment les gens pouvaient se faire avoir et acheter des machins dont ils n'ont pas besoin, simplement parce que quelqu'un qu'ils ne connaissent pas leur téléphone.

Rassuré de parler d'un domaine qu'il maîtrisait, Patrice Esteban se détendit légèrement et se lança dans quelques éclaircissements.

— Il y a deux types de cibles. Les personnes qui ont plus ou moins prévu d'acheter votre produit et qui vont être intéressés spontanément, c'est ce qu'on qualifie de conjonction ou de vente primesautière. Et les autres, ceux que vous devez convaincre. Mais cela ne fonctionne pas que pour la télévente. Je vous défie d'aller vous promener dans n'importe quel souk, ou bien aux puces de Saint-Ouen, et de ne pas en repartir avec quelque chose. C'est avec cette seconde catégorie qu'excellait Gérald Mansour. Et quand je dis « excellait », c'est un euphémisme. Pour moi, il possédait plutôt un don.

Les deux policiers échangèrent un regard.

— Ça ressemble bien au profil de notre bonhomme, dit la femme qui n'avait pas encore ouvert la bouche mais noirci plusieurs pages sur son carnet à spirale. Vous n'avez conservé aucun contact avec lui ?

— Avec ce type ? Vous rigolez ? C'était pas le genre à faire copain-copain.

— Sur les réseaux sociaux professionnels ?

— Non, aucun. Je ne pense pas que Gérald Mansour soit le genre d'homme à avoir un compte sur LinkedIn ou Viadeo, ni besoin de recommandations. S'il postule pour un emploi, vu sa capacité de persuasion, vous pouvez être assuré qu'il l'obtiendra.

— C'est très intéressant, monsieur Esteban, dit Shepherd avec une intonation qui lui faisait penser qu'il allait le contredire. Ça pourrait effectivement coller.

Maintenant, voilà, nous avons un problème avec ce que vous nous dites.

— Quel problème ?

— Léger, trois fois rien. Gérald Mansour est mort.

L'ancien directeur resta muet, plusieurs secondes. Il n'avait pas imaginé cela. Mais il comprit aussi que si on lui avait offert un voyage en hélicoptère jusqu'à Paris, c'est que cette mort devait poser question.

— Quand ?

— Une dizaine de jours après son départ de TéléMarketPro. Je suis étonné que vous ne le sachiez pas, car il était toujours en période de préavis. Son bénéficiaire légal a donc perçu une indemnité de décès de votre ancien employeur.

— Vous me l'apprenez. C'est la DRH du siège qui gérait l'administratif. Je n'en ai rien su et, pour être franc, je ne serais pas allé aux obsèques. Vous savez de quoi il est décédé ?

— D'après le certificat de décès établi au Maroc, d'une leucémie dégénérative, indiqua Shepherd après avoir lu un des papiers qui étaient devant lui.

Patrice Esteban fit une moue perplexe.

— Très rapidement dégénérative alors…

— Vous n'y croyez pas ?

— Lorsqu'il a quitté mes services, je peux vous assurer qu'il était en parfaite santé. Je ne serais pas surpris qu'il ait monté cette arnaque pour récupérer la prime de l'entreprise.

— C'est gros quand même, non ?

— Si vous le connaissiez, ça ne vous étonnerait sans doute pas tant que ça.

— Qu'est-ce que vous pouvez nous dire sur lui ? demanda la femme sans nom.

— De quel ordre ?

— Pas d'ordre professionnel, on a bien compris que c'était un esthète, mais dans ses habitudes, ses manies, ses relations en dehors du travail, ses frères et sœurs. Tout ce que vous savez sur lui pourrait nous être utile.

— À vrai dire, je ne sais pas grand-chose. Je crois qu'il vivait en banlieue de Marrakech avec son père handicapé, aveugle, si mes souvenirs sont bons.

Talia écrivit « Moïse » sur son carnet et le tourna vers Shepherd. Celui-ci regarda la page sans comprendre. Elle ajouta « handicap, bégaiement, c'est Aaron qui parle ». Lorsqu'elle fut sûre qu'il avait compris, elle releva les yeux vers l'ancien cadre de TéléMarketPro.

— Quoi d'autre ?

— Il était organisé, précis, très rigide. Il comptait ses communications pour calculer son taux de réussite. Il chronométrait ses appels. Beaucoup pensaient que c'était pour vérifier les chiffres du logiciel qu'on utilisait pour le versement des bonus, mais je ne crois pas, car les erreurs étaient toutes en notre faveur et qu'il ne m'en a jamais fait la remarque. Or, je suis persuadé qu'il s'en était rendu compte.

— C'était pour quoi alors ? demanda la femme.

— Pour s'améliorer ! Il voulait atteindre la perfection et chaque jour il activait lui-même tout un tas d'indicateurs pour y parvenir. Chaque appel était un défi et il voulait toujours être meilleur.

— Je comprends mieux pourquoi les relations avec ses collègues devaient être compliquées, dit Shepherd.

— Le problème n'était pas uniquement là. Il n'était pas en compétition avec les autres. C'est comme si vous gribouilliez quelques poèmes à vos heures perdues et qu'on vous glissait un recueil de Rimbaud entre les mains : à moins d'avoir un *ego* surdimensionné, vous ne vous comparez pas. Personne ne pouvait se comparer à lui, il n'y avait pas de jalousie car il n'y avait pas de match. Ce n'était pas pour son niveau exceptionnel que ses collègues ne l'aimaient pas, mais pour ce qu'il était !

Sur son téléphone, Shepherd activa l'extrait de la communication qui était diffusé dans les médias et où on le reconnaissait à peine.

— Le fait qu'il maquille sa voix de cette manière, avec un accent guttural, ne vous a pas posé de problème pour le reconnaître ? demanda le commissaire.

— Non, car il le faisait souvent ! En quelques secondes, il la modifiait pour mieux s'adapter à son interlocuteur.

— Comme un imitateur ?

— Je dirais plutôt un caméléon. Et il n'y avait pas que ça, si l'interlocuteur lui parlait de golf, il lui conseillait les meilleurs parcours de sa région ; s'il aimait les voitures, il lui parlait de mécanique. Il le faisait spontanément, en lui témoignant de l'intérêt pour parvenir à entrer dans son intimité.

— C'est bien un métamorphe, ponctua la femme.

Shepherd la regarda d'un air interrogatif.

— Lorsque vous ne parlez plus à un vendeur, poursuivit la femme, qui se trouve à des milliers de kilomètres, mais à quelqu'un qui vous ressemble, alors vous avez fait une grande partie du chemin de l'acceptation.

— Exactement ! confirma Patrice Esteban.

— Bien, bien, bien, reprit Shepherd. Vous avez gardé des photos de ce caméléon ?

— Non, votre collaboratrice m'a déjà posé la question. Je crains fort que les personnes qui ont travaillé avec lui à cette période n'en aient pas non plus.

Gérald Mansour n'était pas quelqu'un qu'on avait spontanément envie de photographier.

— Pourquoi, il était laid ?

— Non.

— Beau alors ?

— Non plus. Je dirais qu'il avait un physique neutre.

— Et la DRH de TéléMarketPro ?

— Probablement pas non plus. Nous n'apposions pas de photo sur les badges du personnel, sauf pour les cadres. Dans ce genre d'entreprise, le turn-over est très important, alors ça nous permettait de les réutiliser.

— Merveilleux, et c'est légal, ça ?

— Au Maroc, oui.

Shepherd échangea quelques mots à voix basse avec Talia puis releva le regard vers lui.

— Vous êtes physionomiste, monsieur Esteban ?

L'ancien directeur de TéléMarketPro Marrakech le regarda, perplexe.

— On va faire un atelier dessin.

# – 40 –

*Col San Giacomo, vallée d'Antigorio,*
*Alpes italiennes*

« Plus la mort est proche
et moins elle fait peur. »
Philippe SOLLERS

Deux hommes et un enfant de treize ans se trouvaient en haut de la falaise et l'un d'eux allait chuter. Le petit Pierre s'était senti soulevé à la verticale, comme en lévitation. Il avait voulu hurler mais aucun son n'était sorti de sa bouche. Probablement qu'Igor aurait pu porter deux ou trois fois son poids sans plus d'efforts et personne ne serait venu à son secours. Pierre savait qu'il allait mourir. C'est la douleur du dernier instant qu'il redoutait le plus. Le ciel était dégagé, presque clair, il voyait les étoiles, un peu plus loin il parvenait même à distinguer les sommets enneigés. Il repensait à la nuit de la veille. Celle qu'il avait passée avec Zora, la dernière et l'une des plus belles de sa vie.

Il avait abandonné tout espoir et ne se débattait pas. Il croisa le regard du deuxième homme. Celui qui était derrière Igor. Il comprit ce qui allait se passer.

Le coup que Gérald porta à l'Allemand par-derrière le déséquilibra complètement. Il attendit que celui-ci soit tout au bord du gouffre pour le frapper violemment à la cheville. La douleur fut si vive qu'Igor lâcha instantanément sa proie et chuta, les deux genoux en avant. Trop près du précipice, ceux-ci ne trouvèrent pas le sol et il bascula dans le vide en se retenant *in extremis* à une racine avec le bras gauche. Un heureux hasard fit que Pierre, lui aussi, tomba au sol, ventre à terre, à quelques centimètres du gouffre, les mains attachées dans le dos et dans un équilibre précaire.

— Tu es fou ! hurla l'Allemand.

Il chercha une prise avec ses pieds mais la roche était glissante et il peina à trouver une fragile stabilité. Dans l'obscurité, Gérald le regardait faire sans bouger ni parler. Tout en tentant de le raisonner, Igor agrippait la végétation pour se maintenir.

— N'oublie pas qui je suis, mec. C'est Der Adler qui te paye !

— Der Adler est un imbécile.

— Tu es en train faire plus grande connerie de ta vie.

— Tu crois ça ?

Igor ne répondit pas. Il essaya de se hisser sur la falaise mais les herbes ne lui permettaient qu'une prise instable et ses picds gesticulaient désespérément sur la paroi gelée sans trouver d'appui. Il n'y parviendrait pas, il le savait. Son unique espoir était que Gérald s'approche, alors peut-être pourrait-il lui attraper la jambe. Mais celui-ci restait immobile, à plus d'un mètre du bord. Igor vociféra, l'insulta, le provoqua. La scène dura de longues secondes. Il n'avait plus beaucoup d'énergie à offrir, il fallait qu'il tente quelque chose sinon il chuterait inexorablement. Il tira de toutes ses forces sur la prise végétale qu'il tenait, au risque de l'arracher. Celle-ci ne rompit pas. Il réussit à dresser sa poitrine, puis, au prix d'un effort immense, à poser un genou sur le sol. Il se relâcha, il y était presque. Il leva les yeux. À quelques centimètres de lui, Gérald tenait un pistolet qu'il pointait sur son front. À côté, Pierre restait tétanisé. Lui aussi était en mauvaise posture, la tête et le haut du corps dans le vide.

On imagine parfois quels seront nos derniers mots en espérant leur donner du sens. « Fais pas le con » furent ceux de l'Allemand. La balle traversa sa tête sans effort. Il ne perçut aucune douleur, c'était comme si un vent frais était entré dans son crâne et que sa pression intérieure le libérait subitement. Les seuls effets perceptibles furent le sang qui coula instantanément sur ses yeux et la perte de contrôle du haut de son corps. Ses bras lâchèrent prise, il tomba. Dénué de résistance, son corps glissa sur la roche, du ventre jusqu'à la poitrine, puis aux épaules. Il vit, plus qu'il ne regarda, une dernière fois son meurtrier. Celui-ci était impassible. Son menton cogna la roche. Paradoxalement, ce choc-là fut douloureux. Il chuta dans le vide.

Les premiers mètres lui donnèrent un sentiment de liberté. Il prit de la vitesse et pensa à l'impact final. Il avait froid. Il heurta la falaise à quatre reprises. Chaque impact le disloqua en centaines de fragments intérieurs. La douleur fut extrême. Il sentit plusieurs os sortir de ses chairs avant de se fracasser sur un cours d'eau gelé. Il avait mal mais se sentait encore respirer. Était-il possible qu'il ait pris une balle dans la tête, puis chuté de plusieurs centaines de mètres et qu'il soit toujours vivant ? Il glissa lentement encore quelques mètres sur la glace comme un pantin désarticulé, avant que sa tête heurte un rocher froid. Il continua de voir durant d'interminables secondes avant qu'un voile de sang chaud recouvre ses yeux et que tout s'arrête.

Pierre se trouvait à l'endroit précis où il était tombé. Les bras attachés dans le dos. Il ne voyait rien de ce qui se passait derrière lui mais il sentait la présence de l'homme mystérieux qui l'avait sauvé, sans doute sans le vouloir. Il était retenu par son bas-ventre en appui sur l'angle de la roche, le moindre mouvement en avant le ferait glisser pour de bon. Il grelottait. Il avait entendu le corps de l'Allemand se fracasser sur les falaises comme du petit bois qu'on brise. Puis le silence s'était fait. Il l'imaginait mieux maintenant : avant de mourir, il allait avoir mal, très mal. Gérald arriva au-dessus de lui. Pierre ne l'avait jamais vu avant ce soir. Il était différent de l'Allemand, à côté il paraissait presque normal. Lui n'avait pas une tête d'assassin. Pourtant, tuer, il venait de le faire. Son père avait tort, on ne pouvait pas reconnaître un assassin simplement à son regard. Gérald posa sa botte sur ses fesses. En faisant des va-et-vient avec la semelle, il rompit rapidement son précaire équilibre. La vie de Pierre ne dépendait plus que de la pression qu'il maintenait.

Il ferma les yeux.

# – 41 –

*Province du Verbano-Cusio-Ossola,*
*quelques heures plus tard*

Le tracé d'un avion balafrait l'aurore. Coutumier de la quiétude alpine, le petit bourg de Salecchio Superiore n'avait jamais connu pareille effervescence. C'était vers 3 heures du matin la nuit précédente que les premiers hélicoptères s'étaient posés. Deux, puis trois, puis d'autres avaient atterri dans un vacarme assourdissant. La plupart des villageois avaient arrêté de les compter lorsque les véhicules blindés étaient arrivés. Avec la résonance des chenilles sur le bitume, les rares personnes qui dormaient encore furent elles aussi réveillées. L'Italie était-elle entrée en guerre ? Mais contre qui ? Des soldats et des agents cynophiles avaient pris position devant la mairie et le long des voies d'accès. Les habitants les plus téméraires qui étaient sortis aux nouvelles avaient aussitôt été interrogés, pour tout raconter de la vie du village durant les dernières heures, puis renvoyés chez eux arme au poing et fortement incités à y rester. Aucune information n'avait été communiquée sur la raison de ce déploiement militaire aux proportions inédites. Beaucoup avaient pensé aux deux morts de la veille sur le pont, mais les moyens paraissaient démesurés pour une bagarre. Les communications filaires, mobiles et Internet avaient été coupées, si bien que personne ne savait exactement ce qui se passait.

Quatre heures plus tôt, la police italienne avait fait le rapprochement entre la fusillade, l'appel *via* les services d'urgence, et l'identité des enfants communiquée par le Serbe avant sa mort. Ensuite, tout était allé très vite. L'armée avait été mobilisée et le ministère de l'Intérieur français, autorisé à intervenir. La collaboration policière internationale présentait d'innombrables difficultés qui n'étaient pas mentionnées dans les manuels, mais on s'en accommodait. Côté français, c'était le Raid qui avait été déployé. Le commandant Laville dirigeait l'opération internationale. Shepherd l'accompagnait pour les besoins de l'enquête, mais ils n'étaient pas habilités à intervenir en territoire étranger et encore moins dans des opérations d'assaut. Le *commandante* Albertini avait accueilli ses homologues dans l'urgence. Les événements se déroulaient dans son secteur, mais c'était une affaire française et sa hiérarchie lui avait bien expliqué qu'il n'était là que pour faire le nombre. Rien dans cette histoire n'était de bon augure et Albertini préférait largement encadrer les choses de loin plutôt que d'être à la manœuvre. C'est sous un vélum installé à la hâte, et en français, qu'il présenta au commandant Laville et à ses homologues la carte dc la situation. Bottes et blouson de cuir, cheveux attachés en arrière, Talia y pénétra juste avant le début du briefing. Elle fit tourner la tête des officiers italiens, peu habitués à voir une femme en tenue civile participer à des opérations militaires.

— Il s'agit d'un centre d'hébergement privé, le Paradiso delle Alpi, commença par dire le *commandante* Albertini.

— Il héberge qui ? demanda Laville.

— Habituellement, des randonneurs, des colonies de vacances, des coutumiers de la montagne.

— Et en ce moment ?

— Officiellement, il est occupé par un voyagiste indépendant.

— Vous avez son nom ?

— Un certain Reda Messina. Mais toutes les formalités ont été effectuées avec une identité visiblement usurpée.

Le commandant Laville jeta un regard vers Shepherd.

— On tient notre bonhomme ! confirma ce dernier. C'est le même Reda Messina qui a loué le bateau de pêche il y a deux jours. Il ne s'est pas donné la peine de changer de nom.

— On m'a transmis le faux passeport qu'il a utilisé, dit Albertini. La photo ne correspond pas mais le fonctionnaire qui l'a reçu a dressé un portrait-robot.

— Ça, c'est intéressant, faites voir…

L'officier italien chercha quelques instants le croquis de Reda Messina sur sa tablette, avant de la lui tendre. Grand, de forte corpulence, des lunettes sur des yeux bleus, les cheveux coupés court et des rouflaquettes qui lui donnaient un aspect vintage. C'était bien l'homme de TéléMarketPro, mais avec quelques années et kilos de plus. Il correspondait également au descriptif qu'en avait fait le patron-pêcheur. Le physique d'un cadre en entreprise, propre sur lui, pas vraiment ce qu'on imaginait pour un kidnappeur d'enfants. Talia s'approcha pour voir à son tour. Laville attendit sa réaction. Sur ce dessin, hormis la coupe de cheveux, les lunettes et les pattes descendantes, il lui semblait avoir un air vaguement familier. Elle se tourna pour chercher Luc Fresnel du regard mais ne le trouva pas.

— Je vous présente Talia Sorel, dit Laville. Elle est notre négociatrice, en relation avec le preneur d'otages.

— Enchanté, dit l'Italien. Est-ce que cela peut correspondre à votre portrait-robot ?

Elle tendit l'écran à Julien derrière elle, qui confirma d'un hochement de la tête.

— À sa voix, à son assurance, je l'imaginais plus âgé, mais c'est possible, oui.

— Bien, on se rapproche du dénouement, approuva Laville. Il faut accélérer les recherches sur ce Gérald Mansour avant son hypothétique décès d'il y a deux ans. Si c'est bidon, il a forcément laissé des traces.

— Je m'en occupe, répondit Julien en rendant la tablette à l'Italien.

Albertini alluma un tableau électronique sur lequel était affichée la carte du Verbano-Cusio-Ossola.

— Nous avons placé l'intégralité du périmètre sous surveillance satellite.

Avec un marqueur noir, il fit un cercle autour du Paradiso delle Alpi et hachura les zones où s'étaient positionnés ses hommes.

— On ne le distingue pas de l'extérieur, mais un car est stationné à l'arrière. Ainsi que trois véhicules de tourisme, dont probablement l'Audi noire identifiée lors de la fusillade, précisa-t-il en surlignant l'emplacement.

— OK. Vous avez vu des enfants ? demanda Laville.

— Non, aucun. Depuis qu'on est sur place, il n'y a pas eu de mouvement, ni entrant ni sortant, et personne aux fenêtres. Cependant, les images thermiques sont formelles, il y a entre soixante et soixante-dix personnes à l'intérieur, ce qui semble concorder.

— Des personnes vivantes ?

— Vivantes, oui. Sinon les capteurs ne les identifieraient pas.

— Bien, bien.

Le commandant Laville se tut un moment. La suite de sa carrière allait se jouer dans cet assaut, il le savait.

— Vous comptez faire comment ? questionna Albertini, renvoyant implicitement la balle dans le camp des Français.

— On va se mettre en position pour donner l'assaut, répondit son homologue. Ensuite, on avisera. Soit on essaie de les contacter pour une reddition sans affrontement, dit-il en regardant vers Talia, soit on profite de l'effet de surprise pour rentrer dans le tas !

## – 42 –

Cet homme inconnu avait ramené Pierre au centre de vacances, sans un mot.

Ne plus exister est une projection abstraite difficile. C'est encore plus vrai à treize ans. Lorsqu'il s'était senti soulevé par le col au bord du précipice, puis remis debout, il avait compris qu'il n'allait pas mourir. Du moins pas tout de suite. Il s'était uriné dessus et tremblait encore de tout son corps. En état d'hypothermie, tétanisé, il fut incapable de se maintenir et chuta. L'homme lui laissa quelques secondes pour reprendre ses esprits avant de le relever, de lui libérer les mains et de l'aider à rejoindre la voiture. Autant l'Allemand dégageait une folie qui le terrifiait, autant il sentait que cet homme ne lui ferait aucun mal. Dans la voiture, au fur à mesure que son corps se réchauffait, une myriade de mots se percutèrent dans sa tête. L'homme n'avait ouvert la bouche que pour lui dire d'attacher sa ceinture. Peut-être l'avait-il écouté, en tout cas il ne l'avait pas interrompu. De retour au Paradiso delle Alpi, il lui avait semblé que Myriam était satisfaite qu'il soit là. Ou bien était-ce l'absence d'Igor qui la réjouissait ? Elle avait souri spontanément, puis ils étaient descendus au sous-sol. Tarek et Kevin étaient désormais équipés de gilets pare-balles, de talkies-walkies et de fusils-mitrailleurs. La colo était terminée. Dans l'espace initialement alloué aux jeux vidéo, tous les camarades de Pierre étaient prostrés en silence. La plupart, assis à même le sol, l'observèrent comme s'ils voyaient un fantôme. Sans doute pensaient-ils aux alertes qu'il avait lancées et aux moqueries qu'il avait reçues en retour. Aucun ne prononça le moindre mot. Tommy et Léo étaient assis à côté de Zora. Lorsqu'il se dirigea vers eux, ils s'écartèrent pour lui laisser la place auprès de l'adolescente.

Gérald se positionna au centre de la pièce. Il resta silencieux un moment, regarda tout le monde, puis se présenta comme l'unique responsable de leur captivité. Sa voix était douce et profonde. Il commença par s'excuser de leur infliger pareil traitement et assura qu'il faisait le nécessaire pour que leur séjour soit le moins désagréable possible.

— Vous auriez pu tomber sur des psychopathes, des pédophiles, des extrémistes religieux ou que sais-je encore… Rassurez-vous, nous ne sommes rien de tout ça, nous sommes juste des opportunistes qui veulent changer le monde. Nous avons demandé une somme d'argent pour votre libération. Je ne vous cache pas qu'elle est importante.

— Combien ? demanda une petite fille plus jeune que les autres et qui se trouvait assise à ses pieds.

— Plus que l'argent de poche que tu recevras durant toute ta vie.

Elle ouvrit de grands yeux.

— Au fond, le montant importe peu. La bonne nouvelle, c'est qu'aujourd'hui tout le monde sait où vous êtes. Le secret a été éventé. Félicitations, dit-il en se retournant vers Pierre, tu peux être fier de toi !

Il ponctua sa phrase en mimant des applaudissements.

— Bientôt, cet endroit sera le centre du monde. *The place to be* et vous y serez. Vous allez être célèbres ! Les médias du monde entier vont se battre pour s'approcher. Et dans ce genre d'enlèvement, lorsque la police sait où sont les otages, le dénouement est toujours proche. Vous êtes des petits veinards, finalement !

Il fit quelques pas tout en adressant un large sourire à son auditoire.

— La mauvaise nouvelle, pour la police et ceux qui ne veulent pas payer votre rançon, c'est que c'était prévu !

# – 43 –

La neige tombait maintenant à gros flocons et le vent tourbillonnant lui donnait une impression d'instabilité. Le jour n'était pas encore tout à fait levé dans la vallée. Légèrement en retrait derrière Charles Laville et le *commandante* Albertini, Talia attendait son moment, même si la tendance était plutôt à ce qu'il ne vienne pas. Elle était bien placée pour savoir que, dans ce genre de situation, le commandant Laville préférait toujours l'action à la discussion, afin de capitaliser sur l'effet de surprise. Au regard de la perversité bien particulière du ravisseur, elle ne lui donnerait pas tort cette fois-ci. La sécurité des enfants était évidemment l'élément central de l'équation. Sa cagoule repliée sur le front et des jumelles infrarouges rivées aux yeux, Laville scrutait chaque détail. Le Paradiso delle Alpi ne semblait ni protégé ni surveillé et les portes et fenêtres étaient nombreuses. Après le top inter[1], il estimait à moins de quatre-vingt-dix secondes le temps nécessaire à ses hommes pour en prendre le contrôle. Les terroristes surpris dans leur sommeil n'auraient pas le temps de réagir et, s'ils ne faisaient pas d'idioties,

1. Déclenchement de l'intervention.

ils pourraient rester vivants. Positionné à côté de lui, Shepherd s'inquiétait du déroulement des opérations. Ce qui l'alarmait, c'était que les deux rottweilers qui déambulaient derrière les grillages semblaient avoir flairé leur présence, si lointaine soit-elle.

— Comment allez-vous faire pour les chiens ?

— À votre avis, commissaire ? répondit Laville, énigmatique, sans lâcher ses jumelles.

— Je ne sais pas.

Il les baissa et lui adressa un clin d'œil.

— Dans ce genre d'opération, il faut taper fort et juste du premier coup, alors les chiens ne sont pas une difficulté.

— Ah non ?

— Non, car ils sentent d'une façon démultipliée la puissance de l'adrénaline, et ils s'en éloignent, parce qu'elle leur fait peur.

— Ils ne vont pas aboyer ?

— C'est peu probable. Ils ont instinctivement tendance à s'éloigner du danger qu'ils perçoivent. C'est une réaction mécanique chez les animaux. Vous rappelez-vous l'opération pour éliminer Oussama Ben Laden ? C'est un truc qu'on a décortiqué mille fois. Il y avait peu de combattants dans la bâtisse, mais une dizaine de chiens. Des animaux tous dressés pour tuer. Lorsquc les Navy Seals ont été largués depuis l'hélicoptère au-dessus de la forteresse, aucun n'est intervenu. Les marines américains ne les ont même pas vus, et ils ne s'attendaient pas à les voir. Sur les nombreuses vidéos de l'opération, on n'entend aucun aboiement, uniquement des gémissements de bêtes apeurées.

— Et les chiens de garde alors, c'est du pipeau ?

— Non, mais tout dépend de la menace. Lorsqu'il est correctement éduqué, un chien sera très efficace contre un cambrioleur ou un agresseur. En revanche, si les assaillants sont plus nombreux, qu'ils n'ont pas peur et qu'ils attaquent en groupe, alors le chien n'interviendra pas. Ils ressentent l'agressivité bien plus fort que nous. On ne lutte pas contre son instinct, commissaire, et le leur est très développé.

— C'est une phrase qu'on pourrait également utiliser pour les serial killers.

Laville rit et rehaussa ses jumelles.

— Non, je ne crois pas, ajouta-t-il tout en observant le Paradiso delle Alpi. Contrairement aux animaux, nous sommes dotés d'intelligence, de culture et de libre arbitre. Nos pulsions ne nous exonèrent pas !

Shepherd aurait pu argumenter sur le sujet mais il préféra ne pas en dire plus.

À l'orée de la forêt, c'est une petite armée lourdement équipée qui mettait au point les préparatifs. À haute altitude, deux drones quadrillaient silencieusement le secteur afin d'assurer aux équipes au sol une vue complète de la zone. À quelques pas derrière eux, les deux pieds dans la neige, Talia tentait vainement de se réchauffer en soufflant dans ses mains. À côté d'elle, immobile et observateur, Julien ne la gratifiait pas de sa décontraction habituelle. Légèrement en contrebas de leur position, la maison était encore plongée dans l'ombre des hauts sommets. Malgré les premières lueurs du jour, rien ne bougeait, ni lumière, ni fumée, ni mouvement aux fenêtres, comme si elle était morte. Pourtant, les images thermiques étaient formelles : il y avait de la vie à l'intérieur et il y en avait beaucoup.

— Tu penses vraiment qu'ils vont se laisser cueillir comme ça ? demanda Julien en grelottant.

— J'en doute, répondit Talia.

— Pourquoi ?

— Parce que cela ne correspond pas vraiment à notre bonhomme. Il est trop prévoyant pour faire des erreurs aussi grossières.

— Les plus grands stratèges commettent des erreurs.

Elle fit une moue évasive.

— T'es toujours pessimiste, cheffe. Il ne sait peut-être pas que Pierre et Zora ont réussi à contacter les secours.

— Ouais, on devrait vite être fixés.

Attifé d'un équipement d'hiver surmonté d'un gilet pare-balles, les pas lourds dans la neige, le capitaine Luc Fresnel ressemblait vaguement à un ours. Lorsqu'il aperçut Talia frigorifiée, il s'empressa de venir lui frotter vigoureusement le dos. Elle apprécia cet apport calorifique intéressé.

— Tu n'es pas venu au briefing tout à l'heure, lui dit-elle instantanément.

— Sous la tente ?

— Oui.

— Tu oublies que je n'ai pas le même grade que toi… Je ne pense pas que Laville aurait aimé me voir traîner avec les commandants.

Le chef du Raid n'était pas très à cheval là-dessus, mais il était possible que, devant ses homologues italiens, il se soit montré un peu plus procédurier que la normale.

— Le portrait-robot de Gérald qu'ont dressé les Italiens te ressemble un peu.

— Tu veux dire, beau gosse, pareil ?

— Oui, entre autres.

— C'est peut-être moi ! Tu imagines ?

Elle ne répondit pas. Il eut un sourire crispé, ne sachant pas très bien si elle plaisantait ou si elle était « un peu » sérieuse.

— Tu ne m'aurais pas reconnu à l'autre bout du fil, toi, la meilleure négociatrice du Raid ? Et puis je te rappelle que je ne sais absolument pas mentir, bafouilla-t-il.

Oui, elle l'aurait probablement reconnu. Comme il continuait à lui réchauffer le dos, elle changea de sujet.

— Tu es insensible au froid, Luc ?

C'était la première fois qu'elle l'appelait autrement que Fresnel ou capitaine. Il sourit de cette avancée dans leur relation, tout en mettant ça sur le compte de l'engourdissement dû à la température.

— L'avantage de mon physique, c'est l'épaisseur de la couche de protection !

Il se frappa le ventre à la manière d'un gorille pour lui montrer qu'il était rudement bâti.

— Je ne sais pas comment vous faites pour attendre sans bouger, dit-elle en regardant les autres agents qui semblaient complètement indifférents aux conditions extérieures.

— Ça, c'est juste parce que t'es pas équipée !

— J'ai mis mon blouson de ski et mon plus gros pull, je ne peux pas faire mieux.

— Pour lutter contre le froid, l'épaisseur ne sert à rien, ce qu'il faut, c'est empiler les couches. Moi, j'ai pas de pull mais trois chemises hermétiques et deux tricots de peau, y a rien de mieux.

— Dis donc, tu dois être sexy avec tes tricots de peau.

Il allait enchaîner, fier d'aborder le sujet de sa virilité, mais fut interrompu par le commandant Laville qui les regardait sévèrement.

— Venez voir par ici, Talia, j'ai besoin de vous.

Elle s'intercala aux avant-postes, entre Shepherd et lui. Visiblement pas informé de l'affaire des superpositions de couches, le commissaire était vêtu d'une simple veste et paraissait frigorifié.

— Regardez, dit Laville en lui passant les jumelles infrarouges. Qu'est-ce que vous en pensez ?

Elle ajusta la mise au point à sa vue puis balaya la façade d'est en ouest. Huit fenêtres non sécurisées à chaque étage, plus quatre au rez-de-chaussée et deux portes rien que sur le devant, c'était beaucoup trop de passages potentiels pour espérer pouvoir repousser un assaut armé.

— J'en pense que ça paraît trop facile.

— Eh bien, vous voyez, Talia, je me fais exactement la même réflexion.

Il y avait, à seulement une cinquantaine de mètres, une grange derrière laquelle se positionnaient déjà plusieurs agents. En partant de là, ils ne resteraient à découvert que quelques secondes, le temps de découper le grillage et d'atteindre les murs. Sur l'échelle des forteresses imprenables, celle-ci n'était clairement pas dans la compétition. Pour Talia, c'était incompréhensible.

— Il n'y a aucune trace de pas dans la neige, dit-elle.

— Ça ne m'a pas échappé non plus, mais vu ce qu'il tombe, cela ne nous donne qu'une vérité relative de quelques heures. Regardez plutôt la deuxième fenêtre du bas en partant de la droite.

Elle ajusta sa vision et distingua une silhouette féminine qui se tenait immobile. Dans l'obscurité, il était difficile de savoir si elle les avait repérés ou bien si elle ne faisait que regarder au-dehors.

— Ça fait longtemps qu'elle est là ?

— Au moins cinq minutes. Elle ne bouge pas. Je me demande bien ce qu'elle fait.

Le directeur de la police nationale Paul Hamon se présenta, accompagné de l'ambassadeur de France en Italie. Il bouscula Talia sans la saluer pour se positionner à côté du commandant Laville.

— Je viens de parler au ministre, dit-il sans préalable. Vous avez carte blanche pour une intervention immédiate.

— Très bien, répondit Laville sans ciller.

— Non, vous ne comprenez pas, commandant, les chaînes d'information seront là dans moins d'une heure, il faut en terminer tout de suite !

Laville dévisagea sévèrement Hamon.

— Vous ne pouviez pas attendre avant d'informer la presse ?

— Ce n'est pas vous qui avez l'opinion sur le dos, Laville. On ne peut pas intervenir sans informer la population, sinon on nous le reprochera.

— Ah oui ? Et qui vous le reprochera ?

— Ne soyez pas idiot, commandant.

— Les médias vous le reprocheront peut-être, mais pour les parents, peu importe le moment où ils apprendront que leurs enfants sont libérés, du moment qu'ils le sont.

— Ça, c'est de votre responsabilité !

— Non, c'est de la vôtre. Vous nous mettez intentionnellement en difficulté en nous retirant la maîtrise du temps et des images. Personne ne sait ce qui se cache derrière ces murs, ça pourrait être un véritable bain de sang.

— Contentez-vous d'effectuer votre travail, commandant, et laissez-moi gérer les relations avec les médias. On avance et puis on voit, comme disait Napoléon.

— Napoléon n'a pas gagné toutes ses batailles, loin de là, répondit Laville sans même le regarder.

Il observa de nouveau la façade. Pendant qu'il parlait, la femme avait disparu. Il la chercha rapidement aux autres fenêtres, sans succès. Subitement, une lumière apparut au rez-de-chaussée, puis simultanément une seconde, extérieure, juste au-dessus de la porte. Laville décrocha le micro suspendu à son gilet.

— À couvert ! ordonna-t-il à voix basse aux agents positionnés derrière la grange.

La porte principale s'ouvrit lentement.

— Préparez-vous à intervenir, murmura-t-il.

## – 44 –

Le vent qui les frappait de plein fouet était glacial. Le commandant Laville était bien placé pour savoir qu'il devait profiter de chaque occasion. Cette lumière en était peut-être une. Il ne se passa rien durant plus d'une minute. Si l'un des preneurs d'otages sortait pour aller uriner, cela en ferait un de moins. Mais ce fut la silhouette d'un enfant qui se présenta. Vêtu d'un simple pull, celui-ci fit quelques pas maladroits dans la neige. Il se retourna pour parler avec quelqu'un, puis la porte se referma. Dix ans, pas plus, c'était un jeune garçon. Il resta immobile, à cinq mètres à peine de la porte, puis continua d'avancer au-dehors sans trop savoir vers où se diriger. Il avait froid.

— Qu'est-ce que c'est que ce gamin ? murmura Laville.

— C'est le fils Carter-Melendez, répondit Shepherd qui avait bien retenu les traits de son visage après la discussion houleuse avec les parents.

— Ceux qui ont payé la rançon ?

Shepherd acquiesça d'un hochement de tête. Laville observa de nouveau. Sans blouson ni vêtements chauds, l'enfant grelottait.

— Si c'est comme ça qu'ils comptaient le libérer, il ne serait pas allé bien loin, dit Hamon.

— Non, corrigea Talia, ils savent qu'on est là !

Laville aussi l'avait compris. Il allait devoir revoir ses plans. Thomas Carter-Melendez s'arrêta devant la maison, il regarda longuement autour de lui puis, ne voyant rien, fit demi-tour.

— Allez le récupérer ! ordonna Laville aux agents cachés derrière la grange.

Ceux-ci n'étaient qu'à une vingtaine de mètres, derrière le grillage qu'il leur faudrait découper.

— Répétez l'ordre, répondit une voix dans un grésillement.

— Allez me récupérer ce foutu gamin ! confirma Laville, agacé.

Tout le monde venait de comprendre que leur couverture était grillée. Sortant de nulle part, un homme cagoulé tout de noir vêtu se précipita vers l'enfant. Au milieu de la neige, il constituait une cible idéale. Avec une habileté hors du commun, il sectionna le grillage en une dizaine de points et entra dans le périmètre de la propriété. Sans ralentir, il souleva Thomas Carter-Melendez comme un fétu de paille et le ramena vers la grange aussi vite qu'il était apparu. Comme l'avait prédit Laville, les rottweilers observèrent le manège avec curiosité mais sans intervenir.

— Je vais l'interroger, dit Talia en se dirigeant vers l'arrière.

Julien lui emboîta le pas. La femme était de nouveau à l'une des fenêtres du premier étage. Il ne faisait pas de doute pour Laville qu'elle savait exactement ce qui se passait à l'extérieur. *Exit* le précieux effet de surprise. Il repensa à l'arrivée imminente des journalistes. Autour du Paradiso delle Alpi, bientôt, une multitude de cars-régie, d'hélicoptères et de drones investiraient la zone d'intervention sans retenue. Il n'avait pas le temps d'attendre. Il appuya sur l'émetteur de son micro et le porta lentement à sa bouche.

— Préparez-vous à donner l'assaut !

# – 45 –

*Au bord du lac d'Annecy,*
*quelques heures plus tôt*

Joseph Mansour ne se souvenait pas depuis combien de temps il n'était plus sorti de la maison de retraite Miriam-Engelberg, ni précisément de son âge. La vie l'avait oublié là, une trentaine d'années auparavant. Le jardin, toujours admirablement entretenu, était le lieu le plus éloigné de sa chambre qu'il s'autorisait aux beaux jours. Il connaissait chaque centimètre de cet endroit, mais plus rien au-delà. À son âge, il n'en ressentait aucun manque. Parfois, il se demandait si cela durerait toujours ainsi. Ou bien si la mort finirait par le trouver, en le fauchant en plein sommeil, ou à l'occasion d'une fausse route, quand il aurait avalé le carré de chocolat distribué chaque après-midi aux pensionnaires. Bien sûr, il se mentait, il le savait. Mais arrivé au bout de la piste, tout le monde se mentait, plus ou moins. Avec le temps, plus la mort approchait et moins elle lui faisait peur. Le dernier mystère d'importance résidait dans son moment et sa méthode.

Les journées étaient monotones. Le principal plaisir de Joseph Mansour était la radio qui le suivait partout. Si on lui avait dit qu'un jour ce serait son ultime objet de valeur, il ne l'aurait pas cru. Un vieux poste noir abîmé, avec de grosses piles et une antenne jadis télescopique qu'il avait remplacée par un fil de fer. Il priait pour que l'engin ne tombe pas en panne avant lui, car il se sentait incapable d'utiliser un modèle plus récent. Ceux avec connexion Internet à dent bleue, qui permettait de faire à peu près la même chose mais de façon plus compliquée. Tous les jours à 15 heures, il écoutait la même émission, celle d'une ancienne gloire du rugby qui relatait l'actualité sportive du moment. C'était plus le ton employé que le fond qui lui plaisait. Il ne s'était jamais tellement intéressé au sport mais, à la fin de sa vie, il appréciait d'imaginer tous ces jeunes gens s'affronter avec un ballon, une raquette, ou une perche. Il ne regardait jamais aucun match ni compétition. Il préférait qu'on lui en parle. Avec cette émission, il se sentait bien, comme avec de vieux amis. Depuis le temps qu'il la suivait sans jamais en rater une seule, il avait l'impression de tout connaître de l'intimité des chroniqueurs. Et puis surtout, ça occupait agréablement plus du quart de ses journées et, le reste du temps, il attendait son émission. Cela lui donnait un but. Il avait vaguement conscience que son attitude était misanthropique, mais à son âge, peu lui importait. Lorsque Ingrid, la jolie Antillaise auxiliaire de vie, vint le prévenir qu'une policière demandait à lui parler, il fut surpris et surtout embarrassé. Il regarda sa montre : 14h45.

— Il n'y en aura pas pour plus de quinze minutes ? s'inquiéta-t-il.

La réponse à cette question était d'importance car il ne comptait pas faire la conversation après le début de son émission.

— Monsieur Joseph, voyons, c'est peut-être important, répondit l'auxiliaire de vie.

— Mon émission aussi est importante !

— Soyez gentil avec elle, monsieur Joseph, c'est une policière, articula-t-elle pour être certaine qu'il avait bien compris.

Flic, curé ou agent des impôts, pour lui, c'était pareil. De toute façon, il était là depuis tellement longtemps que s'il avait commis un délit, c'était sûrement prescrit. Même devant Dieu, il devait bien y avoir un délai maximum d'expiation. Sous le marronnier où il passait la plupart de ses après-midi, il attendit néanmoins avec une petite curiosité. C'était sa première visite depuis… il ne se souvenait pas quand. Le banc en fer et en bois n'avait pas été nettoyé, il était encore maculé de fientes. Joseph Mansour s'en moquait, mais pour les petites mains qui lavaient ses pantalons, ce n'était pas très gentil. Il fit le pari que la fliquette ne s'assiérait pas à ses côtés. Ça l'arrangeait. Elle ne s'éterniserait pas non plus. Il la vit arriver de loin. Les cheveux courts, des chaussures de sport et un blouson en cuir noir avec des clous argentés. Il espérait qu'ils avaient bien vérifié sa carte de police à l'accueil, car avec cette dégaine il trouvait qu'elle ressemblait plutôt à un bandit.

— Ève Melville, dit-elle en lui tendant la main.

— Mansour, répondit-il après une hésitation.

Ici, tout le monde l'appelait Joseph, Josep, ou parfois simplement Jo. Il n'avait pas prononcé son nom depuis tant d'années qu'il lui sembla parler de quelqu'un d'autre.

— On vous a prévenue, à l'accueil, mademoiselle ?

Elle regarda le banc avec méfiance sans s'y asseoir, comme il l'avait prévu.

— Mademoiselle Melville. Prévenue de quoi ?

— Pour mon émission. Elle commence dans dix minutes, alors il faudrait faire vite.

— Ne vous inquiétez pas, monsieur Mansour, je ne vais pas vous embêter longtemps.

— Tant mieux !

Elle se plaça devant lui et s'accroupit pour être à peu près à sa hauteur. Effectivement, elle ne tourna pas autour du pot.

— Gérald Mansour, c'est bien votre petit-fils ?

— Oui, je crois, répondit-il à l'énonciation de ce prénom qu'il avait lui aussi presque oublié.

— Comment ça, « vous croyez » ?

Il eut un moment d'égarement qui dura plusieurs secondes, si bien qu'elle pensa qu'il n'avait pas compris la question, mais il se reprit.

— Eh bien, la dernière fois que je l'ai vu, vous ne deviez pas être née, mademoiselle, alors… Pourquoi, il a fait quelque chose de mal, Gérald ?

Ève Melville comprit que personne n'avait informé Joseph Mansour du décès présumé de son petit-fils. Vu la situation, elle jugea bon de ne pas lui en dire davantage.

— Non. Enfin, pour être franche, on ne le sait pas encore, mais on aimerait bien lui poser quelques questions. Savez-vous où il est actuellement ?

— Non. Pas plus lui que le reste de ma famille.

— C'est dommage. Vous auriez peut-être des photos ?

— Ça, oui. Mais malheureusement elles sont dans ma chambre.

— Ce n'est pas grave, vous pouvez me les montrer ?

— On n'aura pas assez de temps pour aller les chercher, les regarder et revenir. Je veux dire avant 15 heures.

— Mais si, répondit-elle en se redressant et en déverrouillant son fauteuil roulant pour venir le positionner juste à côté de lui. Vous n'avez qu'à emporter la radio, comme ça, quand votre émission commencera, on ne manquera rien.

Sans lui laisser le temps de réagir ni de refuser, elle lui prit le bras et l'aida à passer du banc au fauteuil.

— Bien, on va par où ?

— Par là, dit-il en lui montrant l'allée qui menait vers son bâtiment.

Quelques minutes plus tard, ils se trouvaient tous les deux dans une petite chambre aseptisée et carrelée. Un lit, une armoire, une commode en bois, un cerclage en fer ayant servi un jour à supporter un téléviseur et une porte donnant sur un cabinet de toilette. Ève repensait à ce que lui avait dit la directrice quelques minutes plus tôt : « Monsieur Joseph Mansour est notre plus ancien résident, il vit ici depuis vingt-sept ans. » Elle se demandait comment on pouvait vivre aussi longtemps dans un univers aussi austère. Il lui indiqua la plus haute étagère de l'armoire, où était posé un album photos que, au vu de la couche de poussière qui le recouvrait, il ne regardait pas souvent. Elle s'assit sur un angle du lit et le lui remit, après l'avoir épousseté avec la main. Il sortit des lunettes de sa poche et son visage s'illumina lorsqu'il ouvrit à la première page.

— Ici, c'est la maison où je suis né, commença-t-il par dire en montrant une photo en noir et blanc. C'est au Maroc, tout près de Casablanca.

On y voyait une jolie longère en pierres de taille, tuiles ocre, bordée d'oliviers.

— Là, ce sont mes parents. Le jour de leur mariage. Sur celle-ci, celui de ma naissance.

Joseph Mansour lui montra ainsi les huit photos de la première page, avant de passer à la suivante et d'en offrir un descriptif tout aussi complet. Prenant conscience qu'il allait passer en revue tout l'album, Ève saisit l'angle de la page pour accélérer le mouvement. Il résista, comme si de rien n'était, et continua ses explications sur ses années à l'école communale.

— Monsieur Mansour, votre émission… lui rappela-t-elle.

Il leva les yeux vers la pendule et passa d'un coup une dizaine de pages pour se retrouver vers le milieu de l'album, qui était également celui de sa vie. Il savait parfaitement où chercher. Il décrocha une photo et la lui tendit.

— Voici, mademoiselle Melville, la seule photo que je possède de mon petit-fils, Gérald.

Elle l'examina longuement.

— Il est aveugle ?

— Non, lui, c'est son père, Robert Mansour.

— Votre fils ?

— Oui. Il est aveugle de naissance. Avec sa mère, on n'a jamais su précisément pourquoi il était arrivé ainsi. Et ça n'avait pas beaucoup d'intérêt d'essayer de le comprendre. Dans sa vie, il s'en est bien accommodé. Je crois qu'il est toujours professeur de lettres au Maroc.

— Ça n'a pas dû être simple.

— Hum, grommela-t-il en se rappelant de mauvais souvenirs. Gérald, c'est celui qui est derrière.

— Et elle, c'est qui ?

— Le bout de chou, c'est sa petite sœur, Myriam.

Ça, c'était intéressant. Ève se concentra sur leurs visages. Gérald devait avoir six ou sept ans, Myriam un peu moins. C'était difficile de dire s'il correspondait au portrait-robot établi trente ans plus tard.

— Vous n'avez pas de photo plus récente ?

— Non, parce que ce jour-là est le dernier où j'ai vu mes petits-enfants. C'était dans ma maison de Bretagne, quelques années avant la mort de mon épouse. Après, je suis venu vivre ici et n'en suis plus jamais ressorti.

— Vous n'avez plus revu votre fils depuis ?

— Si, Robert venait de temps en temps, au début. Mais avec sa cécité, ce n'était pas simple. Et puis un jour, il m'a informé qu'il acceptait un poste à Marrakech. Lorsqu'il est parti, j'étais déjà vieux, je savais que je ne le reverrais plus.

— C'était quand ?

Il grimaça. Ève comprit qu'il avait complètement perdu la notion du temps.

— Je peux la garder quelques jours ? lui demanda-t-elle en retirant la photo de l'album.

Il hésita un instant.

— Vous me la rapporterez ?

— Promis.

— Alors d'accord. Et vous pouvez me ramener en bas aussi.

# – 46 –

« La seule chose dont nous devons avoir peur est la peur elle-même. »
Franklin D. ROOSEVELT

La libération du fils Carter-Melendez avait provisoirement suspendu la décision d'assaut sur le Paradiso delle Alpi. Déjà parce que, contrairement à ce qu'espérait le commandant Laville, les ravisseurs étaient parfaitement informés de leur présence. Ensuite parce qu'il convenait d'interroger l'enfant pour savoir ce qui se passait à l'intérieur avant toute initiative.

Surpris par le déploiement militaire autour de la maison et abrité sous une couverture de survie argentée, Thomas Carter-Melendez répondit à toutes les questions que Talia lui posa. Les enfants étaient retenus au sous-sol, dans l'endroit qui leur servait auparavant pour jouer aux jeux vidéo. Il y avait des sanitaires et aucun n'était autorisé à remonter, ni même à s'approcher de l'escalier. Certains pleuraient, mais tous étaient en bonne santé, hormis Pierre Jonquet qui avait visiblement reçu des coups. Il expliqua qu'ils n'avaient su que la veille qu'ils étaient captifs.

Sur le portrait-robot, il reconnut aisément l'homme qui était venu leur parler et confirma ce qu'elle redoutait : les ravisseurs étaient au moins quatre à l'intérieur, lourdement armés et surtout, ils les attendaient !

Face à eux, la maison était retombée dans son apparente quiétude et, bien que le jour soit maintenant levé, la façade restait dans l'ombre des sommets. Tout était prêt. Des tireurs d'élite étaient positionnés aux points cardinaux avec pour mission d'éliminer chaque silhouette d'adulte se présentant à l'une des ouvertures. Le commandant Laville avait fait déplacer des effectifs vers le sud, afin d'attirer l'attention des occupants à l'opposé de la grange d'où serait lancée l'offensive principale. Une vingtaine d'hommes sectionneraient le grillage à différents endroits et encercleraient la maison. À l'aide d'échelles télescopiques, l'assaut serait mené par les fenêtres du deuxième étage. Probablement moins protégées que celles du dessous, elles permettraient d'accéder à toutes les parties de la maison plus rapidement qu'en passant par le rez-de-chaussée. Ensuite, chacun savait ce qu'il avait à faire. Une partie des effectifs investirait les étages inférieurs et le reste, celui du dessus. S'ils ne rencontraient pas d'autre résistance que celle des quatre preneurs d'otages, Laville estimait à moins de deux minutes le temps nécessaire pour les neutraliser et prendre le contrôle du bâtiment. C'était cohérent et dans les normes pour éviter les pertes humaines. Pour des raisons de coordination, les équipes italiennes du *commandante* Albertini resteraient en retrait, ce qui, au vu des moyens déployés par les Français, convenait très bien à ce dernier. La température était toujours aussi basse, avec par moments un vent soutenu qui accentuait la sensation de froid. Les agents avaient abaissé leurs masques et attendaient le top inter comme une meute de loups prête à fondre sur un mouton. Le silence était total, aussi personne ne put ignorer la sonnerie stridente qui résonna plusieurs fois derrière eux.

— Faites-moi taire ce bordel ! ordonna Laville après quelques secondes.

L'un des hommes se précipita pour chercher le perturbateur et le trouva rapidement.

— Vous devriez venir voir, dit-il devant l'emplacement où étaient entreposés une partie du matériel militaire et les effets personnels des agents.

Le commandant réalisa alors que les réseaux téléphoniques étaient coupés et se retourna brutalement. Son regard croisa celui de Talia. En écartant quelques blousons, l'homme du Raid découvrit un genre de petit talkie-walkie jaune et gris.

— C'est un téléphone satellite, dit-il en le soulevant.

Laville lâcha sa position, releva sa cagoule et se rapprocha pour voir ce qu'il en était. Talia observa tous ceux qui étaient à proximité. Shepherd était allé se positionner dans l'un des cars vidéo et Luc Fresnel encadrait l'équipe de l'est. Hormis Julien, Laville et Paul Hamon, il n'y avait que trois agents cagoulés, deux Français et un Italien.

— Nom de Dieu ! Qui a posé ce truc ici ?

Talia eut envie de vérifier l'identité des hommes cagoulés, mais le commandant Laville ne lui en laissa pas le temps.

— Je pense que c'est notre bonhomme, décrochez ! dit-il en lui tendant l'appareil.

Elle allait le prendre lorsqu'il se ravisa, le temps de lui donner ses instructions.

— Vous attirez son attention, ça nous en fera un de moins. Lorsque vous l'aurez déconcentré, vous me faites signe et on lancera l'attaque. C'est bien compris ?

— Cinq sur cinq, commandant.

Il n'y avait ni écran ni fioriture, et elle remarqua immédiatement que la touche haut-parleur avait été détériorée et ne pouvait plus être utilisée. Elle décrocha mais ne dit rien. Elle l'entendit respirer, une respiration lente et profonde.

— Vous êtes très belle en tenue hivernale, Talia, dit la voix après quelques instants.

Son timbre de voix était moins guttural que les premières fois. Elle se tourna pour regarder autour d'elle, les agents vers les montagnes, puis les nombreuses fenêtres de la maison.

— Pas la peine de me chercher, dit-il instantanément, confirmant ainsi qu'il était tout près. Vous ne me trouverez pas. Pour autant, je prends plaisir à vous voir en vrai. Depuis longtemps, j'attendais ce moment d'intimité avec vous.

— Tant mieux si ça vous fait plaisir, Gérald. Elle insista sur le prénom.

Sans être complètement certaine qu'il s'agissait bien de lui, elle avait décidé de tenter le coup en l'appelant ainsi. Sa réaction pouvait en dire beaucoup, mais elle ne vint pas. Elle poursuivit.

— Profitez-en bien, Gérald Mansour, car cela risque d'être un plaisir fugace.

— Je vous trouve bien confiante, commandante Sorel.

— Venant de vous, Gérald, je considère que c'est un compliment.

Il se mit à rire. Exagérément, comme il le faisait souvent.

— Cerner le terrier est une chose, Talia, mais attraper le gibier en est une autre. Vous devriez savoir ça. Qu'est-ce qu'on vous apprend dans les écoles de police ?

Elle mit sa main sur le micro et demanda à Julien de lui apporter la tablette reliée aux drones de surveillance de la zone. Où pouvait-il se cacher ? Pendant qu'elle restait silencieuse, Gérald poursuivait son monologue.

— En tout cas, je vous félicite, une nouvelle fois. Vous voyez, j'y mets du mien. Je ne vous attendais pas si tôt sous mes fenêtres. Comme pour l'appartement et le bateau, vous êtes en avance sur les temps de passage.

Elle ne lui répondit pas.

— Certes, vous avez été bien aidée par le petit Jonquet. Une tête de mule, celui-là… mais peu importe, la couche de terreau n'était pas si profonde. N'est-ce pas, Talia ?

— Lui, vous ne l'aviez pas prévu ?

Sur l'écran, la zone était quadrillée. Des agents, français et italiens, des observateurs, il y en avait plus d'une centaine. Il pouvait être partout. Hormis la maison elle-même, elle montra à Julien deux zones qui lui paraissaient idéales : un entrepôt visible à quelques kilomètres à l'ouest, et l'attroupement des forces prêtes à donner l'assaut au sud.

— Non, j'avoue qu'il n'était pas au programme, mais il est malin, ce gamin. S'il ne meurt pas avec ses copains aujourd'hui, il ira loin.

Le commandant Laville s'impatientait, elle lui fit signe d'attendre encore quelques instants.

— Comme les grands bâtisseurs du passé, Talia, je me suis adapté aux aléas du terrain. Tout ne peut pas toujours être prévu sur un tableau noir. Savez-vous que les Égyptiens de l'Antiquité utilisaient les reliefs naturels pour faciliter leurs constructions ?

— Mais vous détestez ça, vous adapter.

— Pas autant que vous le pensez, dit-il avant de rire à nouveau. De toute façon, je n'ai jamais imaginé que vous ne trouveriez pas mon repaire. C'était même nécessaire.

— Ah oui ? Et nécessaire pour quoi ?

— Pour vous responsabiliser, Talia. On négocie différemment lorsqu'on est au téléphone et lorsqu'on se trouve face à face, à portée de fusil. J'ai toujours pensé qu'il valait mieux tenir sa tête loin du sable quand le vent se lève.

— Vous pensez que je ne suis pas responsable ?

— Si, bien sûr, mais vous partez d'un principe de supériorité qui vous empêche d'anticiper les vents contraires. Vous, les Français, vous êtes spontanément indulgents avec vous-même et durs avec les autres, alors que la plupart des cultures promeuvent plutôt l'inverse. C'est ce qui fait de vous un peuple fragile.

Il laissa passer quelques instants. Elle ne voyait pas où il voulait en venir.

— Elle est bien placée, n'est-ce pas ?

— Qui ça ?

— La grange.

Laville n'avait pas lâché Talia des yeux. Il s'agaçait qu'elle ne fasse pas le signe convenu. Elle soutint son regard quelques instants, blêmit, puis fixa la grange.

# – 47 –

« Il est une chose admirable qui surpasse toujours
la connaissance, l'intelligence et même le génie,
c'est l'incompréhension. »
Hervé Le Tellier

La déflagration fut d'une violence inouïe.

Le souffle projeta tuiles et morceaux de murs à plus de trois cents mètres. La terre trembla tellement que même les agents les plus éloignés se retrouvèrent au sol.

Un sifflement strident perdura de longues secondes après l'explosion. « Envoyez des secours ! » furent les premiers mots, répétés en boucle, que Talia parvint à distinguer lorsque le bourdonnement s'estompa légèrement. À genoux dans la neige, le commandant Laville s'égosillait à appeler de l'aide dans son talkie-walkie, tout en étant incapable d'entendre ce que son interlocuteur lui répondait. Talia se leva et parvint à le rejoindre. La détonation semblait se répercuter dans son corps, comme un tremblement invisible qui continuait de la déséquilibrer. Elle lui ôta le micro des mains en lui faisant signe avec le pouce que c'était OK. Les gouttes de sang qui s'échappaient des oreilles de son supérieur maculaient la neige et ses yeux étaient exorbités. Difficilement, elle l'aida à se relever. Un peu plus loin, Paul Hamon et les autres agents étaient en état de sidération. Aucun ne parlait. La grange qui servait de point d'appui quelques instants plus tôt avait totalement disparu et avec elle tous les hommes qui se trouvaient à l'intérieur. Il ne restait plus qu'un gigantesque cratère noirâtre. Des flammes sur les restes de bois dégageaient une fumée opaque qui prenait de l'altitude. Une telle désolation était habituellement réservée aux champs de bataille, qu'aucun d'eux n'avait jamais vus.

Ignorant ce qui s'était réellement passé au-dessus de leur tête, les occupants du sous-sol du Paradiso avaient ressenti l'explosion comme un véritable tremblement de terre. Dans un fracas épouvantable, le plâtre et la poussière remplirent l'espace et rendirent l'atmosphère difficilement supportable. L'électricité avait été coupée juste avant l'explosion. Myriam avait fait allumer le groupe électrogène. Les secondes passées dans le noir, ajoutées à la déflagration et à l'effondrement d'une partie du plafond, avaient provoqué une panique indescriptible. Tarek tenta de contenir l'affolement mais sans aucun succès. Devant la foule des enfants qui se précipitait pour remonter vers la surface, il tira en l'air une rafale de pistolet-mitrailleur qui résonna à rendre sourd. Les balles ricochaient contre les murs. La panique était complète. Il y avait des blessés, peut-être pire. « Couchez-vous, face contre terre ! » hurla-t-il d'un ton menaçant. Avant de le faire lui-même en réalisant qu'à plus d'un mètre de hauteur, l'air était devenu toxique. Kevin descendit au sous-sol pour prêter main-forte. Au bas de l'escalier, il ne trouva que des hurlements et un nuage irrespirable.

À l'étage, les pieds de Myriam reposaient sur un sol jonché de débris de verre. Plus d'une dizaine de fenêtres avaient volé en éclats. Derrière l'une d'elles, elle constatait le chaos qui régnait à l'extérieur. Ils étaient en guerre contre des hommes en uniforme, ils avaient leur sang sur les mains et elle savait que jusqu'à leur dernier souffle, riches ou pauvres, on les traquerait. Gérald avait anticipé qu'ils seraient maintenant en sécurité car ils avaient suffisamment montré de quoi ils étaient capables. Comme durant la Grande Guerre, lorsque la peur du carnage avait immobilisé des forces françaises pourtant largement supérieures en nombre et en équipement. C'était un équilibre des plus précaires qui reposait davantage sur la crainte que sur la raison. Mais si intelligent que soit son frère, Myriam savait que si on leur donnait l'assaut maintenant ils seraient incapables de se défendre.

— Je t'ai dit de rester à l'écart des fenêtres !

La voix de Gérald dans le récepteur satellite était autoritaire, mais surtout essoufflée. Elle se souvint de l'enfant puis de l'adolescent qu'il était, des jours heureux, avant que leur père décide de les abandonner. Myriam n'avait jamais compris pourquoi, des années plus tard, Gérald était parti vivre cette vie médiocre au Maroc, avec un infirme qui les avait quittés. Pour s'émanciper de leur mère castratrice, Gérald avait abandonné son rôle de grand frère protecteur. Elle lui en gardait rancune. Finalement, il n'était réellement devenu lui-même que lorsque leurs deux parents étaient morts, et il était venu la chercher. Tout cela lui semblait bien loin. Elle approcha le téléphone de sa bouche.

— J'avais besoin de voir.

— Il y a des snipers dans tous les coins, tu veux te faire découper ? Après ce qui vient de se passer, ils n'auront pas d'états d'âme, alors écarte-toi de ces satanées fenêtres.

— Tu crois qu'ils sont tous morts ?

Le cratère donnait l'impression qu'une météorite était tombée sur la grange.

— Bien sûr qu'ils sont morts. Vu la charge que nous avons mise, ils l'étaient au moment où ils l'ont investie ! Mais rassure-toi, ils n'ont pas souffert et ne se sont rendu compte de rien. C'était un départ en première classe et sans correspondance.

— Nous les avons tués.

— Ils se sont précipités sur la grange comme des mouches sur un morceau de fromage. Ils n'étaient pas obligés de le faire, on ne les y a pas contraints. C'est leur erreur qui les a tués, pas nous.

— Tu savais qu'ils allaient le faire, tu les as manipulés, tu es le responsable.

— Lorsqu'une mouche se précipite sur un fromage, qui est le responsable ? Je n'ai fait qu'organiser la rencontre, c'est celui qui a décidé de nous donner l'assaut plutôt que six cent cinquante millions d'euros qui est l'unique responsable.

Elle ne répondit pas.

— Tu sais bien que j'éviterai toute victime, ajouta-t-il, s'ils payent ce qu'on a demandé. J'ai tué de mes mains celui qui voulait faire différemment, mais ce n'est pas le moment d'avoir cette discussion.

Maintenant, ils n'ont plus d'autre choix que de nous prendre au sérieux.

— On aurait pu faire autrement.

— Non. On n'aurait pas pu. Il fallait leur montrer de quoi on était capables, ils devaient avoir le goût de la mort en bouche !

## – 48 –

Les hélicoptères se posèrent moins de cinq minutes après l'explosion. Comme dans une zone de guerre, le personnel et les moyens de secours paraissaient désordonnés et dérisoires. Tous le savaient, le bilan allait être épouvantable. Un premier décompte faisait déjà état de onze morts et probablement autant de blessés. Une situation inédite pour une unité d'élite qui n'avait eu à déplorer depuis sa création que trois décès en intervention. Tous ceux qui se trouvaient à l'est étaient venus donner un coup de main pour l'évacuation.

Le commandant Laville avait fait une erreur en sous-estimant la menace. À le voir errer auprès des survivants, c'était toute une partie de son monde qui venait de s'effondrer. Talia se rapprocha de lui, sans parler, pour qu'il sache qu'elle était là. Du sang continuait de s'échapper de ses oreilles. Il s'appuya sur elle durant quelques instants puis releva la tête.

— Si cet enfoiré décide de se rendre, il a intérêt à ne pas le faire devant témoin, sinon je peux vous assurer qu'il n'y aura pas de procès !

Le talkie-walkie rangé au fond de sa poche, et qu'elle avait presque oublié, la fit sursauter. La même sonnerie, le même son strident que la première fois.

— Talia ! dit Julien pour s'assurer que, malgré le bourdonnement qu'ils ressentaient encore, elle l'avait bien entendu.

Après quelques secondes, elle sortit le petit récepteur de son blouson.

— Donnez-le-moi ! ordonna Laville.

Elle le regarda, ne sachant pas très bien s'il s'agissait d'un ordre ou d'une demande qu'il savait qu'elle refuserait.

— Je ne crois pas que ce soit une bonne idée, commandant.

Il n'insista pas. Elle s'écarta de quelques mètres. Gérald l'appelait après avoir massacré sciemment une grande partie de ses collègues, sa perversité était la caractéristique majeure de sa pathologie. Elle prit une longue inspiration avant de répondre. Il fallait connaître ses exigences, même si chaque fois qu'elle parlait avec lui elle avait l'impression d'être un pion manipulé dans un jeu pipé. Elle devait changer cet état de fait, prendre l'initiative, d'une façon ou d'une autre. Elle laissa passer un moment avant de décrocher.

— Vous êtes fier de vous ?

Il ne répondit pas immédiatement, sembla chercher ses mots.

— Si vous parlez de la mort de ces hommes, la réponse est non, je ne le suis pas.

— Pourquoi alors ?

— Parce que vous vous apprêtiez à me donner l'assaut, Talia. Ce n'était pas un choix mais une conséquence. Tuer n'est pas une vocation pour moi, mais une option possible.

— Sous vos grands airs, vous n'êtes qu'un malade !

— Ne vous emballez pas, agent Sorel. Rappelez-vous plutôt vos cours de psychologie criminelle : ne jamais se laisser guider par la colère. Ce n'est pas personnel, juste un message, une expression. Je suis comme tout le monde. Un peu plus ambitieux, peut-être. Je ne suis pas fier de ce qui vient de se passer, je le déplore, néanmoins je suis heureux de vous voir debout et en bonne santé. Si vous aviez été blessée, je m'en serais voulu un petit peu plus.

— On ne vous laissera jamais sortir libre de cette maison.

Elle s'écarta un peu plus pour pouvoir entendre malgré le bruit de l'hélicoptère qui décollait à quelques dizaines de mètres à peine.

— Je suis prêt à parier que vous vous trompez, et déçu de constater que vous me sous-estimez encore.

— C'est plutôt vous qui vous surestimez !

Il rit, exagérément. De toutes ses attitudes, son rire était celle qu'elle détestait le plus.

— Le point positif, c'est que vous avez vu de quoi j'étais capable, il n'y aura donc plus de malentendus. Le négatif, c'est que maintenant que vous nous avez dûment encerclés, je n'aurai plus les moyens d'entretenir cette petite communauté bien longtemps. Votre délai va donc se restreindre, sensiblement.

Le vacarme au-dessus de Talia était épouvantable. Elle n'entendait plus qu'un mot sur deux. Elle réalisa qu'il aurait dû être encore plus perturbé qu'elle par le bruit du Caracal qui venait de survoler le toit de la maison. Or, ce n'était pas le cas.

— C'est-à-dire ? demanda-t-elle.

— Je ne vous laisse plus que jusqu'à demain midi pour acquitter le reste de la rançon et retrouver tout le monde en bonne santé. Plus de paiement partiel ni d'entreprise individuelle, je veux le versement des six cent quarante millions restants en une seule fois.

Si tel n'est pas le cas, je ferai exploser la maison et tous les enfants avec.

L'hélicoptère prit de la hauteur, fit une boucle et s'éloigna. Elle venait de comprendre.

— Alors vous mourrez vous aussi dans l'explosion.

— C'est une possibilité.

Elle se tourna vers Laville qui ne la lâchait pas du regard et lui montra l'hélicoptère. Il la fixa sans bien saisir. Elle fit un geste de rotation avec le doigt en lui montrant le téléphone. Il comprit à son tour, décrocha son émetteur et demanda au pilote d'effectuer des arcs de cercle au-dessus du périmètre. Elle confirma d'un OK avec le pouce.

— Vous êtes toujours là, Talia ?

— Oui.

— Pourquoi les pays qui possèdent l'arme nucléaire sont également ceux qui sont en paix, selon vous ?

— Je ne sais pas.

— Faites un effort.

— Parce qu'ils ont la technologie pour la fabriquer.

— Oui, vous avez raison. Mais essentiellement parce qu'elle décourage leurs ennemis de leur chercher querelle. Pourtant, ils savent bien que son utilisation serait désastreuse pour eux aussi, mais la dissuasion est plus efficace que le risque. Pensez-vous que nous aurions vécu en paix sans Hiroshima ? Bien sûr que non ! Une parenthèse de quatre-vingts ans de paix et de croissance comme l'humanité n'en avait jamais connu auparavant et qui ne se reproduira sans doute pas.

Du regard, elle continuait de suivre la progression elliptique de l'hélicoptère qui terminait une première boucle.

— Talia, la maison piégée avec les enfants dedans est mon arme nucléaire !

— J'avais compris. Mais la question est : est-ce que vous les tueriez de sang-froid ?

— Tout le dilemme est là, je vous laisse ce doute. Vous pouvez tout miser là-dessus, la décision vous revient. D'après mes calculs, la charge que nous avons placée est vingt fois supérieure à celle de la grange. Si vous essayez d'y pénétrer, il est probable que tout ce qui se trouvera à moins de cent mètres sera pulvérisé. Vous comprise, si vous êtes dans le quartier, ce qui m'attristerait. Mais lorsqu'on a un marteau en main, tout finit par ressembler à un clou.

— Si le gouvernement paye ce que vous demandez, Gérald, qu'est-ce qui nous garantit que vous libérerez les otages ?

— Comme je vous l'ai dit avant que vous montiez à bord du *Gwen-Bleiz*, absolument rien, si ce n'est ma parole.

À la fin de sa phrase, elle entendit enfin ce qu'elle attendait, le bruit des pales de l'hélicoptère. Elle leva la tête. Celui-ci était à environ deux kilomètres à l'est et survolait ce qui ressemblait à une zone d'exploitation forestière. Un promontoire au milieu duquel trônait un entrepôt de découpe de bois. Elle obtura le micro du téléphone.

— Il est là-bas, affirma-t-elle en indiquant l'entrepôt du doigt.

Par radio, Laville demanda au pilote de rester au-dessus de la zone et de suivre toute personne qui s'en échapperait.

— Faites-le parler ! lui ordonna-t-il.

Sans attendre la réponse, il partit en courant vers l'une des voitures stationnées à proximité.

— Admettons, dit Talia. Disons que je vous fasse confiance. Comment vous y prendrez-vous pour les libérer ?

— C’est ce point qui vous intéresse ? dit-il en élevant spontanément la voix.

— Si vous les libérez, alors vous n’aurez plus votre « arme atomique ».

— Laissez-moi le bénéfice de cette surprise. Ce sera le feu d’artifice de mon spectacle. Au sens figuré, bien évidemment. Il sera beau et sans le moindre dommage pour les otages ni pour vous. La scène finale, comme dans le film *Sixième sens*, vous savez, celle à laquelle personne ne s’attend !

Il s’interrompit à son tour. Talia percevait le tumulte comme si elle se trouvait elle-même au-dessous. Il mit un moment avant de reprendre la parole.

— Bien joué, l’hélicoptère.

La communication s’interrompit instantanément. Elle prit le talkie-walkie des mains de Julien qui se tenait à côté d’elle et s’adressa à Laville qui avait déjà disparu de son champ visuel.

— Commandant, je l’ai perdu !

— J’ai entendu, répondit-il. Je serai sur place dans une minute. On va choper cette ordure !

## – 49 –

Cette fille était une diablesse. Il devait réfléchir, vite, et ne pas paniquer. Ils seraient bientôt sur lui. Le coup de l'hélicoptère, il ne l'avait pas vu venir. C'était rare, mais il s'était fait avoir. L'appareil demeurait maintenant stationnaire, une vingtaine de mètres au-dessus de l'entrepôt, ce qui l'empêchait d'en sortir sans être repéré. Vu le nombre de militaires dans le secteur, il était peu probable qu'une fois identifié il parvienne à leur échapper. La meilleure solution consistait donc à rester à l'endroit précis où il se trouvait et à attendre. Ne pas bouger, ne pas fuir était l'attitude la plus inattendue. Il avait quelques minutes d'avance et ils n'imagineraient probablement pas qu'il ne les utiliserait pas pour décamper. Il se trouvait assis à la table avec une paire de sept, face à un as et un roi, mais les bons joueurs de poker savent que, dans ce cas de figure, c'est la paire qui l'emporte le plus souvent. Les apparences, lorsqu'elles sont bien mises en valeur, sont trompeuses. Il fallait maquiller la scène pour leur laisser croire qu'il avait opéré sciemment, comme avec le bateau et l'appartement. C'était son style, alors ils y penseraient forcément. Pour ça, il devait agir vite avec le peu qu'il avait sous la main. Il saisit un seau d'eau croupie qui récoltait la fuite d'un toit en tôle malmené par des tonnes de neige, et il se précipita vers le panneau électrique.

Le commandant Laville avait pris un chemin escarpé à travers bois et roulé aussi vite que le 4×4 de la police italienne le permettait. Il arriva devant un grand baraquement couvert de neige. Utilisé épisodiquement par des entreprises de déboisement de la région, celui-ci était vide depuis la fin de l'automne. Au-dessus d'un plafond de conifères, l'hélicoptère était resté en position à l'endroit précis qu'il lui avait indiqué quelques minutes plus tôt. Le pilote l'informa par radio que personne n'était entré ni sorti de l'entrepôt. Soit Talia s'était trompée, soit Gérald était toujours à l'intérieur. Il pronostiquait plutôt la deuxième solution, et cet homme avait intérêt à se rendre sans résistance, car il ne ferait pas deux fois les sommations.

Il arrêta son véhicule en travers de l'entrée principale et enclencha le gyrophare en mode silencieux. Une large porte coulissante, servant habituellement à faire entrer les camions de chargement, était ouverte. Comme si quelqu'un l'attendait ou bien venait de sortir. Ça ressemblait furieusement à un piège. Il sortit son Glock 17, ôta le cran de sûreté et se plaça contre le mur. Il balaya l'intérieur avec sa lampe torche sans rien détecter. C'était un hangar obscur d'une centaine de mètres de longueur, dont il ne parvenait pas à voir l'extrémité. Il hésita à entrer, mais opta pour le respect du protocole et l'attente des renforts. Dix centimètres de poudreuse recouvraient le sol tout autour du bâti. Il observa les bas-côtés. Il ne décela aucune autre trace que les siennes.

Trois voitures blindées arrivèrent rapidement. Talia et Shepherd sortirent de la première, suivis par Julien. Contrairement à lui, ils étaient passés par la route principale qui serpentait autour de la montagne pour revenir vers la zone d'exploitation forestière.

— Vous n'avez croisé aucun véhicule ? leur cria Laville.

— Non ! répondit Shepherd.

Le bruit des pales du Caracal, à quelques mètres au-dessus d'eux, couvrait leurs voix. Par signes, il ordonna à une partie de ses hommes d'encercler le bâtiment. Il laissa passer un peu de temps afin de leur permettre de se positionner, puis montra qu'il allait entrer. Consciente de l'impulsivité de son assistant, Talia demanda à Julien de rester à l'extérieur et de filmer l'intervention avec son téléphone. Elle enfila une cagoule qu'elle avait sortie de sa poche. Laville et deux agents firent de même. La dissimulation de leur identité signifiait de façon implicite qu'ils entraient en intervention et que, potentiellement, ils étaient en situation de tuer. Seul le commissaire Shepherd suivit à visage découvert, refusant la cagoule qu'on lui tendait.

La structure de l'entrepôt atténua instantanément le vacarme extérieur. Sur les premiers mètres, le manque de lumière les empêcha de voir ce qui se trouvait au-delà du rayon de leur lampe. Il se dégageait du lieu une odeur bigarrée, de bois coupé, d'humidité et de fer chauffé. L'un des agents essaya d'activer le compteur électrique mais celui-ci était imbibé d'eau et hors service. Le lieu semblait à l'abandon depuis longtemps, le sol recouvert de copeaux et de morceaux plus épais. Au centre, un convoyeur de découpe délimitait l'espace en deux parties égales. Laville et deux agents passèrent à droite, Talia, Shepherd et les autres à gauche. Dans un faisceau lumineux restreint, ils progressèrent lentement, en silence, à l'affût de chaque bruit provenant des zones sombres. Tout en tentant de repérer des mouvements dans l'obscurité, Talia se projetait dans la situation où ils arrêtaient Gérald. Que se passerait-il pour les otages ? Dans la plupart des groupes crapuleux, couper la tête condamnait l'organisation à court terme. Cela les différenciait des organisations terroristes qui intégraient cette éventualité dès leur constitution. Mais là, ils n'avaient aucune idée du nombre et du profil des complices. Un leader à tendance perverse narcissique ne prévoyait jamais la survie de son organisation sans lui. C'était une option qui allait au-delà de son modèle. Comment réagiraient ses lieutenants, livrés à eux-mêmes dans une maison bourrée d'explosifs ? Se rendraient-ils, ou bien improviseraient-ils ? Une seconde négociation s'ouvrirait sur des bases différentes et probablement moins structurées. Ils arrivaient au centre de l'entrepôt lorsqu'ils aperçurent une silhouette immobile devant eux. Tout le monde s'arrêta. Sans parler, le commandant Laville l'indiqua avec l'extrémité de son canon.

Dans le contre-jour, il était difficile de savoir s'il s'agissait de quelqu'un qui les attendait ou bien d'autre chose. Talia sentit une présence dans son dos. Elle pivota et, bien qu'il soit cagoulé, reconnut le capitaine Fresnel qui couvrait ses arrières. Il lui fit un clin d'œil. Peu habituée des scènes d'intervention, elle se sentit rassurée de le savoir là. Shepherd continuait d'avancer devant elle.

— Thomas.

Surpris qu'elle l'appelle par son prénom, il mit quelques instants à se retourner. Elle lui fit signe de se décaler de quelques pas sur le côté pour qu'ils puissent procéder à une approche triangulaire. Laville continua d'avancer puis stoppa de nouveau. Il pointa le faisceau de sa lampe et fit les premières sommations.

L'ombre ne réagit pas.

Ses deux agents le contournèrent pour venir se placer à 90 degrés. Laville refit les sommations en élevant la voix, mais sans plus de succès. Il continua de se rapprocher doucement, le canon rivé sur la tête de sa cible. Lorsqu'il fut à portée de bras, il envoya un coup de botte sur l'accoudoir, faisant pivoter la chaise sur roulettes et celui qui était assis dessus.

## – 50 –

Les rues saturées de véhicules blindés et les tentes kaki installées le long du Toce témoignaient d'une situation hors du commun. Le village de Premia était en état de siège. Des barrages, dressés par l'armée à l'est et à l'ouest de l'unique route menant au bourg, ne dissuadaient que ceux qui voulaient ne pas se garer là et finir à pied par la forêt. Dans la petite mairie, la densité d'officiers était hors norme. En peu de temps, un quartier général militaire y avait poussé.

Talia avait profité de quelques minutes de répit pour appeler Jules et Agnieszka. Jules était depuis longtemps habitué aux absences prolongées de sa mère et, sauf situation exceptionnelle, il ne s'en inquiétait guère. C'était elle qui ressentait le besoin de se connecter, d'entendre sa voix et de le savoir heureux dans un monde sûr. Cela donnait un sens aux risques qu'elle prenait et, indirectement, une illégitimité aux gens comme Gérald Mansour.

Au deuxième étage, devant la salle habituellement utilisée par le conseil municipal, Shepherd faisait un débriefing aux représentants des différents corps d'armée mobilisés. Douze agents avaient perdu la vie dans l'explosion et trois étaient dans un état critique.

Sans fioritures, il annonça qu'il s'agissait des plus lourdes pertes jamais subies par la police française. La rapide opération qui avait suivi dans l'entrepôt n'avait rien donné, si ce n'était l'interpellation musclée d'un pantin articulé servant à réguler la circulation lors des abattages d'arbres. Rien ne permettait d'affirmer que le preneur d'otages y était venu, même si des traces de pas relevées sur le parterre de copeaux témoignaient de passages récents. Il n'accabla personne et botta en touche sur les raisons de son empressement à se rendre sur place. Vu ses blessures et son état psychologique instable, Paul Hamon officialisa le retrait de Charles Laville du commandement de l'opération. Talia Sorel, officier en second la plus gradée, le remplacerait provisoirement au pied levé, mais ce pied avait l'avantage d'être déjà dans l'étrier. Personne n'avait émis d'objection, du moins frontalement. C'était pourtant la première fois qu'une femme prenait la direction d'une unité d'élite de la police française, qui plus est en situation de crise, mais l'heure n'était pas à la célébration. Plus que pesante, la tension était palpable. Tout le monde attendait la décision des autorités politiques et celle-ci ne pourrait pas être nuancée. Soit le paiement et la mise en place d'un protocole de libération des otages, soit une intervention armée. La nuit allait être courte.

— Il se moque de nous ! vociféra Shepherd.

Pour faire valoir son nouveau statut auprès des agents, Talia s'était assise juste en face de lui.

— Non.

— Vous pensez toujours qu'il était dans la grange ?

— Probablement, oui.

— Comment se serait-il enfui ?

— Julien travaille sur les images, on va trouver.

Shepherd se leva brusquement, fit quelques pas et s'arrêta devant l'une des fenêtres.

— Qu'est-ce qu'ils foutent encore là ? demanda-t-il au commandant italien en voyant la cinquantaine de badauds massés dans la rue.

— Ce sont des habitants, répondit Albertini en venant près de lui.

— Ben voyons. Il y a trois chalets et deux bergeries ici…

— Ce sont les habitants des chalets et des bergeries. Ils sont inquiets, ils ont besoin de savoir. La presse aussi, d'ailleurs. Notre ministre demande que rien ne soit caché.

— Ah oui, le vôtre aussi ? Décidément, c'est une épidémie de transparence !

— Lorsque le *Titanic* a coulé, commissaire, répliqua Albertini, ce qui a tué la White Star Line, ce n'est pas le naufrage mais le manque de communication.

— Sauf votre respect, commandant, le *Titanic* n'avait pas un problème de communication mais un problème d'iceberg. Virez-moi tout ce monde avant que je m'énerve et que je le fasse d'une façon moins courtoise que vous !

Sans objecter, l'officier italien se dirigea vers l'escalier pour donner les consignes nécessaires.

— Tant que vous y êtes, ajouta Talia, faites contrôler les identités. Je veux savoir qui est là et qui n'a pas de raison de s'y trouver.

— Et après, plus personne dans les rues, couvre-feu ! compléta Shepherd avec autorité.

Il se rassit et lut de nouveau le rapport que lui avait transmis Ève Melville sur Gérald Mansour. Un mandat d'amener avait été lancé à l'encontre de son père, Robert Mansour, mais celui-ci étant résident marocain et de ce fait sujet du roi, il ne comptait pas trop dessus. Ce qui était plus intéressant, c'était sa sœur, Myriam Mansour, qui vivait en Bretagne et dont plusieurs photos avaient été trouvées sur les réseaux sociaux. Elle avait été formellement reconnue par le fils Carter-Melendez, c'était le premier *check* de son enquête.

— Qu'est-ce que vous en pensez, Talia ? dit Shepherd.

— La même chose que vous. Je crois que Gérald n'est pas mort et qu'il nous balade avec plusieurs identités.

— J'ai demandé au juge un permis d'exhumer. C'est Ève qui s'en charge. S'il n'a pas réellement été enterré près de Dinard il y a deux ans, on sera vite fixés !

— C'est peut-être quelqu'un d'autre qui a été enterré.

— Ça aussi, on le saura.

— En tout cas, il ne peut pas être un loup solitaire. Il a forcément un appui logistique qui l'informe de ce qu'on fait, lui permet de bénéficier de faux papiers d'identité et sans doute de financements.

L'enquête de Shepherd progressait, mais à court terme cela n'avait aucune utilité. Si la décision de ne pas transiger était prise, alors Talia savait qu'à peine nommée elle devrait mener l'assaut d'un site bourré d'explosifs et abritant plus de soixante otages. Le plus gros enlèvement crapuleux de l'Histoire orchestré par un expert de la manipulation, un genre de baptême du feu sous les bombes ennemies. C'était une situation à laquelle elle ne se sentait pas totalement préparée. Elle se rassurait en se disant que probablement personne ne le serait davantage, hormis peut-être un individu. Dans un coin de la salle, ombrageux, le commandant Laville demeurait silencieux. Mis en retrait sans ménagement, il semblait blessé. Bien que la décision du directeur de la police ait été prévisible et justifiée par son état, il n'avait manifesté aucun encouragement pour sa remplaçante. Dans le management d'une unité d'élite, tout signe de faiblesse, même passagère, était rédhibitoire. Au-delà de son erreur d'appréciation avec la grange, il en avait montré. L'exigence portée à son paroxysme nécessitait une autorité incontestée, alors il ne se faisait pas d'illusions. C'était une règle du jeu vieille comme le monde et il la connaissait. Talia était embarrassée de le voir rester. Il lui compliquait une tâche qui l'était déjà suffisamment. La procédure aurait voulu qu'il parte, pour lui laisser totalement la main, mais il ne le faisait pas. Paul Hamon ne l'avait pas contraint et il aurait été inélégant qu'elle le lui demande.

— Je peux te parler ?

Julien, l'air renfrogné, la sortit de ses réflexions.

— Vas-y, je t'écoute.

Du regard, il lui montra la porte. Agacé, Shepherd l'apostropha sèchement.

— Tu peux parler ici, Julien !

Julien lui répondit par un sourire embarrassé mais sans dire un mot. Après quelques secondes, Talia se leva.

— Excusez-nous, Thomas.

Elle l'entraîna vers l'un des bureaux vides.

— J'espère que ça vaut la peine. Pourquoi tu ne veux pas parler devant Shepherd ?

— Ce n'est pas lui qui m'embête…

Une fois la porte fermée, il lui mit une tablette devant les yeux.

— Qu'est-ce que c'est ?

— Ce sont les images qui ont été prises par la caméra de l'hélicoptère, lorsqu'on arrivait devant l'entrepôt de découpe de bois. Le commandant Laville y était déjà.

— Ouais, et alors ? chuchota-t-elle.

Il enclencha la séquence. On y voyait effectivement Laville donnant ses instructions, puis plusieurs agents faisant le tour du bâtiment pour en contrôler les issues.

— Toi, Shepherd, Laville et plusieurs agents, vous entrez. Tu me demandes de rester à l'extérieur, pour filmer l'interpellation de loin. Ou plutôt pour m'écarter, ajouta-t-il malicieusement. Ou les deux.

— Active ! C'était il y a une heure, je m'en souviens.

— Tant mieux ! Maintenant, voici les images que j'ai filmées moi-même, dit-il, toujours à voix basse.

On les voyait entrer dans l'entrepôt, cagoulés et armes au poing, le commandant Laville en tête. L'intérieur était trop sombre pour qu'on distingue réellement ce qui se passait au-delà de quelques mètres. Pourtant, respectueux de l'ordre donné, Julien avait continué de filmer de loin.

— Vous allez mettre exactement sept minutes et quarante-trois secondes pour fouiller l'entrepôt, trouver le pantin désarticulé probablement laissé par Gérald et ressortir. C'est très peu.

— Parce qu'on savait qu'il n'était pas resté dedans à nous attendre tranquillement.

— Justement.

Il avança le curseur jusqu'à la fin de la séquence où on les voyait ressortir en ôtant leurs cagoules d'intervention. « Il n'est pas là ! » disait le commissaire Shepherd en regardant vers la caméra. Julien arrêta la vidéo lorsque Shepherd, Laville, elle et tous les agents furent sur l'image.

— Je crois que Shepherd se trompe !

— Comment ça, il se trompe ?

— Gérald Mansour était bien à l'intérieur.

Elle leva les yeux vers lui, se remémora leur entrée dans l'entrepôt et regarda de nouveau l'écran.

— C'est pas possible…

— Si. Un de plus est ressorti. Il était à l'intérieur car il était avec nous. Il est avec nous depuis le départ !

Elle lui rendit la tablette. Le bruit de la salle d'à côté parvenait jusqu'à eux sans qu'ils puissent comprendre ce qui se disait. Elle fit quelques pas dans la pièce, jusqu'à la porte vitrée. À l'extérieur, les hommes d'Albertini en voyaient de toutes les couleurs pour faire évacuer la rue.

— Bon, je commence à comprendre.

— Qu'est-ce que tu veux faire ?

Elle regarda sa montre, puis la montagne immobile qui lui faisait face. Une immensité contrainte devant laquelle tout semblait également figé.

— Tu me passes une cigarette ?

— Euh, je ne fume pas, patronne. Tu veux que j'en demande une à Shepherd ?

— Non, laisse tomber.

Elle regarda de nouveau par la fenêtre, au-dessus du toit des maisons. Elle avait toujours trouvé que la montagne avait ceci de particulier que, même sans la voir, on percevait sa présence. Une sensation qu'on n'éprouvait nulle part ailleurs, inscrite en elle par son enfance près de Grenoble.

— Quelqu'un d'autre a vu ces images ?

— Celles de l'hélicoptère, je ne sais pas, mais les miennes, non. Personne à part toi.

— Bien. Tu vas les garder dans un coin.

— On ne fait rien ?

— Non. On va d'abord récupérer les enfants.

— Shepherd va poser des questions.

— On va lui dire que c'est une fausse alerte. Il a l'habitude, ça ne l'inquiétera pas.

— Si ça tourne mal, on te le reprochera ?

Elle regarda vers l'extérieur.

— Aucun risque.

## – 51 –

Une simple impulsion électromagnétique entre des entités aux motivations et aux nationalités différentes. Le virement, six cent quarante millions d'euros, fut effectué à la première heure par la Banque de France. En tant que commandante en chef du Raid, Talia avait été informée de la décision de payer. Cela allait à l'encontre de la préconisation de Shepherd, mais le chef de la police avait approuvé. Face à la violence et à la détermination manifeste des kidnappeurs, le ministre avait fini par considérer que le risque était bien trop grand pour être assumé. Les équipes techniques italiennes avaient bricolé à la hâte un système d'enregistrement et l'opérateur de téléphonie s'était engagé à transmettre les informations de géolocalisation en temps réel.

L'appel eut lieu à 11 h 48, soit précisément douze minutes avant la fin de l'ultimatum. Talia attendit la troisième sonnerie pour décrocher afin que tout le monde soit en position. Elle imaginait Gérald Mansour jouissant de sa domination. Il le pouvait, il n'avait presque pas commis d'erreur.

— Commandante Sorel, annonça-t-elle dans le combiné.

— Bonjour, Talia.

Il y eut un long souffle suivi d'un bruit mécanique, puis la communication se stabilisa.

— C'est la première fois que vous vous présentez à moi par votre grade, commença-t-il. Vous voulez m'impressionner ? Je vous préviens, cela ne marche pas comme ça avec moi, je n'aime pas tellement les militaires, les uniformes, alors une commandante, vous imaginez…

Il rit. Elle ne répondit pas.

— Mais vous avez raison, Talia, vous le méritez, ce commandement. Et puis c'est un peu grâce à moi, ne pensez-vous pas ? J'espère que l'échec à venir ne portera pas préjudice à votre carrière. Je crains que votre hiérarchie ne vous considère durement. Ils auraient tort de le faire, car le résultat aurait été identique avec n'importe quel autre négociateur.

— Parlez-moi plutôt du protocole de libération, Gérald.

— D'accord, très bien, balbutia-t-il, je voulais juste être utile. Vous faire une sorte de recommandation pour l'avenir. Quelque chose qui vous aiderait, mais puisque vous le prenez mal, tant pis. Je vous l'ai promis, mes jeunes résidents vous seront remis sains et saufs, sans heurts ni aucune violence.

Elle regarda le technicien italien qui lui confirma que la communication était bien enregistrée et retransmise en direct sur tous les canaux policiers et militaires.

— Quand ?

— Doucement, Talia, doucement. Tout d'abord, mes amis vont quitter le Paradiso delle Alpi, par la grande porte et sans précipitation.

Shepherd reçut le rapport des techniciens de l'opérateur. Les deux terminaux, émetteur et récepteur, se trouvaient sur le même quadrillage satellite, soit une zone d'environ vingt-cinq kilomètres de diamètre. C'était une information peu précise, néanmoins elle confirmait que Gérald Mansour se trouvait à proximité.

— Évidemment, ajouta-t-il, je vous déconseille d'essayer de les entraver, ou bien de les faire suivre d'une façon trop visible. Le détonateur sera dans ma main à chaque seconde. J'essaierai de faire attention, mais vous voyez, il n'est pas comme vos armes de service, il n'y a pas de cran de sécurité, la moindre pression malheureuse, et boum !

Elle écouta son souffle régulier durant quelques instants. Il ne semblait pas ressentir de stress, ou alors il le dissimulait.

— C'est bien noté.

— Tant mieux, car je n'aimerais pas que notre relation se termine dans le sang. Lorsque nous serons suffisamment éloignés, je désactiverai le système, mais pas avant, puis je vous appellerai pour vous le confirmer.

— Et si on décidait de ne pas attendre ?

— Chaque ouverture est piégée et agit en interaction avec les autres. Le terrain est truffé de mines antipersonnel, alors le mieux pour tout le monde serait de faire preuve de patience. N'essayez pas non plus de brouiller les ondes radio, car si je ne parviens pas à désactiver le système à distance dans le temps déterminé, il mettra un terme à la partie, faute de participants.

— Combien de temps ?

— Vous êtes célibataire, Talia ?

La douzaine d'officiels présents autour d'elle la regardèrent d'un air embarrassé.

— Je vais vous faire un aveu, Talia. Contrairement à ce que je vous ai dit, je ne vous ai pas choisie complètement par hasard. Une première rencontre, ça se prépare.

— Vous voulez m'inviter à danser ?

Il ne répondit pas.

— Venez, Gérald, je vous attends.

— Un jour, après tout cela, je viendrai vous voir.

Elle regarda Julien qui lui fit signe de continuer à le faire parler.

— Un autre moi, à un autre moment, poursuivit-il, que vous aimerez peut-être. Vous savez, hors contexte, je suis un homme charmant, au-dessus de tout soupçon. Et puis je vais être riche, très riche, je pourrai presque tout m'offrir !

— Je ne suis pas intéressée par l'argent, il vous faudra trouver autre chose.

— Personne n'est intéressé par l'argent, mais par ce qu'il permet. Je suis très imaginatif, je trouverai.

— Lorsque vous aurez payé votre dû à la justice, je crains que vous ne soyez plus en âge de séduire qui que ce soit.

Il rit.

— On n'en est pas encore là, Talia. La justice, c'est comme la paix, tout le monde est pour mais chacun a son avis sur la question. Et puis, peut-être que je fais déjà partie de votre quotidien. Vous êtes-vous déjà posé la question ?

La communication s'interrompit. Elle se tourna vers le technicien téléphonie qui écarta les bras en signe d'impuissance.

## – 52 –

« Le réel, c'est quand on se cogne. »
Jacques LACAN

La neige tombait maintenant sans discontinuer. C'est à l'orée du bois, sous un abri de tentes, qu'ils assistaient aux préparatifs des ravisseurs. Au centre, Talia ne lâchait pas ses jumelles. Pour charger le matériel dans les véhicules stationnés derrière la maison, ils étaient sortis les uns après les autres. Si seulement elle avait pu repérer quelque chose d'utile ! Elle en avait compté trois, peut-être quatre, dont probablement la mystérieuse Myriam décrite par le petit Thomas. Intégralement vêtus de combinaisons noires, cagoulés comme des agents spéciaux, ils étaient impossibles à différencier, de là où elle se trouvait. Faisant abstraction du fait qu'ils étaient épiés et dans la ligne de mire des snipers, ils se comportaient sans prudence. Elle en avait même vu un effectuer des pas de danse. Agacée, elle avait fait allumer les visées lasers et une dizaine de points rouges étaient apparus sur leurs corps. Sans susciter plus de réactions de leur part, si ce n'est quelques doigts dressés à destination de ceux qui les observaient. L'aura de Gérald était suffisamment forte pour les rassurer, contrairement à ce qu'elle avait pensé. C'était au-delà de la soumission, ils lui faisaient confiance les yeux fermés. C'était sans doute l'expression d'un magnétisme exceptionnel qu'il exerçait sur les autres. La plupart du temps, les groupes crapuleux implosaient après un méfait réussi, mais dans le cas de cette équipe-là, elle était loin d'en être sûre. Ils devaient les interpeller rapidement, avant qu'ils s'évaporent.

Shepherd se dirigea vers elle. Il arborait toujours un air mi-désabusé mi-sûr de lui qui, sous un certain éclairage et à dose limitée, le rendait séduisant. Il lui présenta le petit calepin sur lequel il prenait ses notes. Elle le saisit, curieuse de voir ce qu'il voulait lui montrer, mais ne trouva qu'une page blanche. Il sourit et lui tendit un stylo.

— Notez-moi le nom de tous les types qui vous tournent autour.

— Je vous demande pardon ?

— Que ce soit dans votre univers privé, professionnel, ou ailleurs. N'omettez rien, même si vous fréquentez des clubs libertins.

Il la fixa.

— Je sais ce que vous allez me dire, insista-t-il, et vous savez ce que je vais vous répondre. Gagnons du temps : notez !

— Vous croyez vraiment qu'il se risquerait à ce petit jeu-là ?

— Vous l'avez entendu, alors dans le doute…

— Il faut se détacher de ce qu'il dit, commissaire. Il joue. Il veut attirer votre attention pour que vous regardiez ailleurs. Il agit comme un magicien. En psychologie, on appelle ça des paréidolies.

— Notez quand même.

À regret, elle écrivit cinq lettres et lui rendit son calepin.

« Néant ». Il hésita à demander plus d'explications mais savait à l'avance qu'elle ne lui répondrait pas. Il referma son calepin et le rangea dans la poche de sa veste.

— Des paréidolies, vous dites ?

— Oui.

— Expliquez-moi.

Elle leva les yeux vers le ciel.

— Je suis désolé, dit-il, je n'ai pas fait vos brillantes études.

— Ce n'est pas pour ça que je lève les yeux. Vous voyez ce gros nuage, là-bas, entre les deux montagnes ?

Il regarda à son tour.

— Oui.

— Ne trouvez-vous pas qu'il ressemble à une femme allongée ?

Après quelques instants, il acquiesça.

— Eh bien voilà ! conclut-elle en reprenant ses jumelles.

— Voilà quoi ?

— En vous faisant regarder ce nuage lambda comme une femme allongée, j'ai créé une paréidolie. Alors que si vous l'aviez regardé avant, cela ne vous serait probablement pas venu à l'esprit.

— Mais c'est vous qui…

— Exactement !

— Pfff, c'est n'importe quoi.

— Pas tant que ça. Je vous ai suggéré ce que vous deviez voir, et vous l'avez vu. Alors que, honnêtement, ce nuage ressemble à n'importe quel autre. C'est cela, une paréidolie. C'est un principe utilisé en communication, dans le commerce, chez les complotistes, en magie, et dans plein d'autres domaines psychotiques.

— OK, c'est un genre d'illusion d'optique, c'est ça ?

— Pas seulement d'optique, il y a des moyens très complexes d'utiliser cette technique. De celui qui nous assène son opinion comme un fait scientifique avéré jusqu'à notre vie quotidienne, où certaines vérités sont des illusions dont on a oublié qu'elles le sont.

— Vous êtes beaucoup trop forte pour moi.

— Ce n'est pas de moi, mais de Nietzsche.

— Très bien, si vous voulez, mais quel est le rapport avec notre type ?

— Comme tous les manipulateurs, il maîtrise parfaitement ce concept. Par exemple, lorsqu'il me choisit pour interlocutrice, vous me suspectez immédiatement et vous portez une partie de votre attention sur moi. Alors que s'il avait simplement accepté de dialoguer avec Kenneth Peterson, vous n'auriez pas eu cette préoccupation.

— Oui, enfin c'était normal que je vous suspecte, non ?

— Je ne crois pas, non. Mais en tout état de cause, il vous a montré ce que vous deviez voir. *Idem* pour le commandant Laville avec la grange et avec le bateau. On a affaire à un as de la manipulation, un expert. Lorsqu'il prétend faire partie de mon entourage, c'est pour attirer votre attention en ce sens. Si c'était vraiment le cas, il n'aurait aucun intérêt à l'évoquer. Il envoie des contre-feux pour que vous ne regardiez pas dans la bonne direction.

Deux des preneurs d'otages sortirent par l'arrière de la propriété pour s'installer à bord de l'Audi noire.

— Par là, par exemple.

Elle releva ses jumelles.

— On va avoir de l'action !

Un troisième kidnappeur passa par-devant et ouvrit le portail en fer tout en observant les hélicoptères en vol stationnaire au-dessus de lui. La berline démarra en trombe, faisant un arc de cercle dans le gravier en bloquant ses roues avant dans un vacarme épouvantable. Elle contourna la propriété, pila de nouveau pour faire monter le troisième. Trente secondes plus tard, ils avaient disparu et le calme était revenu autour du Paradiso delle Alpi, comme si rien de tout cela n'avait existé. Talia scruta une à une chaque fenêtre du premier étage.

— Il y a quelque chose qui cloche ? demanda Shepherd en voyant qu'elle n'avait pas lâché le bâtiment du regard.

— Oui.

## – 53 –

*Chamonix, Haute-Savoie,*
*un peu moins de deux heures plus tard*

L'hélicoptère avait suivi l'Audi jusqu'à l'entrée du tunnel du Mont-Blanc. Un autre attendait côté français. La berline n'était pas ressortie. À trois cents kilomètres de là, Talia et Shepherd avaient aisément déduit qu'un complice les attendait à l'intérieur du souterrain, à l'abri des regards, pour qu'ils prennent la fuite avec un ou plusieurs autres véhicules. Quelques minutes plus tard, un incendie avait suspendu le trafic. Comme ils le pressentaient déjà, il s'agissait de l'Audi noire. Les accès étant filmés, les techniciens des sociétés d'autoroute des deux côtés de la frontière allaient comparer leurs images. Talia savait qu'avant qu'ils identifient le moyen utilisé par les fuyards pour ressortir, ceux-ci seraient loin. Tous les protagonistes massés autour du Paradiso delle Alpi avaient l'impression persistante d'être des figurants dans un film. Tous, sauf un.

Depuis plusieurs minutes les démineurs s'activaient aux abords de la propriété, dans la neige, pour sécuriser un éventuel couloir d'évacuation. Ils progressaient en découvrant méticuleusement les détonateurs reliés les uns aux autres par des câbles. Quelques centaines de mètres plus loin, des militaires italiens trop jeunes tentaient de maintenir les civils derrière un cordon de sécurité. Autant leurs explications suffisaient à dissuader journalistes et badauds, qui n'avaient aucune intention de s'approcher d'un édifice prêt à exploser, autant, avec les parents, c'était plus compliqué. L'herméticité céda devant l'instinct et, en milieu d'après-midi, des dizaines de personnes dévalèrent la pente vers la propriété. Prise de court, Talia pesta devant l'incompétence du chef de la police italienne. Après un moment de sidération, elle se reprit et alla à leur rencontre, secondée par le capitaine Luc Fresnel. Elle ôta son masque et se présenta comme commandante en chef du Raid français. Elle reconnut le père de Pierre Jonquet, ainsi que plusieurs autres parents qui s'étaient exprimés à la télévision durant les premiers jours. En quelques mots, elle les informa de la situation des ravisseurs et les sensibilisa aux risques qu'ils feraient courir à tout le monde s'ils continuaient d'avancer vers la zone minée. L'argument porta. Luc Fresnel leur indiqua la dizaine de trous dans la neige qui contenaient des détonateurs reliés les uns aux autres, et qui feraient exploser tout le périmètre si quelqu'un posait le pied dessus. À la seule question qui avait de l'importance, Talia répondit que la rançon avait bien été versée, mais que cette information devait rester secrète, afin de ne pas encourager des répliques ultérieures impliquant d'autres enfants. Un semblant de discipline acquis, elle les autorisa à rester à couvert des forces de police, à la condition que personne ne s'approche au-delà du cordon de sécurité. De toute façon, elle n'avait pas de temps à perdre à les faire éloigner par la force, alors mieux valait présenter cela comme une tolérance. Elle laissa le capitaine Fresnel avec eux. Impressionné par son calme et sa capacité à responsabiliser une foule en colère, il leur indiqua la bonne distance pour ne pas risquer de recevoir des débris en cas d'explosion.

Au sous-sol de la maison, Pierre et Zora avaient rapidement pris les choses en main. Enfermés sans surveillance, ils avaient cependant tout entendu et vite compris que leurs ravisseurs avaient quitté la prison. La porte qui menait aux étages demeurait fermée à clé. Elle avait été renforcée par des barres de fer, mais leurs geôliers avaient commis une erreur et celle-ci n'avait pas échappé à l'œil de Pierre.

— Trouvez-moi quelque chose qui puisse servir de levier !

— Quel genre ? demanda une fille plus petite.

— Genre levier !

Tout le monde se mit à chercher, sans trop savoir quoi. En quelques minutes, il se retrouva avec un Opinel, des tiges en fer, une règle en plastique et des lattes de bois retirées des canapés. C'est une fourchette qui fit l'affaire.

— C'est très bien, ça !

— Tu veux ouvrir une porte blindée avec une fourchette ? lui demanda Zora.

— Exactement ! Est-ce qu'il reste des boîtes de salade ?

Un silence gêné lorsqu'on est plus de soixante dans un petit espace, c'est très impressionnant. Personne ne comprenait où il voulait en venir.

— Il reste toujours de la salade, répondirent de concert Tommy et Léo.

— Alors, allez m'en chercher.

Pierre s'accroupit au pied de la porte et se mit à gratter autour des charnières avec la fourchette.

Tous le regardaient, excités de savoir comment il allait s'y prendre. Zora s'agenouilla à côté de lui.

— Qu'est-ce que tu veux faire ?

— Les gonds de la porte ne sont pas sécurisés.

— Les gonds ?

— Oui. Regarde, la petite tige en acier. Si on arrive à la soulever et à la faire coulisser vers l'extérieur, alors, blindée ou non, la porte tombera vers nous.

— Il est policier ou bandit, ton père ?

— Ce sont deux mondes qui se connaissent bien.

— Et tu penses pouvoir les retirer juste avec une fourchette ?

— Non ! Pas seulement. Salade ! dit-il en se tournant.

Tommy lui tendit une petite boîte en carton qui comportait un mélange de laitue séchée, de carottes, d'olives et de tomates cerises. Il l'ouvrit, récupéra le sachet d'huile d'assaisonnement et en arracha un coin avec les dents.

— Avec ça ! dit-il fièrement.

Il fit couler quelques gouttes autour du gond, en veillant à garder l'extrémité bien sèche, puis, à l'aide de la fourchette, il entreprit d'extirper la pièce métallique par le haut. Zora comprit et fit la même chose avec la charnière supérieure.

La progression fut lente et difficile, millimètre par millimètre, mais après une dizaine de minutes d'effort, les deux tiges de fer étaient retirées. Contrairement aux attentes de Pierre, la porte ne tomba pas sur eux. Il fallut s'y mettre à trois pour la désentraver et la faire basculer, en tirant sur la seule prise qu'ils avaient, la poignée.

Son téléphone vibra sous son gilet pare-balles. Ennuyé, Gérald s'écarta pour décrocher.

— Ça y est, nous sommes passés en France.

La voix de Myriam était atténuée par le bruit du moteur.

— Très bien, dit-il à voix basse. Vous n'avez pas été suivis ?

— Non, je ne pense pas. On est sortis avec un groupe de plusieurs voitures. Il y avait un hélicoptère. Il devait filmer, mais il n'a pas bougé.

— Vous avez mis le feu à l'Audi ?

— Oui, avec les vingt litres d'essence plus le réservoir, il n'en restera pas grand-chose.

Gérald avait pronostiqué que la police se focaliserait sur la sortie des berlines puissantes, et pas sur l'utilitaire de la compagnie d'autoroute qu'il avait laissé sur une aire de délestage.

— Lorsque vous arrivez à Paris, vous détruisez le véhicule et vous disparaissez. On se retrouve demain soir à l'hôtel comme prévu.

— OK. Ils n'ont pas de soupçons ?

Du coin de l'œil, il observa Talia, à quelques mètres. Depuis un moment, il avait bien remarqué que son attitude avait changé. Elle ne lui avait rien dit d'inquiétant, ni montré d'hostilité particulière. Il attribua cela à la pression importante qu'elle subissait depuis la destitution de Laville.

— Non, aucun risque, si c'était le cas ils m'auraient déjà arrêté. Je désamorcerai bientôt les explosifs et lorsque ce sera fait, nous aurons officiellement réalisé le coup parfait.

— Tant mieux. J'ai hâte qu'on soit loin de la France.

À l'instant où elle termina sa phrase, des dizaines de têtes apparurent aux fenêtres du Paradiso delle Alpi.

Une nuée d'enfants débarqua dans les espaces de vie pour s'agglutiner aux fenêtres du rez-de-chaussée. Le brouhaha était indescriptible. En découvrant les fils électriques, pinces et bâtons de dynamite accrochés à chaque poignée, Pierre cria de ne plus bouger. Message aussitôt relayé dans les autres pièces. Le danger était visible, personne ne s'approcha.

À l'extérieur, les artificiers lâchèrent leurs positions pour se réfugier derrière les barrières anti-feu. Il y eut un moment de sidération. Tout le monde était bien trop près de la maison pour être épargné par une explosion de la puissance annoncée par Gérald, mais la fuite condamnait les otages.

— Putain ! hurla Talia.

De son poste d'observation, Paul Hamon blêmit. De nombreux parents se mirent à crier eux aussi en se rapprochant dangereusement de la maison. Talia lança un regard en direction du capitaine Fresnel. Elle prit un casque de protection à visière puis se rapprocha des fenêtres en faisant de grands signes avec les bras pour qu'elles ne soient pas ouvertes. Après quelques secondes, elle fut suivie par Shepherd et Julien, puis par d'autres agents qui s'écartèrent pour être vus de tous les jeunes mutins. Six hommes équipés de boucliers les rejoignirent rapidement. En cas de détonation, la vie ou la mort se jouerait en une fraction de seconde. Le message semblait passer à l'intérieur mais la panique était extrême. Tous les regards se portaient sur la façade, mais personne ne remarqua que la porte centrale venait de s'ouvrir.

# – 54 –

Une jupe en velours marron, des collants violets sous des bottines en cuir et, au milieu de son pull, une princesse en sequins argentés. La petite fille qui se tenait sur le pas de la porte ne représentait pas une menace de mort imminente et, malgré les cris, elle restait tétanisée par ce qu'elle venait de faire sans réfléchir. Pour échapper au souffle de l'explosion qu'ils anticipaient, les hélicoptères s'éloignèrent. Talia monta les quelques marches qui les séparaient de l'adolescente. Elle leva les deux mains pour lui faire comprendre de ne pas bouger. Deux autres enfants attendaient derrière elle avec à leurs pieds des fils électriques rompus.

— Comment tu t'appelles ? lui demanda Talia en essayant de ne pas laisser transpirer la terreur qu'elle ressentait à seulement quelques mètres des bâtons d'explosifs.

— Chloé, chuchota la fillette en tremblant.

— OK. C'est très bien, Chloé, on est ensemble. Tu vois les hommes qui sont derrière moi avec les boucliers ?

— Oui.

— Tu vas te cacher derrière eux. En faisant attention à ne pas marcher sur les fils qui sont par terre.

— D'accord.

— Vous aussi, dit-elle aux deux qui n'étaient pas encore sortis.

Les trois enfants détalèrent en courant vers les marches. Talia s'approcha de l'embrasure de la porte et se mit de côté pour regarder à l'intérieur. Consciente qu'elle ne savait absolument pas où elle mettait les pieds, elle sortit son arme de service. Les agents évacuèrent Chloé et ses camarades vers l'arrière. Un autre gamin vint à la rencontre de Talia. Les fils entremêlés à ses pieds ne laissaient aucun doute sur le fait qu'ils avaient cédé à l'ouverture de la porte. Pourtant, rien n'avait explosé.

— Tu es qui, toi ?

— Hugo.

— OK, Hugo, tu fais comme tes camarades, tu sors de la maison.

Elle progressa de plusieurs mètres jusqu'au pied de l'escalier. Les enfants arrivaient de partout. Elle reconnut Pierre, puis quelques autres dont elle se rappelait le visage. Elle essaya de sourire pour les rassurer.

— Il y a du monde là-haut ? demanda-t-elle.

— On ne sait pas, répondit Zora. On était enfermés au sous-sol.

— On n'a rien vu ! dit un autre.

— Bien. Vous allez tous sortir, rapidement, les uns derrière les autres.

— En faisant attention à ne pas marcher sur les fils, dit un troisième qui avait tout compris.

— C'est ça !

— Ça va exploser si on marche dessus ? demandèrent simultanément Zora et une autre jeune fille.

— Je ne sais pas, mais vous ne le faites pas. Vous allez rejoindre les soldats qui sont derrière les grands boucliers, sans vous écarter de l'allée centrale. Vous avez compris ?

Un oui puissant, presque crié, répondit à sa question.

— OK, alors c'est parti !

L'évacuation se fit de façon presque mécanique et dans un silence absolu. Les moins disciplinés furent les parents. À quelques pas de la maison, ils rompirent le cordon de sécurité et se précipitèrent, à proximité des premières mines, sans que personne parvienne à les en empêcher. Les jeunes militaires italiens furent cette fois très réactifs et organisèrent rapidement la suite de l'évacuation. Certains partirent en courant dans la neige sans attendre, d'autres dans des camions blindés, des voitures de police et des ambulances. En moins de cinq minutes, tout le monde avait déguerpi hors de la zone de danger.

Au premier étage, Talia traversa le long couloir sur lequel s'ouvraient les chambres aux lits superposés. Elle explora chacune. Deux agents l'avaient rejointe. Toutes les pièces étaient vides. Elle poursuivit vers le niveau supérieur. Devant une porte fermée à clé, elle comprit que le centre névralgique de la maison se trouvait probablement là. D'un coup d'épaule, elle fit sauter le verrou. Une pièce entièrement remplie de fusils d'assaut, de munitions, d'équipements militaires, informatiques, de drones, de mortiers, de roquettes. Une caverne d'Ali Baba terroriste qui témoignait que le plan B n'était pas à la négociation. Le meilleur des bluffeurs est celui qui ne bluffe pas, disent les joueurs de poker, heureusement de ce côté-là, elle ne l'avait pas sous-estimé. Au centre, il y avait une table en bois d'apparence anodine, comme on en trouvait dans la plupart des foyers, sauf que sur celle-ci reposait une centaine de bâtons de dynamite reliés entre eux par des câbles de couleurs différentes. Elle prit son talkie-walkie.

— Je veux des démineurs au troisième étage !

Ces explosifs, ajoutés aux mines extérieures, pouvaient faire sauter plusieurs fois la maison. Elle continua l'inspection. Une autre pièce, d'autres lits, de camp cette fois, des sanitaires, une cabine de douche et, au fond, plusieurs écrans montrant aléatoirement les zones du dessous, chambres comprises.

— C'est de là qu'ils devaient surveiller les otages.

La voix du commissaire Shepherd derrière elle la fit sursauter. Arme à la main, mais sans aucune protection, il n'avait pas pu s'empêcher de suivre le mouvement.

— Vous ne devriez pas être là, Thomas.

— C'est la commandante en chef du Raid qui me le dit ou bien la négociatrice ?

Elle ne répondit pas et continua d'inspecter la pièce.

— En tout cas, on est loin de l'artisanat, dit-il en regardant l'arsenal et le matériel informatique.

— Ça vous conforte quant à la décision de payer ?

— Oui. Ils ont tout laissé sur place, il doit y en avoir pour une petite fortune.

Elle s'assit et, avec le clavier, fit défiler les différents angles des caméras qui truffaient les étages inférieurs.

— Ils ne pouvaient pas tout emporter et nous faire le coup du tunnel avec un camion de déménagement. Et puis, avec les six cent cinquante millions qu'ils ont récupérés, ça ne représente pas grand-chose.

— Ils ont peut-être laissé des éléments compromettants.

Elle fit une moue perplexe.

— Je n'y crois pas beaucoup, moi non plus, soupira-t-il, mais je préfère me dire ça, plutôt que de penser qu'ils ont pu réussir un coup parfait.

Elle se leva pour aller vers la fenêtre. Julien, Luc Fresnel et le commandant Laville la regardaient. Les démineurs hurlaient que la maison devait être évacuée tant qu'ils ne savaient pourquoi les détonateurs n'avaient pas fonctionné. Les agents qui entraient en prenant de moins en moins de précautions ne s'en souciaient plus. Talia avait une petite idée sur la question. Si cela n'avait pas explosé dans la seconde suivant l'ouverture de la porte, les risques étaient limités.

— Les coups parfaits n'existent pas, Thomas.

Elle ferma la porte de la pièce, de façon à ce qu'ils ne soient que tous les deux. Isolés des autres agents. Il en fut surpris. Elle changea de ton.

— On va attraper cet enfoiré. Mais maintenant il va falloir changer de méthode, agir différemment.

Plus il l'observait et plus il la trouvait fascinante, même s'il ne voyait pas du tout ce qu'elle voulait dire par là.

— Vous pensez à quoi ?

— Pour commencer, fini les débriefings, les comptes-rendus et la transparence. On va faire un black-out.

— Qui ça, « on » ?

— Vous et moi.

Il ne sut quoi répondre et resta muet.

— Il est évident, poursuivit-elle, que l'ennemi est informé de l'intérieur, alors il faut devenir invisibles, imprévisibles.

— Et comment voulez-vous qu'on s'y prenne ?

— J'en déduis que vous n'êtes pas hostile à l'idée.

— Je n'ai pas dit ça, mais racontez toujours.

— D'abord, on va lui montrer ce qu'il attend ; une enquête à la dérive et une débâcle policière sans précédent. Qu'il a gagné sur tous les tableaux ! Une paréidolie qu'il va adorer.

— Pour qu'il regarde ailleurs ?

— Exactement !

— Vous ne pensez pas qu'il est plus fort que nous à ce jeu-là ?

— Non. Pour faire une paréidolie, il faut avoir la main sur les événements. Vous avez vu la femme allongée dans le nuage parce que je vous l'ai montrée, un magicien ne dupe ses spectateurs que s'il a leur attention. Jusqu'à présent, c'est lui qui l'avait, mais avec la libération des otages, les choses ont changé. On va en profiter.

Un agent ouvrit la porte, son arme à la main. Il fut surpris de les trouver seuls dans la pièce.

— Tu nous laisses deux minutes, s'il te plaît ! lui dit-elle sèchement.

Sans demander d'explications, il obéit et rebroussa chemin.

— Peu importe qu'il soit fort ou non. Dans un premier temps, ce n'est pas lui que nous allons hameçonner.

— Je ne vous suis toujours pas. Qui alors ?

— Son complice ! Celui grâce à qui il est si bien informé de ce que nous faisons, et qu'il contrôle par une sorte de chantage : « Je tombe, tu tombes. » On va mettre un coin entre eux, et les deux vont tomber.

— Vous ne savez pas qui c'est ?

— Le complice ? Non, je n'en ai aucune idée. Tout l'art de la pêche est là, on ne sait pas à l'avance ce qu'on va attraper.

— Ça pourrait être moi, dit Shepherd.

Cette idée avait effleuré Talia, mais elle l'avait exclue depuis longtemps.

— Ça, je vais facilement le savoir parce que je vais vous demander de faire quelque chose de très particulier.

— Je sens que cela ne va pas me plaire.

— Vous n'avez pas idée… Mon téléphone est toujours sur écoute ?

— Oui.

— Faites-moi voir le vôtre.

Il désactiva le code secret et le lui tendit.

— Très bien. Trouvez-vous-en un autre !

— Je vous demande pardon ?

— Dorénavant, vous me contacterez uniquement sur votre téléphone. Vous connaissez votre numéro ?

Il ne répondit pas.

— Dès qu'on sera rentrés à Paris, vous transmettrez un rapport sur une communication bidon que j'aurais eue avec Gérald Mansour.

— Transmettre, mais transmettre à qui ?

— Hamon.

— Au directeur de la police, rien que ça… Un faux ?

— Oui.

— Il s'en apercevra.

— Vu ce qu'il y aura dessus, certainement. Mais pas immédiatement. Il y aura une période de confusion qui nous laissera suffisamment de temps pour créer une illusion.

# – 55 –

*Paris, XV^e arrondissement,*
*deux jours plus tard,*
*en début d'après-midi*

« Les bateaux ne sont jamais autant
en sécurité que lorsqu'ils sont au port,
mais ce n'est pas pour ça qu'ils sont construits. »
Proverbe

Une pochette rouge sur les genoux, Talia observait l'entrée de l'immeuble désaffecté. Un kidnapping hors du commun, douze policiers tués et presque autant de blessés, soixante-six enfants pris en otage et échangés contre une rançon pharaonique, c'était du jamais-vu ! La presse se déchaînait contre la police, le Raid, les politiques et le paiement qui, même s'il n'avait pas été officialisé, ne faisait aucun doute. La République était donc à la merci du premier malfaiteur venu et, dans l'opinion, la conscience de cette vulnérabilité était un poison lent.

— Vous êtes sûre de votre coup ? lui demanda de nouveau Shepherd.

Elle ne répondit pas. Il avait déjà posé la question plusieurs fois. Thomas Shepherd n'était pas homme à agir dans l'improvisation. Derrière lui, Ève Melville était moins farouche, plus excitée par la méthode. Le faux rapport de communication avait été transmis à Paul Hamon. Uniquement à lui. La retransmission écrite d'un appel totalement fictif censé avoir été reçu une poignée de minutes plus tôt par Talia. Le numéro avait été confirmé, c'était celui du téléphone de l'un des enfants, et la voix était celle de Gérald Mansour. En peu de phrases, il confirmait à Talia qu'il avait été aidé par l'un des dirigeants de la police, que leurs chemins se séparaient et qu'il proposait de lui offrir sa tête. Un cadeau de départ, sans contrepartie. Il lui promettait qu'après, elle n'entendrait plus jamais parler de lui. La commandante du Raid avait posé quelques questions. Il s'était contenté de répondre que les preuves se trouvaient dans un immeuble inoccupé du XVe arrondissement en lui fournissant l'adresse. Le message avait été lu immédiatement par le directeur de la police. Ce qui se passait depuis était probablement la partie émergée d'une compromission à très grande échelle.

— Ce qui m'inquiète, dit-il, c'est que pour récupérer ces supposées preuves, notre enfoiré ne se pointera peut-être pas seul.

— C'est un risque, mais si l'hameçonnage fonctionne, il va devoir faire vite pour être sur place avant moi. Il n'aura pas le temps de trop s'organiser.

— Et donc de réfléchir, compléta Ève.

— Exactement, c'est l'idée, approuva Talia. Continue ainsi et tu vas finir à la négo !

— Ça ne me déplairait pas, répondit-elle, à demi sérieuse.

— C'est comme lorsque vous allez dans un commerce discount : on vous fait comprendre que si vous voulez bénéficier du tarif attractif, il faut acheter immédiatement, que chaque minute compte. C'est pour vous empêcher de prendre du recul, de comparer, de vous poser la question de l'utilité du produit. Si vous voulez faire la bonne affaire, c'est maintenant ! Si notre type veut récupérer ces documents qui l'accablent avant moi, il va devoir venir tout de suite. Après, il sera trop tard, donc pas le temps de réfléchir.

— C'est bien joli, reprit Shepherd, mais à cause de votre paranoïa, on n'est que trois ici.

— Ce sera suffisant ! Si on avait informé plus de monde, le piège aurait été éventé.

— Sauf si vous vous trompez et qu'on se retrouve en infériorité numérique.

— On verra bien, mais je ne pense pas que ce type-là soit dangereux. Il doit s'agir d'un rond-de-cuir, plus habitué aux réunions feutrées qu'aux interventions musclées. Sinon, il n'aurait pas été si bien informé.

— Si vous le dites… C'est vous qui serez en première ligne.

— Dès qu'il entre dans l'immeuble, commissaire, vous appelez la cavalerie.

— Et vous ?

— Moi, je saurai le faire patienter.

— Vous êtes une habile négociatrice, Talia. La plus habile que je connaisse. Mais s'il ne veut pas discuter, il ne lui faudra que quelques secondes pour vous tirer une balle dans la tête.

— Dans ce cas-là, j'aviserai.

— Rapidement !

— Très.

— Ouais, souffla-t-il, toujours inquiet.

— À tout à l'heure, dit-elle avant qu'il en rajoute.

Elle descendit du van truffé de caméras et referma la porte coulissante derrière elle. L'entrée de l'immeuble, habituellement entravée par des planches clouées et taguées, avait été fracturée de façon à permettre à quelqu'un d'y pénétrer. Elle alluma la lampe du téléphone de Shepherd et se glissa à l'intérieur. Comme l'électricité était coupée et toutes les issues murées, l'obscurité était quasi complète. Les murs décrépis, les angles couverts de toiles d'araignée et l'escalier en bois aux lames disjointes témoignaient d'un abandon prolongé. Avec prudence, elle progressa jusqu'au dernier appartement du troisième étage, où Gérald était censé avoir laissé les preuves compromettantes. Elle ouvrit le volet. Le ciel lumineux du début de printemps contrastait avec la vétusté de l'immeuble. Par la fenêtre, elle voyait le van garé de l'autre côté de la rue. Elle était moins sereine que ce qu'elle avait laissé paraître à Shepherd. Elle se positionna dans l'appartement d'en face. La porte grinça tellement qu'elle crut un moment qu'elle allait s'effondrer. Elle la laissa entrouverte pour voir qui se présenterait et approcha la bouche du micro-émetteur dissimulé dans le revers de son blouson.

— Sorel pour Shepherd. Vous m'entendez ?

— Cinq sur cinq, répondit le commissaire après un grésillement.

— Parfait !

— Comment c'est, là-haut ?

— Pour les travaux, ça va chiffrer un peu, mais sinon c'est OK.

Il regarda sa montre. Cela faisait trente minutes que le rapport avait été lu par Hamon. Il ne devrait pas tarder à y avoir de l'action.

— Lorsqu'ils arrivent, vous restez cachée, dit Shepherd dans un nouveau bourdonnement. Je vous en conjure. On prendra suffisamment de photos d'ici pour pouvoir le confondre. Et s'il est seul, on peut aussi se contenter de l'identifier et de le serrer plus tard.

— C'est bien compris, répondit-elle, sans en penser un mot.

Les quelques minutes qui suivirent lui parurent plus longues qu'elles ne le furent en réalité. Elle pensait être prête à tout et presque certaine du scénario qui s'annonçait. Elle était pourtant loin de se douter de l'identité de celui qui allait se présenter.

## – 56 –

*Paris, place Vendôme, hôtel Ritz*

Gérald composa le numéro de Der Adler et tomba une nouvelle fois sur sa messagerie. « Je ne suis pas en mesure de vous répondre mais laiss… » Il pesta et raccrocha.

— Tu t'énerves pour rien, lui dit Myriam.

Par la fenêtre, elle observait les voitures de police qui venaient stationner à proximité de la colonne Vendôme. Ils vivaient reclus depuis deux jours dans ces luxueuses chambres, mais elle restait aux aguets.

— Après ce que tu lui as fait, ce n'est pas surprenant qu'il ne te réponde pas.

— Il a reçu deux cents millions d'euros, c'est un bon dédommagement, je trouve, s'insurgea-t-il.

— Et tu veux lui dire quoi ?

— Rien de spécial. Je veux juste vérifier son état d'esprit.

— Moi, je le connais, son état d'esprit : s'il te croise, il te tue. On s'en fout.

Gérald aimait sa sœur. Profondément. Il la trouvait bien plus courageuse que la plupart des hommes qu'il connaissait, mais désespérait de constater qu'elle n'avait pas hérité du même discernement que lui. C'est Der Adler qui avait fait établir les passeports. Des faux plus vrais que nature, qu'il avait fait émettre grâce à ses accointances au plus haut niveau. Le plan était précis, sûr, ils devaient disparaître rapidement, et Der Adler rester en pleine lumière, pour ne pas attirer l'attention.

— Il ne peut pas nous faire arrêter, ajouta Myriam qui voyait son frère préoccupé. Ce serait comme signer son propre crime.

— Ce n'est pas ça qui m'inquiète…

Au-dehors, des agents de police s'étaient mis en faction de chaque côté de la place et effectuaient des vérifications aléatoires d'identité.

— Ils font encore des contrôles.

— C'est normal, répliqua Gérald sans regarder par la fenêtre. C'est l'inverse qui serait inquiétant.

Depuis leur arrivée, Myriam trouvait saugrenu de se cacher dans l'un des plus luxueux hôtels de la capitale, alors que toutes les polices européennes étaient à leur poursuite. Tarek et Kevin, eux, s'étaient vite accommodés de cette cavale cinq étoiles.

— Ici, les gens aiment voir des uniformes, ça les rassure. Ils veulent de la sécurité, c'est pour ça qu'ils votent, alors on leur en montre ! Pour contenter l'électeur.

— Oui. Enfin, ils doivent quand même avoir nos tronches bien en tête.

— Crois-moi, Myriam, pour nous, les endroits les plus visibles, les plus attendus, sont les plus sûrs !

— Si tu le dis.

— Ils sont persuadés qu'on se cache dans une forêt ou une zone désaffectée, dans une cave obscure à laquelle personne n'accède. C'est là qu'ils concentrent leurs recherches.

— Comme pour l'entrepôt de découpe à bois ?

— Ils l'ont mal fouillé, persuadés que je n'y étais plus, que je m'étais enfui sans perdre de temps, alors ils ont mal regardé. S'ils avaient été convaincus de l'inverse, ils m'auraient trouvé. La qualité de nos réflexions dépend beaucoup de nos préjugés. Personne ne cherche de fugitifs dans l'un des quartiers les plus surveillés de Paris.

Évidemment, pour la forme, il avait réservé et payé une vingtaine de chambres un peu partout en Europe, sous leurs identités réelles, afin d'occuper les forces de police. Mais il savait que le subterfuge ne tiendrait pas longtemps. Tarek entra par une porte communicante entre les chambres. Il était habillé d'un costume en lin blanc et d'une chemise orange à fleurs achetés dans la galerie de l'hôtel. À sa bouche, un Roméo & Juliette Churchills, à demi consumé, témoignait que lui avait bien compris le principe protecteur de l'exhibition.

— J'ai parlé avec mon père ! annonça-t-il.

— Tu lui as téléphoné sur la ligne sécurisée ? lui demanda Gérald.

— C'est lui qui m'a appelé, d'une cabine d'Al Khoubane.

Louée quelques semaines plus tôt, une maison luxueuse les attendait dans cette ville de l'ouest de Marrakech. Elle était située à l'écart du centre, et le père de Tarek avait engagé une société de sécurité privée pour contrôler à l'avance les allées et venues. Les quatre fugitifs devaient y passer quelques semaines avant de prendre la direction de leur destination finale. Une destination que seuls Tarek et Gérald connaissaient.

— Il n'a rien dit à personne ?

— Non. Vous pouvez vous reposer sur lui autant que sur moi.

Tarek était issu d'une culture et d'un monde différents, presque opposés aux siens, pourtant Gérald avait une confiance absolue en lui. Une confiance instinctive. Rien de tordu ne pouvait germer dans la tête de Tarek, pensait-il. Il était simple et loyal. Son père était comme lui, il n'y avait rien à redouter. Peut-être que si son attention avait été moins polarisée sur Talia Sorel, il se serait davantage méfié.

Le passage le plus risqué restait l'aéroport. Là-bas, toutes les forces de police seraient concentrées sur eux. Leurs identités étaient inattaquables et ils se présenteraient grimés, mais il y avait de réels risques non maîtrisables. Le zèle des agents de sécurité était un impondérable. Pour masquer leur départ, il avait réservé trois vols partant de trois aéroports différents, Orly, Roissy et Beauvais, sur un créneau réduit de deux heures. Des billets individuels et des places éloignées. Si Der Adler voulait leur tendre un piège et les attendre seul pour se venger, il aurait intérêt à ce que le dieu des probabilités soit de son côté. Malgré tout, son silence l'inquiétait.

## – 57 –

*Paris, XVe arrondissement,*
*en début d'après-midi*

Située à proximité du parc Georges-Brassens, la rue était aussi calme que possible à cette heure de la journée. Quelques résidents, des livreurs pressés prenant un raccourci, mais le reste du temps, le quartier était peu fréquenté. Un endroit parfait pour voir arriver quelqu'un de loin. Les caméras du van filmaient simultanément les deux côtés de la rue et la porte de l'immeuble. Derrière les écrans, le commissaire Shepherd était soucieux et ce n'étaient pas les blagues d'Ève Melville qui le détendaient. Cela faisait une heure qu'Hamon avait lu le message. Il avait dû relayer l'information en haut lieu, au ministre et à son directeur de cabinet, et à la chaîne hiérarchique de la police nationale. Probablement une dizaine de personnes. Il avait essayé d'appeler Shepherd, à deux reprises. Afin de ne pas avoir à mentir ou à l'informer de leur plan, le commissaire avait laissé l'appel basculer sur sa messagerie.

Shepherd regarda une nouvelle fois sa montre. La taupe, si elle existait, aurait déjà dû être sur place.

— On n'a pas vérifié s'il pouvait passer par les toits.

— Ça va, lui répondit Ève, c'est pas Batman. Et puis, il est pas censé savoir qu'on est là.

Batman, peut-être pas, mais quelqu'un de rudement bien organisé, c'était sûr.

— Il va passer par la porte, commissaire, monter tranquillement au troisième étage pour récupérer les documents, et on va le serrer.

Un couple bras dessus bras dessous entra dans la rue par le parc. Ils marchaient lentement, riaient et s'arrêtèrent plusieurs fois pour s'embrasser.

— Ils ne vont pas nous faire un petit ici, ces deux-là.

— Voyons, commissaire, ils ne font rien de mal.

— C'est une façon de voir, la rue n'est pas un hôtel, que je sache.

— Ça ne vous arrive jamais ?

— De quoi ?

— Je ne sais pas moi, de flirter ?

— Hein ? grimaça-t-il.

— Pardon, je vous ai choqué.

— Si je vous dis que ça ne m'est pas arrivé depuis plus de dix ans, vous me croyez ?

— Oui, oui, je vous crois, dit-elle en se retenant de rire.

Il s'en rendit compte et la regarda de travers.

— Vous devriez remettre le couvert, commissaire, je suis sûre que ça vous détendrait !

— Moi, ce qui me détend, c'est de mettre les criminels en prison. Chacun son truc. Et puis je trouve que c'est beaucoup moins compliqué.

Elle n'osa pas lui répondre qu'avec elle, s'il le souhaitait, en faisant ce qu'il fallait, ce ne serait pas compliqué du tout. Arrivé à la hauteur du van, l'homme plaqua sa compagne contre la portière et l'enlaça fougueusement. Cette fois, Ève ne put s'empêcher de rire sans retenue.

— Putain, dit Shepherd, désappointé, il ne manquait plus que ça.

Probablement gênés par les bruits venant de l'intérieur, les deux amants cessèrent leurs ébats. Ils traversèrent la rue et allaient poursuivre leur chemin quand l'homme remarqua que la porte du vieil immeuble était à demi fracturée. Il regarda à l'intérieur, la femme pelotonna le bas de son ventre contre ses fesses.

— Mais c'est pas vrai, s'insurgea de nouveau Shepherd. Ils vont tout nous foutre en l'air !

L'homme enjambait ce qui restait de la porte quand il fut stoppé par un coup de klaxon venant du van. Les deux amants se retournèrent brusquement, sans comprendre. Ils regardèrent de chaque côté de la rue en riant de leur frousse. Ils allaient réitérer leur tentative lorsque deux coups, plus appuyés cette fois, mirent un terme à leur entreprise. Roméo recula en prenant Juliette par la taille. Ils s'éloignèrent sans bien saisir ce qui s'était passé, mais à la recherche d'un endroit plus calme.

— Bien joué, commissaire !

— Non mais sans rire. Vous le feriez, vous, comme ça, dans un immeuble désaffecté ?

Elle ne répondit pas. Un homme, seul cette fois, la cinquantaine, un bonnet sur la tête et une écharpe autour du cou, passa devant la porte de l'immeuble. Dans chaque main, il portait un vieux sac à carreaux vichy blanc et rose d'un discounter de Barbès. Après quelques mètres, il opéra un demi-tour et revint sur ses pas. Il avait tous les attributs d'un SDF, mais quelque chose ne collait pas. Shepherd et Ève restèrent stoïques.

— C'est un clochard.

Ils attendaient un des pontes de la police, celui-ci n'avait clairement pas le profil.

— Je le vois bien, que c'est un clochard, répondit Shepherd.

Lui ne se fit pas prier, il jeta un regard à l'intérieur et, malgré le coup de klaxon de Shepherd, franchit la porte sans se retourner.

— Et merde !

— *Keep cool*, commissaire, je m'en occupe.

Sans attendre la réponse, Ève prit son talkie-walkie et sortit du van. Elle referma derrière elle, traversa tranquillement la rue puis franchit la porte à son tour. Shepherd se retrouva seul devant ses écrans, sans savoir ce qu'il se passait à seulement quelques mètres. Il était certain qu'Ève n'aurait pas de difficulté à maîtriser le type et à le faire sortir, mais ne pas la voir à ce moment précis l'angoissait. Il allait informer Talia de ce qu'il se passait lorsqu'une moto de grosse cylindrée se présenta dans la rue. Il reposa le micro et l'observa. Elle ralentit subitement en arrivant sur lui et bifurqua pour s'immobiliser devant la porte de l'immeuble. Le conducteur regarda le numéro et la porte fracturée. Cette fois, c'était du sérieux.

— Talia, Ève, vous m'entendez ?

— Je suis là, commissaire, répondit Talia.

— Ève n'est pas avec vous ?

— Non.

Ça se présentait mal.

— Elle est entrée dans l'immeuble pour virer un clochard. Mais le souci n'est pas là. Un type vient d'arriver à moto.

L'homme enclencha la béquille électrique et mit pied à terre. Grand, charpenté, le cou épais, il avait tout à fait l'allure à conduire une moto de cette puissance.

— Il ressemble à quoi ?

— Costaud !

Sans se découvrir, le suspect sortit une lampe et s'approcha de la porte. Il prit son temps pour examiner attentivement ce qui se passait à l'intérieur, puis se retourna vers la rue. « Retire ton casque », murmura Shepherd en zoomant sur lui avec la caméra. L'homme ne le fit pas, il pénétra à demi avant de faire marche arrière et de revenir vers sa moto. Dans l'ouverture de son blouson, Shepherd distingua un holster.

— Il est armé.

— Bien reçu, répondit instantanément Talia.

L'homme resta quelques instants sans bouger, sembla hésiter, puis finit par déboucler et ôter son casque pour téléphoner. Il composa un numéro et porta l'appareil à son oreille, sans parler. Shepherd ne le voyait que de dos. Il aurait bien refait le coup du klaxon pour l'inciter à tourner la tête, mais ça l'aurait alerté. Les cheveux blonds, coupés court, il semblait s'agacer. Après un moment, il rangea son portable et se dirigea vers la porte. Il allait entrer et c'était tout sauf un hasard. Au dernier moment, il tourna la tête face aux caméras pour regarder si personne ne le suivait. Une fraction de seconde seulement. Shepherd resta pétrifié. C'était comme si la planche qui le maintenait en équilibre venait de s'effondrer. Il prit le micro.

— Talia ?

— Oui.

Il se demanda un instant comment il allait pouvoir lui annoncer ça. L'homme disparut à l'intérieur. Elle était en danger de mort imminente, alors le mieux était de faire court.

— Le suspect vient d'entrer dans l'immeuble. J'appelle les renforts. Vous n'intervenez pas. Je répète, vous n'intervenez pas. Sous aucun prétexte !

Il n'entendit pas la confirmation attendue. Il répéta et comprit que, pour ne pas être repérée, elle avait coupé son talkie-walkie.

## – 58 –

*Paris, place Vendôme, hôtel Ritz*

Tarek salua les deux femmes de ménage qui officiaient à l'étage. Avec son costume blanc, sa chemise orange, et son cigare à la bouche, on le remarquait de loin. Il glissa ostensiblement un billet de cinquante euros dans leur chariot en les félicitant pour leur dévouement. Peu habituées à ce genre de générosité, les préposées ne surent quoi répondre et se contentèrent de sourires gênés. Tout en pensant à sa mère, qui faisait à peu près le même travail dans la banlieue de Marrakech, Tarek réitéra ses propos avant de poursuivre son chemin. Il savait que l'argent permettait d'être un type bien, et il avait décidé de ne pas attendre pour jouir de son nouveau statut. Même si présentement sa fortune se résumait à quelques chiffres sur un écran, il savait que bientôt il serait plus riche que la plupart des gens qu'il rencontrerait durant le restant de sa vie.

Avant d'arriver à la chambre 22, il se retourna pour s'assurer qu'il n'était pas suivi. Il devait être vigilant mais, hormis une caméra de surveillance fixée au plafond, le couloir était désert. Il fit un clin d'œil dans sa direction, en imaginant la tête que feraient les profileurs qui décortiqueraient la séquence pour tenter de deviner ce qu'il était venu faire là. Il pénétra dans la chambre, déboutonna sa veste et déposa l'ordinateur sur la table. Les codes de connexion étaient mentionnés sur le papier que lui avait remis Gérald. Il allait initialiser à distance et sans retour possible la dernière partie de l'algorithme convenu avec la société de transfert londonienne. S'il n'y avait pas de défaillance, l'intégralité des sommes disparaîtrait alors des comptes où elles avaient été déposées initialement. En une simple impulsion électrique et sans qu'aucun des bénéficiaires puisse rien y faire. Der Adler allait être surpris. Hormis Tarek, personne n'était informé de cet aboutissement du plan, même pas Myriam et Kevin. Pour ne pas attirer leur attention, Tarek avait prétexté l'envie d'aller se dégourdir les jambes dans les boutiques de l'hôtel. Si Gérald les avait mis dans la confidence, ils n'auraient probablement rien trouvé à redire. Seulement, il ne l'avait pas fait. Tarek n'était pas dupe, il connaissait suffisamment son patron pour savoir qu'il gardait toujours pour lui une partie des informations et c'était probablement vrai avec lui également. Ça lui permettait d'asseoir son autorité en conservant seul la maîtrise des événements. Chacun possédait quelques pièces du puzzle, mais seul Gérald détenait la photo globale.

Il ne devait pas perdre de temps. Le programme se chargea en quelques instants. Aucun compte bancaire n'était capable de réceptionner plus de six cents millions d'euros en une seule opération sans alerter les autorités financières du monde entier. Aucun, à l'exception des comptes d'État. Tout avait été répété à l'avance. Un message en anglais lui demanda de confirmer. Ce qu'il fit, sans se poser de questions. Des centaines de fenêtres s'ouvrirent en quelques secondes sur toute la surface de l'écran. Des écritures de débit qui demandaient une autorisation, que l'algorithme validait instantanément avant de refermer chaque lucarne. Cela ressemblait à un ballet de chiffres dans des petites maisons. Cela ne prit pas plus de trois minutes pour que l'argent magique alimente sa destination finale.

La première fois que Gérald lui avait parlé de son plan, c'était à Monaco, quelques jours seulement après la rencontre avec Der Adler. Organiser un kidnapping pareil pour engraisser un ripou mafieux ne l'intéressait pas. Il était prêt à prendre des risques, mais pas pour ce genre d'enjeu. Cela allait à l'encontre de sa morale, à l'encontre de ses convictions. C'était une insulte à ses capacités. La finalité serait donc plus ambitieuse. Tarek se souvenait du regard et de l'excitation de Gérald. Il voulait faire sortir des oasis, des routes et des palaces des sables du désert. Il voulait créer un pays. Un État indépendant. Une principauté, sous protectorat marocain. Il avait choisi un lieu, au sud du Sahara occidental. Une terre aride, peu exploitée, où il était difficile de survivre lorsqu'on n'avait pas énormément d'argent.

— On ne peut pas inventer un pays, avait dit Tarek qui commençait à s'inquiéter de son état psychologique.

— Si, Tarek. Avec de l'argent, on peut tout inventer ! Et ça ne sera qu'un début.

Son projet était fou. Les villes modèles se trouvaient de l'autre côté du golfe Persique. Devant l'incrédulité du jeune Marocain, Gérald avait développé son raisonnement. L'Arabie saoudite, le plus grand pays du Moyen-Orient, n'avait-elle pas été créée quatre-vingt-dix ans plus tôt à la gloire de la famille Saoud ? Le Bahreïn n'avait-il pas été inventé par l'émir ben Issa Al Khalifa, qui s'était autoproclamé roi avec l'aval de l'ancienne puissance coloniale britannique ? Un bédouin terroriste n'avait-il pas conquis et dirigé la Libye durant plus de quarante ans ? Ce qui s'était déjà produit se reproduirait, sous son impulsion et grâce à une puissance financière que ses prédécesseurs n'avaient pas. Avec son talent de persuasion, il était facilement parvenu à convaincre les autorités marocaines de sa lointaine parenté avec un prince saadien. L'une des six dynasties ayant régné sur le Maroc aux XV^e^ et XVI^e^ siècles. Une ascendance directe. Un sang plus bleu que bleu, attesté par une tonne de vrais et de faux certificats. Après avoir graissé la patte d'une poignée de hauts fonctionnaires, il avait obtenu une audience avec Mohammed VI. La suite avait été plus simple. Moyennant quelques millions d'euros versés chaque année, celui-ci consentait à lui octroyer un timbre-poste de désert dans le sud du pays. Une zone aride où Gérald pourrait implanter la principauté saadienne qu'il ambitionnait, et dont il serait le monarque. Une dépendance statutaire sans transmission et dont les biens posthumes reviendraient intégralement à la famille royale marocaine. Une affaire en or pour le suzerain, sous couvert de fraternité avec les anciennes dynasties du Sud.

Sur ce morceau de désert, Gérald offrirait l'asile aux plus fortunés grâce à une fiscalité attractive. Il créerait une société épurée, ultra-sélective et sans désordre. Tarek se rappelait ses propos deux ans plus tôt : « Lorsque tu es enfant et que tu t'amuses à créer une ville, tu crées Monaco ! » C'était un dessein que seul un homme comme lui pouvait avoir l'audace de poursuivre. Seulement voilà, Tarek n'y croyait plus beaucoup. Depuis l'assaut du Paradiso delle Alpi, le sang et les morts, il avait pris ses distances. Sans le lui avouer. Il ne trouvait plus Gérald aussi clairvoyant qu'au début. Peut-être était-il trop accaparé par ses parties d'échecs à distance avec Der Adler et surtout avec la négociatrice. Selon Tarek, tous les projets de Gérald resteraient à l'état gazeux. Le coup des cars scolaires, c'était parfait, mais ce n'est pas parce qu'ils avaient réussi à le faire que le reste était possible. Il connaissait suffisamment le Maroc pour savoir qu'à la première occasion venue Gérald serait inculpé pour des motifs futiles, probablement emprisonné, et sa fortune réquisitionnée. On n'était plus à l'époque coloniale et il ne semblait pas en tenir compte. Et puis il y avait autre chose, qui n'avait pas échappé au Marocain, c'est que, hormis lui, tous les membres du commando étaient identifiés. Quelle serait la réaction des autorités de son pays lorsqu'elles découvriraient le *curriculum vitae* de leur nouveau prince saadien ? Il serait arrêté, spolié de tout, et extradé vers la justice française. Tarek le savait. Il était le seul à pouvoir sortir indemne de cette histoire avant qu'il soit trop tard.

Un son strident et prolongé venant de l'ordinateur sembla ratifier son projet de sédition. Il ne restait plus qu'une fenêtre apparente sur son écran, avec au centre une ligne à intitulé de la chancellerie marocaine. Tarek passa son doigt sur une ligne épurée à l'extrême. Une ligne comme les aimait Gérald et qui mentionnait un crédit de six cent cinquante millions d'euros, avec la date de valeur du jour. Un message lui demandait de confirmer sa déconnexion. Il ne le fit pas. En quelques manipulations, il ouvrit les paramètres du compte, puis ses coordonnées. Cinq lignes de dix étoiles matérialisaient les codes sécurisés. Il ajouta une nouvelle clé, que dorénavant lui seul connaîtrait. Gérald ne le laisserait pas partir, il le savait déjà. Alors, lorsqu'il serait rentré chez lui, il prendrait sa part. Rien de plus. Et disparaîtrait.

Il clôtura la session, referma l'ordinateur et quitta la chambre 22 sans se retourner. Dans le couloir les deux agents d'entretien avaient disparu.

# – 59 –

« Il est préférable d'affronter une fois
dans sa vie un danger que l'on craint plutôt
que de vivre dans le soin éternel de l'éviter. »
Marquis DE SADE

Dans l'une des pièces du rez-de-chaussée, Ève Melville eut bien du mal à contraindre le SDF au silence. Celui-ci était sensiblement éméché et manifestait bruyamment qu'il s'estimait lésé de ses droits de citoyen. Dans l'obscurité, l'homme passa sans les voir et monta directement vers les étages par le vieil escalier. Il savait visiblement très bien où il allait. Ève espérait que Talia avait été informée et s'était mise en place pour le prendre par surprise. Elle allait quant à elle lui couper toute possiblité de retraite vers la rue. Il arriva rapidement au troisième étage et entra directement dans l'appartement de gauche sans même regarder à l'intérieur de celui de droite, dont la porte était ouverte. Talia ne le vit passer que de trois quarts, puis de dos, mais elle reconnut immédiatement son allure massive. L'allure caractéristique d'un homme qu'elle avait passé les dix-huit derniers mois à fréquenter quotidiennement.

Il fondit directement sur la pochette rouge qu'elle avait posée sur le rebord de la fenêtre. « SURPRISE » était écrit au marqueur sur la couverture. Il l'ouvrit sans rien trouver à l'intérieur. Il la referma et repéra aussitôt par la fenêtre le van situé de l'autre côté de la rue. Un léger craquement du parquet se fit entendre derrière lui. Il ne se donna pas la peine de se retourner pour voir qui s'y trouvait. Talia ouvrit la bouche et, d'une voix assurée, demanda :

— Vous cherchez quelque chose, commandant ?

Charles Laville resta immobile. Il passa ainsi plusieurs longues secondes sans rien dire. Il ne semblait pas étonné. Il s'était fait avoir, il savait comment les choses allaient se passer.

— C'est vous maintenant la commandante, Talia.

Il se tourna enfin. Elle était équipée d'un gilet pare-balles d'intervention et pointait son arme sur lui.

— Ce ne sera pas nécessaire, Talia.

Elle ne baissa pas la visée. Il reprit sa position initiale et regarda dans la rue.

— Vous vous intéressez au poker, Talia ?

Elle ne répondit pas immédiatement. Elle voulait le laisser s'expliquer sans l'interrompre mais, comme il ne le faisait pas, elle poursuivit :

— Alors ce n'est que ça pour vous, une partie de poker ?

— La vie entière peut se résumer à un jeu, avec ses réussites, ses échecs, ses aléas.

— Ses bluffs ?

— Parfois, oui. Mais tout ça est derrière moi. (Il obliqua légèrement la tête pour l'observer.) N'est-ce pas ?

— Pourquoi, commandant ?

— Vous m'appelez commandant pour me montrer de l'empathie, du respect. Ce sont vos astuces d'experte de la manipulation, mais nous savons vous et moi que ce n'est plus le cas.

Elle ne le laissa pas ruminer ce qu'il venait de dire ni la rancœur qu'il éprouvait probablement envers celle qui l'avait remplacé.

— Pourquoi avoir joué votre carrière là-dessus ?

— Toute ma vie j'ai cherché quelqu'un comme lui.

— Comme Luc Fresnel ?

Il se tourna vers elle, surpris cette fois.

— Vous être brillante, Talia, bien plus que lui finalement. J'ai plus l'habitude de l'appeler Gérald, qui est son vrai prénom. Comment avez-vous su que c'était lui ?

— Sur les images de l'entrepôt, il est le seul agent à être sorti sans y avoir pénétré. Après, tout s'est aligné, le portrait-robot qui lui ressemblait, les photos de lui enfant, le fait qu'il ne soit jamais présent lors des appels et qu'il ait disparu lors de la libération du petit Carter-Melendez. Même ses intonations au téléphone le désignaient.

— Pourquoi ne pas l'avoir arrêté, alors ?

— Parce que pour avoir le gros poisson il ne fallait pas remonter le filet trop tôt.

— Je vois.

Ils restèrent tous les deux silencieux un moment. Elle savait que Shepherd avait dû alerter des renforts et qu'ils seraient bientôt là.

— Vous avez beaucoup de sang-froid. Lorsqu'il m'a proposé l'enlèvement des cars, j'ai compris immédiatement que c'était le coup parfait. Celui d'une vie. Il avait tout prévu, rien n'était laissé au hasard, aucune négligence. Imparable.

— C'est pour cela que vous l'avez fait entrer au Raid, il y a un an ?

— C'était une idée à lui. Une sécurité supplémentaire, il voulait participer à sa propre traque de l'intérieur.

— Son côté pervers narcissique…

— Peut-être, mais ça me permettait de l'avoir sous la main. De surveiller mon investissement avant le jour J.

— Et il est devenu incontrôlable ?

— Je l'ai rapidement compris. Tout comme j'avais remarqué l'intérêt qu'il vous portait. C'était idiot, le meilleur moyen de se faire repérer. Lorsqu'il a demandé que ce soit vous, son interlocutrice, plutôt que Kenneth Peterson, j'ai compris que je le perdais. Il était tellement sûr de lui qu'il voulait tout jouer à la fois, quitte à se mettre en danger, et moi avec. Kenneth aurait été bien plus malléable et n'aurait fait preuve d'aucune forme d'initiative. Comme ce petit piège, par exemple.

Dans la rue, trois voitures de police, sirènes hurlantes, venaient de prendre position. Le commissaire Shepherd communiquait les premières directives pour encercler l'immeuble avant de l'investir. Ça n'allait pas durer longtemps, il le savait. Ève Melville, qui en avait assez d'attendre dans l'escalier, pénétra à son tour dans la pièce en pointant son arme. Rassurée par son arrivée, Talia demanda :

— Donnez-moi votre arme, commandant. Tout est terminé.

Il n'oscilla pas, restant en partie, et malgré les apparences, maître du jeu.

— Je ne vous donnerai pas mon arme, Talia, mais rassurez-vous, je n'ai pas l'intention de m'en servir.

— S'il vous plaît, commandant. Vous savez mieux que personne que tant que vous avez une arme, la décision de vous éliminer peut être prise à chaque instant.

Il ne réagit pas et continua de leur tourner le dos en regardant par la fenêtre les agents qui s'activaient dans la rue pour sécuriser le périmètre. Il connaissait cela par cœur. L'adrénaline avant l'estocade, la synergie entre les hommes, l'éventualité de la mort, tout cela avait quelque chose d'euphorisant. Pour eux, il était un gibier de premier choix.

De là où elle se trouvait, Talia aurait pu tenter de le ceinturer pour l'immobiliser au sol, mais il savait se défendre et il était plus fort qu'elles deux réunies. N'ayant aucune idée de la réaction qu'il pourrait avoir, elle décida de suivre la procédure d'interpellation standard. Le poisson était ferré, il ne restait plus qu'à le laisser dériver en l'épuisant.

— Près de sept cents millions d'euros, Talia, vous imaginez ?

— Pas vraiment…

— Ça dépasse l'entendement. Et le tout sans faire une seule victime et sans fournir le moindre suspect. Un coup de maître qu'on étudierait dans les écoles de police durant des décennies, un mystère qui reléguerait la disparition du vol MH370 au rang d'anecdote.

— Qu'est-ce que vous auriez fait de tout cet argent ?

— Je serais parti vivre en Amérique, en Californie. Je vous ai dit que j'étais amateur de cuisine ?

— Je ne crois pas, non.

— J'y aurais ouvert un luxueux restaurant de cuisine française, sans regarder à la dépense. Je suis certain que ça aurait marché. Les Américains sont comme les bébés, ils mangent toutes les trois heures.

— Mais c'était avant la grange, n'est-ce pas ? Elle n'était pas dans le plan qu'il vous avait exposé.

— Non. Sinon, je ne l'aurais pas laissé faire. C'étaient mes hommes, ma vie, j'étais responsable de leur sécurité. Avec le temps, vous apprendrez ce sentiment paradoxal de toute-puissance et de grande fragilité. Pour le moment, vous n'en avez qu'un vague aperçu, qui se révélera erroné au premier déboire que vous rencontrerez.

Elle lui aurait bien répondu qu'elle ne se mettrait jamais dans une situation pareille et qu'il n'était victime que de lui-même. Mais elle ne se trouvait pas dans une discussion d'égal à égal, plutôt dans celle entre un confesseur et un pénitent, alors elle le laissa poursuivre sans le contredire.

— Notre vie ne se résume qu'à trois ou quatre choix définitifs.

— Qu'est-ce que vous comptez faire maintenant, commandant ? demanda-t-elle, insistant sur ce qui était toujours son grade.

— Vous l'avez dit, Talia, pour moi, la partie est terminée.

Une dizaine d'hommes de la Bac, armés et équipés, venaient d'entrer dans l'immeuble. Il ne leur faudrait qu'une poignée de secondes pour arriver au troisième étage. Il n'avait pas échappé non plus à Laville que, de l'autre côté de la rue, des snipers s'étaient mis en position et devaient déjà tapisser son corps de mires virtuelles.

— Si vous me remettez votre arme, commandant, sans geste brusque, vous pourrez faire valoir votre brillante carrière, expliquer les chemins qui vous ont mené là. On vous soutiendra… Je vous soutiendrai, ajouta-t-elle après un petit temps.

— Les chemins ?

— C'est Gérald Mansour qui a tué vos hommes. Ce n'est pas vous qui l'avez choisi, mais l'inverse. Il vous a manipulé.

— Convaincre des jurés d'assises que le commandant en chef du Raid s'est fait manipuler par un vulgaire vendeur de panneaux solaires ne sera pas facile. Il me faudra un bon avocat.

Elle ne répondit pas.

— Non, Talia, j'assume mes actes, comme je l'ai toujours fait, mais pas devant vous !

Il posa sa botte sur le garde-corps de la fenêtre. Talia avait compris ce qu'il avait en tête. Elle l'avait lu dans ses yeux. Il se retourna vers elle, reconnaissant qu'elle ne fasse pas de tentative désespérée pour l'en empêcher.

— Ne l'écoutez pas, Talia, jamais ! Ne lui faites pas confiance. Quand vous l'aurez dans votre ligne de mire, tirez-lui une balle dans la tête, sans sommation. Sinon, c'est lui qui vous aura.

Il enjamba le rebord de la fenêtre. Dans la rue, tout le monde observait ce qui se tramait au troisième étage. Elle entendit Shepherd hurler à ses hommes de s'éloigner de la zone où il allait tomber. Laville la regarda une dernière fois.

— J'ai toujours préféré la souffrance à la tranquillité stérile.

Talia resta silencieuse. Les mots étaient désarmés.

Il ne se laissa pas simplement chuter. Il sauta la tête en avant avec une impulsion, comme pour montrer qu'à l'ultime moment c'était toujours lui qui décidait. Les dix mètres qui le séparaient du bitume ne lui laissaient aucune chance de survie. Talia sortit de la pièce avant que le corps se fracture sur le sol dans un bruit de bois cassé.

Maintenant, il fallait arrêter la tête pensante de toute cette folie.

## – 60 –

*Paris, place Vendôme, hôtel Ritz,*
*le lendemain matin*

La voiture s'arrêta devant les quatre arcades du palace. Tarek sortit en premier, tirant derrière lui une valise à roulettes. Vêtu de son costume blanc et de sa chemise orange, il ne passa pas inaperçu, distribuant des billets de vingt euros à tous les portiers et voituriers qui se présentaient. Après avoir placé son bagage dans le coffre, il fit quelques pas dans le hall et sur l'avenue pour s'assurer que, hormis des clients et des livreurs matinaux, la voie était dégagée.

Gérald Mansour inspecta une dernière fois les lieux. Il savait que le matériel qu'ils y laissaient pouvait les compromettre, aussi avait-il loué les chambres pour deux jours supplémentaires, en demandant qu'elles ne soient pas nettoyées. Pour compenser le désagrément, cinq mille euros en liquide étaient disposés sur l'une des tables de nuit, à destination du petit personnel de l'hôtel. Il espérait ainsi être considéré comme une sorte de Robin des Bois, et que la collaboration avec la police en serait moins zélée. Certes, sur les lits, il n'y avait pas d'arc ni de flèches, mais un arsenal militaire d'armes, de munitions, des ordinateurs et des affaires qui n'avaient plus d'utilité. Ils allaient voyager léger, sans bagage en soute afin d'être le plus mobiles possible à l'arrivée à Marrakech.

Dans le luxueux ascenseur qui le menait vers l'accueil, Gérald eut une idée un peu saugrenue. Sur son téléphone satellite, il composa le numéro de Talia. Laville ne lui répondait plus, mais elle, en tant que négociatrice et profileuse, ne perdrait probablement pas une occasion de contact. Après quatre sonneries, l'appel bascula sur la messagerie. Peut-être que s'il l'appelait avec son numéro personnel, elle décrocherait. Mais c'était risqué et un peu tôt pour ça. Le silence était toujours un mauvais présage. Dans la rue, un vent léger balaya son visage. La quiétude des activités commerçantes et le rythme régulier du trafic matinal le rassurèrent. Un peu. Kevin et Myriam rejoindraient l'aéroport par les transports en commun, pour ne pas attirer l'attention sur un groupe. Tarek, lui, était déjà installé à l'arrière du taxi. Il consultait les informations de la nuit sur l'un des journaux mis à la disposition des clients de l'hôtel.

— Orly, terminal 4, dit Gérald en fermant la portière derrière lui.

Le chauffeur démarra. Il fit le tour de la place sous le regard placide des policiers et prit la direction du périphérique.

— Vous avez vu, monsieur Gérald ?

Tarek glissa un journal sur ses genoux. La première page mentionnait une interpellation musclée, la veille, dans le XV$^{e}$ arrondissement. Selon le journaliste, elle était probablement en rapport avec la prise d'otages. L'un des chefs de l'opération, dont l'identité n'avait pas encore été révélée, serait mort en essayant de fuir les agents venus l'interpeller. Il n'y avait pas beaucoup d'informations, si ce n'est une photo où on distinguait

Shepherd et une demi-douzaine d'hommes entourant un corps gisant au sol.

— Ils ont sûrement identifié Laville, dit le Marocain à voix basse.

— Ça m'étonnerait, il est malin, et puis ils ne l'auraient certainement pas abattu.

— C'est dommage qu'on ne puisse pas accéder à Internet, il doit y avoir plus d'informations maintenant.

Les téléphones satellites ne permettaient pas de se connecter à Internet. Il hésita, mais le risque de triangulation présenté par un GSM classique était trop important et l'identité de l'homme abattu ne changerait rien à leur plan. Interpellé par leurs propos, le chauffeur les observa une fraction de seconde dans le rétroviseur intérieur. Gérald s'en aperçut. Il tenta d'appeler plusieurs autres membres du Raid. Tous étaient sur messagerie. Cela voulait dire qu'ils étaient en intervention. Il composa de nouveau le numéro de Talia. Il ne comptait pas lui parler. Le seul fait d'entendre le son de sa voix lui aurait donné des indications sur son état d'esprit. Elle ne répondit pas. Il avait un mauvais pressentiment, une furieuse envie de faire demi-tour. Son instinct l'incitait à le faire, mais sa raison lui rappelait que les derniers kilomètres étaient souvent les plus difficiles. Le taxi venait de franchir le boulevard Brune et s'apprêtait à bifurquer sur le périphérique; porte d'Orléans, la circulation était fluide.

## – 61 –

*Aéroport d'Orly,*
*à quelques kilomètres de Paris,*
*au même moment*

La grande horloge indiquait 10h40. Les minutes s'écoulaient comme un compte à rebours qui propulserait bientôt les nombreux voyageurs du terminal vers la haute altitude. Talia et Shepherd s'étaient installés légèrement à l'écart, à la terrasse d'une brasserie située au premier étage, entre les terminaux 2 et 3. Attablés à proximité de la balustrade, ils bénéficiaient d'une vue plongeante sur le hall et les comptoirs d'embarquement. Le vol pour Marrakech était annoncé à 12h30, sans retard particulier. Équipés d'oreillettes discrètes, ils étaient reliés à la vingtaine d'agents en civil positionnés aux endroits stratégiques de l'aéroport, et à ceux, plus nombreux, du Raid regroupés sur le tarmac. Sachant que Gérald connaissait très bien les protocoles d'intervention, elle avait fait modifier la fréquence radio habituelle par précaution. La souricière était installée, l'interpellation allait être musclée, il ne manquait plus que la souris.

Talia avait vu les appels successifs provenant du téléphone satellite de Gérald. Pour ne pas lui donner de prise et le laisser dans la nuit où il se trouvait depuis la libération des enfants, elle n'avait pas répondu. Néanmoins, toujours en état d'alerte, les équipes de l'opérateur avaient pu déterminer que le premier appel avait été passé du centre de Paris et les suivants depuis des zones se rapprochant toutes de l'aéroport. En exhumant les démarches du commandant Laville durant les derniers mois, ils avaient trouvé l'établissement frauduleux d'une vingtaine de passeports. Plusieurs avaient été utilisés pour acheter des billets à destination de Marrakech, de Rabat et d'Agadir, en partance le jour même de trois aéroports distincts. Le doute n'était pas possible. Des forces armées avaient été mises en place dans chacun pour interpeller les suspects là où ils se présenteraient.

— Pourquoi imaginez-vous qu'il va venir à Orly, plutôt qu'à Roissy ou à Beauvais ? demanda Shepherd qui martyrisait une touillette à café.

— Programmation neurolinguistique, répondit-elle en souriant, tout en écoutant dans son oreillette le compte rendu des agents qui surveillaient l'entrée des sept parkings.

— Vous allez me refaire le coup du nuage ?

— Pas du tout, commissaire. La PNL est l'étude des représentations mentales et des automatismes. C'est une technique qui vise à établir des comportements types, normés, plus ou moins conscients.

— Oui, je connais. Mais je n'en vois pas l'intérêt dans le cas de Gérald Mansour.

— La majorité des êtres humains, qu'ils soient criminels ou non, réagissent d'une façon similaire à des problèmes simples. C'est le cas, notamment, si vous demandez à un individu de faire un choix entre trois propositions similaires pour lui, sans bénéfice ni désagrément. Dans 80 % des cas, il choisira instinctivement celle du milieu. C'est lié à notre positionnement naturel entre le trop et le pas assez.

Shepherd réfléchit un instant à ce qu'il choisirait mais maintenant qu'elle lui avait révélé le truc, son choix était faussé.

— Essayez avec vos amis et vous verrez que le pronostic se vérifie.

— J'essaierai…

— Les joueurs de bonneteau connaissent bien ce principe. Si vous jouez, ignorez toujours le gobelet du milieu et concentrez-vous sur ceux de droite et de gauche, vous augmenterez sensiblement vos espérances de gain.

Avec des jumelles discrètes, elle observait une porte qui venait de s'ouvrir. Un groupe de quatre personnes marchait vers la zone d'embarquement avec plusieurs chariots à bagages.

— Sauf si vous jouez pour la première fois, évidemment. Dans ce cas, le croupier aura envie de vous appâter et il placera la pièce sous celui du milieu afin que vous la trouviez.

Il la regardait avec perplexité.

— Oui, je sais. On a toujours ce sentiment lorsqu'on s'initie à ce genre de méthodes. On se dit qu'avec nous ça ne marcherait pas. Et c'est d'ailleurs peut-être le cas, mais alors vous entrerez dans la faible proportion des gens qui ne choisissent pas le gobelet du milieu et la statistique restera valable.

— Ça doit être pénible de jouer avec vous.

— Pas si vous aimez gagner.

— C'est donc parce que, chronologiquement, le vol pour Marrakech se situe entre les deux autres que vous en déduisez qu'il va le prendre ?

— Pas uniquement. Jusqu'à la date présumée de son décès, Gérald Mansour vivait avec son père dans cette région. Il n'est pas idiot de penser qu'il y bénéficiera d'accointances lui permettant de disparaître plus facilement.

— Il pourrait très bien y retourner en passant par Rabat ou Agadir.

— Il pourrait, mais les chemins les plus courts sont souvent les meilleurs.

— Programmation neurolinguistique ?

— Non, observation personnelle.

Une alerte dans les écouteurs attira leur attention à tous les deux. Une femme seule, les cheveux voilés, venait de se présenter sous l'une des fausses identités. Elle ne ressemblait pas vraiment au portrait-robot de Myriam Mansour, mais il était impossible d'être affirmatif.

— En voilà une, se réjouit Talia en se levant pour mieux distinguer le dos de la cible qui attendait au comptoir d'enregistrement face à eux.

Talia donna immédiatement la consigne de lui délivrer son billet normalement, sans faire de zèle et sans l'alerter en quoi que ce soit. Tout le monde savait que leurs passeports étaient faux, alors ce n'était pas le moment de chercher la petite bête.

— On la chope quand ?

— Pas tout de suite. Je veux d'abord qu'on *plugge* les trois autres sinon on risque de prendre la *blind* mais pas la mise[1].

— Ils se sont peut-être séparés et répartis entre les trois aéroports…

---

1. Expression de poker qui désigne le fait de dévoiler son jeu trop tôt et de perdre les gains potentiels.

— Je ne crois pas. À mon avis, ils vont essayer de tous passer sous le gobelet du milieu, car il serait encore plus risqué pour eux de se diviser maintenant.

Un agent les informa qu'un deuxième suspect s'enregistrait simultanément à un comptoir situé quelques mètres à droite du premier. Ni un mot ni un regard, en apparence aucun lien entre les deux.

— Et voilà notre petit deuxième, dit Talia au micro afin que tout le monde se tienne prêt. Il ne manque plus que toi, Gérald.

Au même moment, deux hommes apparurent sur l'escalator situé au pied de la porte D. L'un portait un costume blanc et une chemise orange tape-à-l'œil. L'autre, un pantalon en toile, des baskets, une veste en jean, une casquette de base-ball et des lunettes rouges qui masquaient ses yeux. Malgré cet accoutrement, elle reconnut immédiatement le capitaine du Raid qui portait un sac à dos. Elle reprit le micro.

— Gérald vient de pénétrer dans le hall. Il porte un sac à dos pouvant contenir des armes.

Il leva la tête. Comme aimantée, son attention se porta instantanément sur elle. De là où il se trouvait, il lui était impossible de la reconnaître, avec ses cheveux dissimulés sous une capuche et ses lunettes teintées. Pourtant, son regard resta fixé dans sa direction de longues secondes.

— Gérald vient d'entrer, répéta-t-elle à voix plus basse. Je vous donnerai le top inter lorsqu'ils seront tous en salle d'embarquement. Jusque-là, personne ne bouge !

## – 62 –

Le hall des départs ne se dévoila qu'à mi-hauteur de l'escalator. Un bruissement sourd, une surexposition lumineuse qui contrastait avec l'éclairage tamisé des étages inférieurs. Derrière ses lunettes rouges, Gérald scrutait chaque mouvement suspect. Il suivait quelques oscillations, mais dans la coursive et aux guichets d'enregistrement la plupart des voyageurs étaient immobiles. Comme une gazelle traversant une steppe hostile pour se rapprocher d'un point d'eau, il se sentait vulnérable. Si un prédateur attendait dans un coin, il savait que ses chances de fuir seraient restreintes. Ce qu'il redoutait le plus, c'était de voir des uniformes ou bien des personnes sans bagage portant des oreillettes et des vêtements amples pouvant dissimuler des gilets pare-balles. Mais il n'était entouré que d'inoffensifs touristes qui attendaient leur départ pour Djerba, Agadir ou Bizerte. Son regard se porta sur l'étage supérieur, qui offrait une vue plongeante sur tout le rez-de-chaussée. S'il avait dû organiser une interpellation, il se serait probablement posté là, mais encore une fois, hormis un couple et quelques individus isolés qui patientaient, il ne vit rien de douteux. Tarek et lui se présentèrent devant l'un des comptoirs centraux. Une dizaine d'opératrices faisaient de leur mieux pour que l'attente soit restreinte et elles y parvenaient. Gérald, à l'affût de chaque réaction pouvant traduire un stress inhabituel, passa à droite et le Marocain à gauche. Personne ne semblait leur prêter attention. Une jeune femme l'accueillit en arborant un sourire de commande et examina les premières pages de son passeport. Elle lui demanda de soulever ses lunettes pour vérifier que son visage correspondait bien à la photo. Elle pianota sur son clavier pour valider les informations qu'il avait renseignées en réservant. Derrière elle, un agent de sécurité équipé d'une oreillette contrôlait les opérations. Celui-ci le scruta brièvement, ni trop ni pas assez, juste ce qu'il fallait pour surveiller sans inquiéter. Tout se passait parfaitement, presque trop. En moins d'une minute, l'hôtesse lui remit son passeport et son billet, sur lequel elle avait entouré le numéro 24 qui correspondait à la porte d'embarquement.

Il passa devant Myriam, sans la regarder. Elle était appuyée contre un panneau publicitaire. À quelques pas, Kevin faisait semblant de s'intéresser à la vitrine d'un magasin de souvenirs. Il essaya de s'écarter du champ de surveillance des caméras sans en avoir l'air. Ils s'étaient grimés tous les quatre pour se soustraire à d'éventuels programmes de reconnaissance faciale, mais il se doutait que les physionomistes de la police avaient affiné le champ des logiciels. Dans les situations de crise, ils étaient alertés sur des concordances plus larges que d'habitude, comme la taille, la morphologie, la courbure du nez, la forme des mains ou du front. C'était un outil auquel il était difficile d'échapper, à moins de venir totalement masqué. Il réajusta ses lunettes teintées, posa son sac à dos devant lui et patienta au milieu des autres passagers.

Une dizaine de minutes avant l'embarquement, ils se présentèrent séparément au contrôle. Myriam, Kevin, puis Gérald quelques minutes plus tard passèrent la formalité sans problème. Ils avaient fait en sorte de ne porter aucune pièce de monnaie, clé ou boucle de ceinture métallique pouvant attirer l'attention des agents sur eux au passage des détecteurs de métaux. Leurs bagages à main ne contenaient aucun objet électronique nécessitant leur ouverture. Tarek était le dernier à passer. Peut-être à cause de ses origines ? Ou bien du fait qu'il suait à grosses gouttes ? Il fut accompagné par un agent dans une salle à l'abri des regards pour répondre à des questions sur son identité et ses motivations à rejoindre le Maroc. Seul Gérald, qui faisait mine de patienter au pied de l'escalator, s'aperçut qu'il n'était plus derrière eux.

Tarek resta plusieurs minutes à réciter avec application le scénario convenu puis eut droit à une nouvelle fouille, manuelle cette fois, qui bien entendu ne donna rien. Le préposé fut appelé par l'un de ses collègues et le laissa seul un instant, sans doute pour observer son attitude, puis il revint pour lui rendre son passeport. Au-dessus de la porte 24, un écran indiquait maintenant l'embarquement des passagers prioritaires pour Marrakech. Tarek vint se placer dans la queue, à une dizaine de personnes de distance de Gérald. Il voyait la passerelle, derrière la baie vitrée, qui menait jusqu'à l'avion d'Air France. Dehors, il faisait un grand soleil rassurant.

Gérald imaginait les différents plans d'action qu'auraient pu mettre en place ses anciens collègues pour interpeller quatre individus dangereux dans un aéroport bondé. Quel serait le moment le plus opportun, celui présentant le moins d'incertitudes ? Le mieux semblait d'attendre que tout le monde soit assis à l'intérieur de l'avion et les accès sécurisés, mais cela comportait de nombreux risques pour les passagers. Il était persuadé que si c'était toujours Talia qui commandait l'opération, elle ne les prendrait pas. La zone d'embarquement où ils se trouvaient était indéniablement le meilleur compromis. C'était la solution la plus attendue, aussi. Une fois la fouille passée, les agents seraient certains qu'ils ne portaient pas d'armes. Au regard de la superficie de la zone, l'exfiltration rapide des civils ne poserait pas non plus de problème. S'ils étaient là, c'était probablement à cet endroit qu'ils interviendraient, et en très grand nombre. Or, il ne voyait rien qui ressemblait à des agents prêts à donner l'assaut. Il se détendit légèrement et essaya de concentrer son attention sur ce qu'ils devraient faire une fois arrivés à Marrakech.

Lorsque toutes les personnes prioritaires furent passées, les deux hôtesses fermèrent provisoirement l'accès pour leur laisser le temps de s'installer tranquillement à bord. Il fallait attendre encore quelques minutes. Elles plaisantaient entre elles et avec les passagers des premiers rangs pour détendre l'atmosphère. Chaque sourire, chaque rire spontané rassurait Gérald. Il se disait que si une opération était en cours, le personnel habituel aurait inévitablement été remplacé par des agents qu'il aurait identifiés au premier coup d'œil. Ces deux jeunes femmes faisaient leur travail de tous les jours, il aurait pu en mettre sa main à couper. Tout se passait bien, il devait juste réussir à faire abstraction de sa paranoïa instinctive.

Un voyant vert s'afficha sur le pupitre, aussitôt répercuté sur l'écran d'information. L'une des hôtesses prit le micro et, avec un grand sourire, annonça que l'embarquement pour l'ensemble des passagers à destination de Marrakech allait commencer. Certains semblaient ne pas voir la file qui s'était lentement constituée et venaient se positionner directement devant la porte, créant ainsi une seconde colonne. Gérald détestait cette désinvolture feinte et aimait généralement le faire savoir, mais ce n'était pas le moment d'apostropher des agents de sécurité totalement hermétiques à l'incident. C'est Kevin qui entra le premier sur la passerelle, rapidement suivi de Myriam qui lui adressa un clin d'œil. Il regardait les passagers progresser les uns derrière les autres après authentification du QR code de leur billet. Tarek, toujours dégoulinant de sueur, passa le contrôle. Gérald enrageait de le voir ainsi. Il ne fallut pas longtemps pour qu'un agent s'approche à nouveau pour vérifier son passeport. De là où il se trouvait, Gérald ne pouvait rien entendre, mais à l'attitude du jeune Marocain, il comprenait que ça se passait mal. *A priori*, la police n'avait pas de raison de le suspecter, mais, même dans une botte de foin, une fois le nez sur l'aiguille, on peut difficilement l'ignorer. Quelques instants plus tard, Tarek était entraîné à l'écart de la zone d'embarquement. Comme les autres passagers, Gérald le regarda s'éloigner.

La passerelle était longue, surexposée à la lumière. Une partie télescopique venait se juxtaposer sur la porte avant de l'Airbus. Gérald remarqua que l'autre élément mobile qui venait normalement se coller sur la porte arrière de l'avion n'avait pas été déployé. Il s'interrogea sur cette anomalie. Bien sûr, cette partie motorisée pouvait être en panne, ou jugée inutile au vu du nombre peu élevé de passagers. C'était même l'explication la plus probable, mais il pouvait également y avoir une autre raison. Une file s'était constituée devant l'entrée de l'appareil où deux stewards contrôlaient les billets avant d'orienter chacun vers sa place. Or, personne ne pénétrait dans l'avion. Les deux hommes en interdisaient le passage. Gérald venait juste de se positionner dans la queue lorsque les stewards, sans donner aucune explication, refermèrent la lourde porte de l'Airbus derrière eux, laissant ainsi les passagers face à une paroi hermétique. Il se passait quelque chose. Il jeta un coup d'œil au tarmac par l'une des ouvertures, mais n'y vit rien de suspect. Aucun agent ni fusil d'assaut, simplement des techniciens de trafic qui faisaient d'amples gestes avec des bâtons lumineux vers la cabine de direction de la passerelle. Il se retourna. Il avait parcouru une cinquantaine de mètres depuis le hall d'embarquement et aurait du mal à rebrousser chemin en cas de nécessité. Il y eut un à-coup, un soubresaut qui déséquilibra plusieurs passagers. L'éclairage et les témoins lumineux s'éteignirent et la passerelle se mit à reculer, se désolidarisant de l'avion. Surpris, les premiers passagers reculèrent brutalement pour ne pas tomber dans le vide. Il y eut des cris et l'un des stewards tira une porte coulissante pour cloisonner l'extrémité.

La tension était maximale. Toutes les personnes présentes se demandaient où on les emmenait. Le téléphone personnel de Gérald sonna dans sa poche. Blêmes, Kevin et Myriam le dévisageaient. Il le sortit et lut l'identité de l'appelant : Talia Sorel. Le doute n'était plus autorisé. Sur le tarmac, la passerelle autonome commençait à s'éloigner de l'aérogare en prenant de la vitesse. À la troisième sonnerie, il décrocha. Elle parla instantanément.

— Bonjour, Gérald.

Il ne répondit pas. Elle poursuivit.

— Aaron, Reda, ou plutôt Luc conviendraient mieux, tu ne trouves pas ? Mais finalement, peu importe ton état civil, en prison, tu pourras utiliser le prénom de ton choix.

— Je ne sais pas ce que tu fais, Talia, mais c'est une lourde erreur.

— Depuis le temps que tu voulais un rencard avec moi… c'est décevant, non ?

La passerelle s'immobilisa à environ trois cents mètres de l'aérogare, au milieu de véhicules blindés et d'une centaine d'hommes cagoulés dont il reconnaissait les silhouettes pour la plupart.

— Tu auras la possibilité de te défendre et même de prendre un avocat. Je vais te demander de t'identifier auprès des agents qui montent à bord, en mettant tes bras bien en l'air. Pas de gestes brusques ni de tentative de fuite, tu connais la chanson.

— Ne fais pas cela, Talia, il y a énormément d'innocents ici. Moi compris !

— J'ai donné l'ordre de vous abattre, toi, ta sœur et tes deux complices, au moindre signe d'hostilité. C'est le protocole, alors je préfère que les choses soient claires. On ne discute plus, on se rend !

Comme un aveu implicite de son identité, celle qu'il avait cru dissimuler en plein cœur du Raid, le silence fut pesant.

— C'est dans tes méthodes de négociatrice de parler ainsi à un suspect ?

— Tu n'es pas un suspect, Gérald, tu es une cible ! J'ai besoin de ton accord pour vous épargner, toi et les autres.

Il raccrocha sans dire un mot. À quelques centaines de mètres, derrière une baie vitrée donnant sur l'attroupement armé, Talia savait que ce refus de négocier constituait le point de non-retour. Il le savait aussi. Elle donna le top inter. Tous les agents au sol l'attendaient avec impatience, ayant en eux le souvenir vivace des collègues perdus dans l'explosion de la grange du Paradiso delle Alpi.

## – 63 –

Deux portes s'ouvrirent simultanément en haut des escaliers latéraux, laissant entrer dix agents du Raid en tenue de combat, précédés par le commandant Ederman. Les fusils-mitrailleurs et les cagoules qui dissimulaient leurs identités ne laissaient pas de doute sur la nature de leur intervention. Malgré cela, la plupart des passagers gardèrent leur calme. Des trois complices, Kevin fut le premier à se signaler en levant les bras. Il avait joué, il avait perdu, il n'était pas prêt à y laisser la vie. Il fut plaqué au sol sans ménagement, fouillé et exfiltré. Dans un angle, la tête baissée, Myriam fut aisément identifiée au voile qui dissimulait ses cheveux et le bas de son visage. Elle tenta vainement de protester, justifiant qu'il s'agissait d'une erreur, mais subit le même sort que son complice.

— Ça ne va pas assez vite !

La voix de Talia résonna dans toutes les oreillettes des agents. À trois cents mètres, elle se crispait en suivant l'intervention *via* les caméras et micros fixés sur les gilets pare-balles.

— Il est où ? s'agaça Shepherd à son tour.

Elle ne parvenait pas à le voir. Elle activa son micro.

— Interpellez la cible principale.

Un long grésillement répondit à son appel.

— Je répète. Identifiez et interpellez immédiatement Gérald Mansour. Ne lui laissez pas le temps de s'organiser !

— Bien reçu, répondit le commandant en second Ederman.

Il balaya l'espace du regard, sans trouver l'homme à la casquette. Il fit signe à deux de ses hommes de remonter à contresens vers l'extrémité. Talia comprit en un instant ce qui allait se passer. L'une des cloisons de la passerelle se dissocia pour se fracasser sept mètres plus bas. La silhouette de Gérald apparut en pleine lumière. Portant toujours ses lunettes rouges, il se tourna pour voir ce qui se passait dans son dos. Sur la tablette, Talia voyait l'autre versant de la scène. Les agents venaient de le mettre en joue et effectuaient les sommations. Au sol, d'autres agents commençaient à bloquer son unique échappatoire. Talia se demandait ce qu'il comptait faire. Sauter de cette hauteur sur du béton était inconsidéré. Qui plus est, s'il ne se cassait rien, il se retrouverait face à une dizaine d'agents qui, contrairement à lui, étaient armés. Ses chances de fuite étaient presque nulles. Pourtant, après trois secondes d'hésitation, Gérald se jeta dans le vide.

Il se réceptionna avec une étonnante agilité, roula au sol et se releva presque instantanément. L'homme le plus proche le mit en joue, arme à hauteur de sa tête, et hurla les sommations. Gérald leva les bras mais se dirigea vers lui sans ralentir. De là où elle se trouvait, Talia voyait qu'il lui parlait mais sans entendre ce qu'il disait.

— Feu ! ordonna-t-elle très vite.

Dans n'importe quelle autre situation, l'agent aurait tiré instantanément. Mais il connaissait la cible, c'était un collègue. Il temporisa. Ce fut une erreur. Arrivé à la hauteur du policier du Raid, Gérald saisit le bout du canon avec lequel il était mis en joue et, par une clé de bras, fit basculer le dos de l'agent contre son abdomen. L'effet de surprise joua pleinement. En une fraction de seconde, il le désarma et plaça le canon sur sa tempe. Les autres hommes s'arrêtèrent. Sans leur laisser le temps de réfléchir, Gérald se dirigea vers le véhicule le plus proche, son otage placé entre eux et lui. Talia n'en revenait pas.

— *Putain !*

— Qu'est-ce qu'on fait ? cria le commandant Ederman.

Elle laissa grésiller le récepteur. L'un des snipers aurait pu l'abattre, mais il y avait un risque de toucher celui qui n'était désormais plus qu'un otage. Elle hésita. Gérald ouvrit violemment la porte du 4×4 blindé, intima à l'homme qui était au volant d'en sortir. Celui-ci s'exécuta. En conservant son bouclier humain debout comme protection, il s'assit et mit le contact. Tout le monde redoutait ce qui allait se passer, Talia la première, mais personne n'eut le réflexe de tenter quoi que ce soit. L'otage tenu en respect ferma les yeux. La balle lui fit exploser la cervelle par l'arrière, maculant de matière organique les agents qui n'étaient qu'à quelques mètres. Il s'écroula. La sidération fut courte mais suffisante pour que Gérald referme la portière et démarre en trombe. Une pluie de balles se fracassèrent instantanément sur la carrosserie blindée.

Malgré leurs triples couches de protection, les roues arrière subirent des dommages et, après une trentaine de mètres, un pneu éclata avec un bruit sourd de détonation. Le véhicule partit de travers, comme un crabe. Une gerbe d'étincelles jaillit du pneumatique disloqué. Talia pensa un moment qu'il allait partir en tonneaux, mais il se rééquilibra *in extremis* et continua d'accélérer tant bien que mal vers le bâtiment de l'aéroport.

— *Putain, putain, putain !* s'exclama-t-elle au milieu des voyageurs qui s'étaient massés près des baies vitrées.

Abasourdis par ce qui se passait sous leurs yeux, Shepherd et Melville restaient silencieux. La situation était en train de leur échapper. Le trafic aérien provisoirement suspendu laissa passer deux hélicoptères Puma. Quelques secondes seulement après avoir décollé, ils se trouvaient à portée de tir du véhicule qui n'était plus qu'à une centaine de mètres du terminal.

— Demande d'autorisation d'abattre la cible, déclara l'un des pilotes.

La réponse de Talia fut immédiate.

— Feu !

La foudre s'abattit instantanément. Les puissantes mitrailleuses criblèrent la zone en laissant de lourds cratères dans le bitume. Plusieurs impacts traversèrent la carrosserie blindée. Le 4×4 parcourut les derniers mètres sans ralentir et s'enfonça à pleine vitesse dans la zone de fret, stoppant net la progression des hélicoptères.

Située juste au-dessous de la baie vitrée, Talia perdit simultanément le visuel et les images vidéo. Tout le monde se pencha pour essayer de voir ce qui se passait sous ses pieds, mais l'inclinaison était insuffisante. Les véhicules du Raid n'arrivèrent qu'une poignée de secondes plus tard. Ils rejoignirent l'épave transpercée de toutes parts, enchevêtrée dans un des conteneurs à marchandises. La portière du conducteur était ouverte et l'habitacle déserté. Talia retrouva ce qui se passait *via* les caméras portatives des agents qui se déployaient.

— Tir à vue ! répéta-t-elle deux fois, pour être certaine que la tragédie ne se reproduise pas.

Les secondes suivantes lui parurent longues. Au bout d'une minute, le commandant Ederman prit la parole.

— On l'a perdu !

Elle aurait aimé jeter la tablette qu'elle avait entre les mains. À peine avait-elle reçu l'information qu'elle entendit trois détonations. Elle décrocha son écouteur, le bruit ne venait pas de l'appareil mais bien du terminal.

— Je l'ai ! dit aussitôt le directeur de la régie de l'aéroport sur le canal sécurisé.

— Il est où ? lui demanda Talia.

— Il remonte par l'un des convoyeurs à bagages, il va ressortir dans le hall 4.

— Envoyez-moi les images.

Depuis le PC sécurité, il connecta un retour vidéo de mauvaise qualité, typique des caméras de surveillance, qui s'afficha instantanément sur l'écran de Talia. Depuis l'angle de la zone, elle découvrit deux corps gisant au sol et plusieurs passagers calfeutrés derrière des protections de fortune. À l'opposé, Gérald sortait en boitant de la zone douanière pour entrer dans la galerie de l'aéroport. Il tira de nouveau quatre fois sans que Talia puisse savoir si c'était sur quelqu'un. Il était probable que, dans cette zone, il ne rencontrerait aucune résistance. Il n'y aurait que des militaires de l'opération Sentinelle, qui n'étaient pas en relation avec le reste des équipes d'intervention. Il allait faire un carnage. Elle mit la tablette dans les mains de Shepherd, qui faillit la faire tomber sous l'effet de la surprise.

— J'y vais !

— Je te suis, dit Ève.

— Non, vous restez là tous les deux ! Vous n'êtes pas entraînés pour lutter contre ce type d'adversaire.

— Je ne compte pas lutter, répondit l'enquêtrice. Si je le vois, je le bute.

— Non ! J'ai besoin de deux personnes de confiance ici pour me guider.

Elle tendit ses jumelles à Ève pour être sûre qu'elle avait bien compris. L'enquêtrice sortit son arme, elle en vérifia le chargeur, la retourna en la saisissant par le canon et la tendit à Talia.

— Tiens ! Prends celui-ci également, au cas où.

— Je suis déjà armée.

— Deux valent mieux qu'une.

Talia contrôla le cran de sécurité et glissa le pistolet à l'arrière de sa ceinture. Trois nouvelles détonations retentirent, faisant trembler les vitres. La résonance donnait l'impression que le bruit venait de partout. Autour d'elle, les voyageurs étaient terrorisés. Elle reprit la tablette des mains de Shepherd mais ne vit rien sur les images. Elle approcha le micro de sa bouche.

— Qu'est-ce qui se passe ?

La voix du directeur de l'aéroport était essoufflée.

— Il vient de tuer un type qui essayait de lui parler.

— Un militaire ? demanda-t-elle.

— Non, un civil, je crois.

— Et les deux autres coups de feu ?

— Je ne sais pas, je n'en ai vu qu'un. Il faut l'arrêter !

— OK. Je descends !

— Vous n'êtes pas obligée, lui dit Shepherd.

— Vous croyez ça ?

Il ne répondit pas. Elle resserra la sangle de son gilet pare-balles. Inquiet et admiratif, il la regarda faire sans essayer de la dissuader à nouveau.

— Avec lui, ne faites aucun quartier.

— Je n'en ai pas l'intention.

— Ni sommation, ajouta-t-il à voix basse pour ne pas être entendu des passagers.

Elle partit sans se retourner et disparut dans l'escalator qui, comme toutes les installations du terminal, avait été stoppé. Shepherd scruta l'écran de la tablette. Talia avait besoin de personnes de confiance pour la guider, mais d'ici son aide serait très limitée.

## – 64 –

*Trois minutes plus tôt*

« Quand le moment de vérité arrive,
le bien et le mal s'annulent. Ne reste plus
que ce qu'il faudra accomplir les yeux fermés. »
Yasmina KHADRA

Gérald avait l'impression que sa cheville était cassée. Chaque foulée le martyrisait. Il savait qu'on pouvait duper la douleur, alors il tentait de l'ignorer en se concentrant sur les mètres à parcourir. À la force des bras, il s'était hissé à l'étage par le convoyeur servant habituellement à descendre les bagages. Les comptoirs étaient vides et les hôtesses avaient disparu. Le hall d'enregistrement lui aussi était désert. Seuls trois jeunes militaires en armes, deux garçons et une fille, visiblement surpris de voir quelqu'un débarquer par là, se dirigèrent vers lui fusil en main. Il se redressa, sortit son arme. Il savait comment se comporter face à des post-adolescents qui se trouvaient, pour la première fois de leur vie, en danger de mort imminente. Le premier fit les sommations pendant que les deux autres le mettaient en joue. Il leva les mains, son pistolet à bout de bras, et avança lui aussi. Ce furent eux qui reculèrent. Arrivé à trois mètres, il les exécuta. Une balle dans la tête à bout portant sans qu'aucun ait le temps de réagir. Il y eut moins de deux secondes entre la première et la troisième détonation, si bien que les sons se confondirent en une longue résonance. Il mit le pistolet dans sa ceinture, ramassa le fusil d'assaut de la jeune fille, vérifia le chargeur et ôta le cran de sûreté. Elle gémissait encore. Il hésita. Elle le fixait. La balle lui avait arraché la moitié inférieure du cerveau. Elle mourrait de toute façon. Il détourna le regard et l'acheva.

Il continua vers la sortie. Il boitait de plus en plus. Derrière les baies vitrées, des personnes le regardaient déambuler, sidérées. La circulation avait été interrompue sur le boulevard circulaire, des deux côtés. À l'extrémité de la zone, il distingua des cars et des voitures de service qui n'avaient pas été évacuées. Il se dirigea vers elles malgré sa cheville, tenu seulement par la douleur qui irradiait dans toute sa jambe. Des agents de sécurité bloquaient tant bien que mal les accès. Ceux-ci n'étaient ni dangereux ni armés, mais Gérald redoutait les snipers et préféra progresser dans le terminal. Les échanges de coups de feu avaient provoqué une panique indescriptible. En le voyant arriver, les rares personnes qui étaient restées à l'intérieur se plaquèrent au sol, les mains sur la tête, ou se dissimulèrent derrière des panneaux publicitaires. Un agent d'entretien âgé ne fit ni l'un ni l'autre. Debout derrière son chariot de produits ménagers, il ne baissa pas le regard et l'apostropha vertement.

— Arrête-toi là, mon ami !

— Pourquoi ? se sentit-il obligé de répondre à l'inconnu.

— Parce que.

— Parce que quoi ?

— Tu fais des conneries !

L'homme puait la vinasse et la familiarité, tout ce que Gérald détestait. Il le transperça d'une rafale dans l'abdomen. Il y prit du plaisir. L'homme s'effondra en entraînant le chariot dans sa chute. Gérald aurait pu l'ignorer, le gracier, comme on épargne un insecte déplaisant. Ce type n'était pas menaçant, juste inconscient, mais dans la transe où se trouvait Gérald, seule la mort l'apaisait. Le fusil-mitrailleur lui procurait un sentiment de puissance absolue, de maîtrise ultime. Aucun policier, aucune armée ne pourraient l'arrêter car il ne leur en laisserait pas le temps. Si on le tuait, ce serait par surprise, un coup nécessairement violent et inattendu, il ne s'en rendrait peut-être même pas compte. Combien de personnes pouvait-on tuer avec un chargeur de HK416 ? Cent, mille ? Il l'ignorait. Combien en avait-il tué depuis deux ans ? Des frères, des pères. Il ne savait pas. Il n'y avait pas de châtiment humain pour ce qu'il avait fait, pas de prison ni de rémission possible.

Dans l'angle d'une boutique de restauration, une jeune fille s'était maladroitement dissimulée. Leurs regards se croisèrent. Elle était terrorisée. Il pointa son canon vers elle, elle hurla, ses jambes la lâchèrent, elle chuta sur le carrelage en se recroquevillant. « Boum », chuchota-t-il. Il n'y avait pas de doute, à ce moment précis, il était Dieu.

— Gérald !

Le cri résonna dans le terminal vide. Il n'avait tourné la tête vers la fille que quelques secondes, pourtant, devant lui, le panorama avait changé. Talia Sorel était apparue. Seule. À environ trente mètres. Elle le tenait en joue, le canon de son Glock 17 pointé vers lui.

Cette fois, il s'arrêta. Elle était la dernière personne qu'il aurait voulu voir à ce moment, son ultime part d'humanité. Il avait de l'estime pour elle, et même de l'admiration. Elle était la seule qui avait su rivaliser avec lui. Pourtant, se placer face à lui était la pire idée qu'elle ait jamais eue. Elle ne portait pas l'uniforme, mais un jean, des bottes et un gilet pare-balles. Illusoire protection face à un fusil de guerre dont les cartouches pouvaient transpercer le blindage d'un char.

Il prit la visée à son tour. Le temps qu'elle tire une, ou peut-être deux balles, il aurait le temps d'expédier plus de soixante cartouches plus puissantes et destructrices que les siennes. Elle le savait. Était-elle prête à donner sa vie pour le stopper ? C'était la vraie question qu'elle devait se poser à cet instant précis.

— Baisse ton arme, Talia. Je ne veux pas te tuer.

— Tu sais que je ne le ferai pas.

— Je veux juste m'en aller !

— Dans la vie, on ne fait pas toujours ce qu'on veut.

Elle était un peu trop loin de lui pour être dangereuse. Elle s'en rendit compte et se rapprocha de quelques pas pour réduire la variance de son tir. Il la laissa faire. Il ne devait pas rester là. Même s'il ne voulait pas lui faire de mal, il ne pouvait pas perdre plus de temps.

— Je vais compter jusqu'à cinq, Talia. Ne m'oblige pas…

— Alors tu devrais tirer tout de suite.

— Un…

La plupart des voyageurs avaient quitté le hall depuis longtemps. Seuls quelques-uns étaient restés, dissimulés derrière des protections de fortune, et tentaient de filmer avec leurs portables l'incroyable scène qui se déroulait devant eux.

— Deux.

Elle bloqua son geste et coupa sa respiration. Il poursuivit.

— Trois.

Il avait ralenti sa diction, de façon à lui laisser quelques instants supplémentaires. Elle ne le lâchait pas du regard. Lui non plus.

— Quatre.

La détonation du Glock 17, fortement amplifiée par le cloisonnement, retentit dans tout le terminal. Gérald reçut un choc frontal. Il recula de plusieurs pas, riposta mais, déséquilibré, envoya une rafale dans le plafond. Il percuta une rangée de fauteuils chromés et bascula par-dessus. Le temps s'était suspendu et le sifflement mit plusieurs secondes à s'estomper.

Elle s'approcha, sans lever la visée du corps qui gisait maintenant au sol. Elle contourna lentement l'obstacle métallique, prête à l'achever au moindre mouvement suspect. Elle fut vite rassurée. Les yeux à demi révulsés et parcourus de soubresauts, il agonisait, sans rien voir de ce qui l'entourait. Elle mit un coup de botte dans le fusil d'assaut qui était tombé à côté de sa main et prit le pistolet qu'il avait à la ceinture d'un geste rapide.

La scène était insupportable, néanmoins elle ne voulait pas détourner le regard avant qu'il expire une dernière fois. Il y avait des témoins et, tant qu'il ne se montrait pas menaçant, elle ne pouvait pas l'achever sans que ça puisse lui être reproché. Alors, elle attendit, un long moment, en le regardant se vider de son sang sur le sol de l'aéroport.

Ève et Shepherd furent les premiers à descendre dans le terminal. Quelques secondes plus tard, une douzaine d'agents aidés par autant de militaires encerclèrent la zone et évacuèrent les cinéastes amateurs. Le dernier râle de Gérald fut long et douloureux. Il se figea définitivement, un cratère rouge entre les yeux. La cause de la mort ne serait pas longue à déterminer. Une symétrie presque parfaite qui à l'arrière du crâne se transformait en un cratère de plus de cinq centimètres. Ses yeux avaient repris leur synchronisme initial. Ce regard était celui qu'il lui lançait au moment précis où elle avait appuyé sur la détente. Comme si elle l'avait saisi sur l'instant, laissant à ses organes libérés le bénéfice d'un baroud d'honneur.

— Beau tir, commandante ! dit Shepherd.

— Whaou ! À la fête foraine, vous deviez gagner tous les nounours ! ajouta Ève, moins conventionnelle.

Informé par radio du dénouement, le reste des effectifs du Raid débarqua en nombre dans le terminal 3. Intendance comprise, cela représentait une centaine de fonctionnaires chez qui la chute brutale d'adrénaline provoquait des réactions hétéroclites. Le corps de celui qui avait ôté la vie à tant d'agents gisait au sol, anonyme et inoffensif. Comment un seul être humain avait-il pu engendrer tant de désolation ? C'était la question que la plupart se posaient silencieusement après un tel épilogue. C'était un instant encore plus particulier pour ceux qui avaient été intimes avec lui. Chacun vivait le moment dans son intériorité ou bien dans le partage. Talia dégrafa son gilet pare-balles et avertit les équipes que l'opération était terminée.

# – 65 –

*Paris, VIIIe arrondissement,*
*quelques jours plus tard*

« Le danger que l'on pressent,
mais que l'on ne voit pas,
est celui qui trouble le plus. »
Jules CÉSAR

À la tombée de la nuit, les capitales du monde changent de rythme et de couleurs. Une routine mathématique, presque géométrique, une fourmilière où chacun semble trouver une place prédéfinie. À Paris comme ailleurs, les journaux titraient encore tous sur l'épilogue de « l'affaire des cars ». Un duel armé en plein milieu de l'aéroport d'Orly avait quelque chose de suranné mais de terriblement attractif. Une scène comme on n'en avait pas connu depuis le Far West. Sur les réseaux sociaux, les messages de familles d'otages reconnaissantes rivalisaient avec ceux de célébrités, de politiques ou de gens plus anonymes, pour encenser la jeune commandante du Raid. L'engouement était tel qu'il avait totalement occulté la fuite rocambolesque de l'un des complices de l'affaire. Cette négligence aurait pourtant pu valoir à Talia une mise à pied.

Heureusement pour elle, le ministère de l'Intérieur, qui envisageait une décoration pour acte de bravoure, ne pouvait décemment pas cumuler sanction et récompense pour la même opération.

Dans la pizzeria du 31, avenue des Champs-Élysées, Shepherd et Melville étaient déjà attablés lorsque la vedette du moment les rejoignit en toute discrétion. Lunettes de soleil et casquette des Chicago Bulls vissée sur la tête, elle était méconnaissable. Elle checka avec ses deux collègues qui ne purent s'empêcher de rire devant son accoutrement.

— Yo ! lui lança Shepherd, fier de ses références des années 1990.

— Génial, j'ai toujours rêvé de connaître une star, commenta plus simplement la capitaine.

Talia s'assit en souriant à son tour.

— C'est une notoriété qui n'est ni souhaitée ni consentie.

— Vous êtes terrible, soupira Shepherd.

— C'est ma nature.

— Moi, j'aimerais bien, ça me ferait plaisir qu'on me regarde un jour comme Humphrey Bogart ou Frank Sinatra.

— Whaou ! s'exclama Ève en le regardant comme s'il venait de la Préhistoire. Il va falloir penser à upgrader vos références, commissaire.

— Pourquoi ? Elles ont quoi, mes références ?

— Rien, rien, elles sont juste vintage…

— Je croyais que ça plaisait aux jeunes, le vintage ?

— Oui, mais là, commissaire, c'est du vintage vieux !

— Ah oui ? Eh bien, vous me direz quand c'est du vintage bien et quand c'est du vintage vieux.

— Je pense, coupa Talia, que l'important, c'est d'être regardé comme Sinatra par sa famille, ses amis, et pas par des inconnus dans la rue ou dans les quotidiens.

Il plissa les yeux. Elle venait de lui expédier un uppercut, sans s'en rendre vraiment compte. Même s'il clamait que seule la compagnie de son chien l'intéressait, c'était là que le bât blessait pour lui, et le fait d'être reconnu dans la rue n'y changerait effectivement pas grand-chose.

— Oui, c'est pas faux, mais l'un n'empêche pas l'autre, balbutia-t-il.

Talia appela l'un des nombreux serveurs de l'établissement, sans succès. Celui-ci regardait dans sa direction mais fit mine de ne pas la remarquer.

— Le look *teenager*, pour passer commande, ça le fait pas, s'esclaffa Ève.

Talia soupira.

— Ma fonction interdit normalement toute forme de médiatisation. Comme pour chaque membre des unités d'élite, d'ailleurs. C'est nécessaire à notre sécurité. Alors, pour commander une pizza, je vous accorde que ça n'a pas d'intérêt, mais pour le reste, c'est plutôt confortable. Et puis ça fait partie de ma personnalité. Seule mon identité est divulguée, en tant que commandante en chef du Raid, car je représente l'institution. Si j'avais été un simple agent, j'aurais dû changer d'unité. L'anonymat, c'est le revers de la médaille de notre dévouement. Un agent en exercice n'existe que par le groupe. C'est avant tout un état d'esprit.

— C'est manqué, dit Ève en lui montrant le journal qu'elle avait sorti de son blouson.

Une photo prise par l'un des passagers calfeutrés à l'intérieur du terminal. On la voyait de face, mettant en joue Gérald, quelques instants seulement avant de l'abattre. Il ne manquait que la musique d'Ennio Morricone pour parachever le tableau.

— Oui, pour l'instant, mais il va falloir que ça s'arrête vite.

— Est-ce vraiment de ton fait ? dit Ève. Tu n'y peux rien.

— J'aurais dû intervenir cagoulée, alors un peu quand même.

— Et alors ? Tu as buté ce sale con, il n'y a que ça qui compte.

Un jeune homme aux cheveux gominés et à l'accent italien surjoué vint enfin prendre de leurs nouvelles. Dans ce restaurant particulier, l'odeur de cuisson des pâtes à pizza gorgées d'huile d'olive influençait de façon efficace le choix de la clientèle. Aussi ils ne faillirent pas à la tradition et optèrent pour trois *culottes*, accompagnées d'un vin de Toscane. Par la baie vitrée, Talia regardait le flux continu de passants sur les Champs-Élysées. Elle retira sa casquette et ses lunettes de soleil.

— Vous avez des nouvelles de Tarek Ben Berka ?

— Oui. On est dessus, répondit Shepherd en reprenant l'air grave qui ne le quittait presque jamais.

Il ouvrit la pochette qu'il avait devant lui et chaussa ses lunettes.

— Il s'agit d'un Marocain de vingt-deux ans qui est né dans la région du Drâa-Tafilalet. On pense qu'il est parti se réfugier là-bas dans sa famille.

— Où est-ce que ça se situe ? demanda Talia.

— Dans le nord du Maroc, près de la frontière algérienne.

Il sortit une photo d'identité, qui montrait un jeune homme au regard franc et souriant. Rien à voir avec le faciès attendu d'un kidnappeur d'enfants, mais elle savait d'expérience que, dans certains cas, la nature pouvait procurer aux pires serial killers des aspects de premier de la classe.

— On a lancé un mandat d'arrêt international à son encontre. Grâce à Interpol, nous avons réussi à reconstituer une partie de son cheminement.

— Comment a-t-il pu nous filer entre les pattes ?

— Il a été malin.

— Et il a bénéficié d'un concours de circonstances, ajouta Ève tout en faisant tourner un gressin entre ses doigts.

— Ce qui l'a sauvé, c'est son attitude lorsqu'il s'est présenté à l'embarquement.

— Quel genre ?

— Il dégoulinait de sueur.

— Et alors ?

— Comme nous n'avions informé personne, afin que Gérald ne nous repère pas, l'un des agents de sécurité a voulu effectuer un contrôle d'identité supplémentaire.

Talia leva les yeux au ciel.

— Vous étiez la première à penser qu'ils se fondraient dans le décor sans que personne les remarque.

— Je sais.

— C'était difficile de prévoir que l'un d'eux se présenterait en état de panique et attirerait la suspicion de tout le personnel de l'aéroport.

— Et après, qu'est-ce qui s'est passé ?

— Il a été conduit dans la zone douanière. L'agent voulait le fouiller et vérifier la validité de son passeport auprès des autorités marocaines. Rien d'anormal. Et puis, tout s'est affolé, les coups de feu, l'hélicoptère, l'évacuation de l'aéroport. Il est reparti comme il était arrivé, avec son billet à la main.

— Génial…

— Sur les images des caméras de surveillance, ajouta Ève, on le voit tergiverser quelques minutes dans la zone d'embarquement. Il a sûrement compris ce qui était en train d'arriver à ses complices et il a activé leur plan de secours.

— On sait comment il est parti ?

— Oui, on le sait, malheureusement, mais ça ne va pas vous plaire.

— Dites toujours.

— Il a pris un taxi, direction Roissy-Charles-de-Gaulle !

— Ne me dites pas qu'il a pris le troisième vol ?

Shepherd ne répondit pas mais plissa les yeux.

— Les équipes avaient été informées que les terroristes étaient à Orly. Et que leur chef avait été abattu, par toi ! Le siège a donc été levé, un peu… prématurément. Tout le monde pensait que c'était terminé.

— Alors, il est arrivé à Roissy et il a pris son avion tranquillement ?

— C'est ça.

— Il n'a pas transpiré, cette fois ?

— Non. Il avait un billet et un passeport en règle. On n'avait pas communiqué les identités, il a pu partir.

Talia regarda le va-et-vient des employés du restaurant autour des fours à pizzas. Elle savait qu'ils avaient fait une grosse erreur en laissant s'évaporer cet homme dont ils ne savaient presque rien.

— On a les moyens de le récupérer ? demanda-t-elle en connaissant déjà la réponse.

— À moins de monter une opération clandestine, il va falloir s'en remettre aux autorités marocaines, et vous savez comment ça se passe…

— Non.

— Il n'a pas commis de méfaits là-bas, alors il va être très compliqué de le faire extrader.

— Il faut essayer quand même.

— C'est ce que fait le ministère des Affaires étrangères, mais l'affaire ne nous concerne plus ni l'un ni l'autre.

« Trois culottes des Pouilles ! » beugla le serveur. Tout en décrivant ce qu'ils allaient manger en italien, il déposa leurs pizzas accompagnées d'une bouteille charnue au contour en osier. « *Olio piccante* », précisa-t-il comme un appel à la méfiance. Shepherd attendit qu'il se soit éloigné avant de reprendre :

— Il y a quelque chose d'autre que je dois vous montrer. Quelque chose qui va vous surprendre.

Il glissa devant Talia la photo de l'une des caméras de surveillance. Celle-ci était en noir et blanc et légèrement floue. On la voyait faisant face à Gérald dans le terminal.

— Je vous remercie, Shepherd, je connais déjà cette photo.

— Regardez-la mieux alors, car un détail vous a sans doute échappé.

À l'arrière-plan, dissimulée, on voyait la silhouette d'un homme portant un costume clair, à seulement quelques mètres derrière elle.

— On pense que Tarek était là lorsque vous avez descendu Gérald.

Elle l'observa de longues secondes.

— Vous êtes sûrs que c'était lui ?

Shepherd opina de la tête.

— Pourquoi n'est-il pas intervenu ?

Il écarta les bras. Elle avait du mal à s'imaginer qu'il aurait pu la tuer sans qu'elle voie rien venir.

— Je ne sais pas, on n'a pas toutes les réponses. Il n'était probablement pas armé. Il a peut-être eu peur ou pensé que Gérald s'en sortirait sans son aide. Après, il était trop tard.

Elle passa son doigt sur la photo. Shepherd laissa s'écouler quelques instants avant d'ajouter :

— Ou alors…

— Il a vu une occasion de filer seul, compléta Talia à sa place.

— C'est ça. Au Maroc, on en fait, des choses, avec six cents millions d'euros.

— Pour cela, il faudrait qu'il ait accès aux comptes de ses complices.

— Ce n'est pas exclu, répondit Shepherd.

— Ouais. C'est tordu quand même. Et les deux autres ?

— On ne va pas en tirer grand-chose. Sans leur pygmalion, il s'agit presque de monsieur et madame Tout-le-monde. C'en est même troublant.

— Vous savez, commissaire, dans beaucoup d'organisations criminelles, la notion d'emprise est importante. La plupart du temps, elles ne dépendent que d'une seule tête. Quelqu'un, plus souvent un homme qu'une femme, de très persuasif et de manipulateur qui va entraîner dans sa course des individus en quête de sens.

— Vous parlez d'un sens…

Talia avait du mal à se sentir rassurée par la tournure des événements. Certes, le poisson pourrissait toujours par la tête et celle-ci avait été coupée, mais elle avait un mauvais pressentiment sur ce chaînon manquant.

— Vous avez des éléments sur ce qu'est devenu l'argent ?

— Non, pas encore, répondit Shepherd en regardant Ève pour qu'elle prenne la suite.

— Ce qu'ils ont fait, c'est un montage complexe à base de transferts de compte à compte, pour finir avec des bons au porteur transmissibles et eux-mêmes transférés plusieurs fois. Il faudra des mois pour faire lever le secret bancaire et, d'ici là, il est probable que l'argent aura disparu.

— Surtout si Tarek Ben Berka possède les moyens d'accéder aux comptes. Il pourrait se retrouver à la tête d'une véritable fortune !

— L'avantage, c'est que si c'est le cas, avec un capital pareil, il ne passera pas inaperçu.

Talia n'en était pas convaincue, mais feignit de partager leur optimisme. Certes, ils avaient éliminé la tumeur principale et la reprise n'était pas certaine. Elle éprouvait un sentiment mitigé de devoir presque accompli. Ils changèrent de sujet, profitant de ce moment de complicité partagé. Des liens particuliers s'étaient tissés entre eux. Oublier le sang et les larmes, Talia en avait l'habitude. Elle regarda dehors. Les passants, les touristes, se croyaient-ils à l'abri ? Pensaient-ils réellement vivre dans un monde protégé de tout risque délétère ? Elle savait qu'ils en étaient loin, que le danger pouvait se dissimuler dans les lieux les plus inattendus. C'était un jeu de dupes. Comme elle, peut-être qu'eux aussi faisaient semblant ? Ignorer le danger, pour en partie le vaincre.

Mais en partie seulement.

## Remerciements

L'écriture d'un roman est une parenthèse dans la vie d'un auteur et parfois, lorsque c'est réussi, dans celle de ses lecteurs. Il y a toujours une petite histoire, cachée derrière l'histoire, une époque, des doutes, des moments de bascule, une alchimie faite de rencontres, d'amitiés, d'échanges et de hasards aussi.

Je voudrais remercier Anna Jarota, mon agent, sans qui rien n'aurait été possible. Merci de m'avoir encouragé par ton optimisme et ton affection, d'avoir cru en moi et en cette intrigue. Je te dois infiniment. Merci également à Antoine Haguenauer, pour vos conseils et la rigueur de vos relectures. Un regard saillant à chaque petit coin de phrase. Je vous suis très reconnaissant d'avoir autant choyé mon travail.

Merci aux éditions Belfond, à Carine Verschaeve, Anne-Flore Lesur, Amandine Farges, Marion Tigréat et à l'ensemble des équipes. Merci pour votre accueil, votre confiance communicative et la qualité de votre accompagnement.

Merci à Émilie Riger, ma petite sœur en écriture. Trop de choses à dire, depuis cinq ans. Il y a un peu de toi derrière mes mots. Ta présence m'est indispensable.

Une affection particulière pour la talentueuse Céline Denjean. Merci de m'avoir mis sur le bon chemin.

Ça a été une aubaine de casser ma voiture près de chez toi un après-midi de décembre.

Merci à mes amis, à mes proches, à ma famille, à ma fille, à sa maman, vous me donnez l'élan d'écrire. Je vous aime.

Une pluie de mercis à Claudie Carpentier, à Fabienne et Philippe Variol, à Michèle et Jean Louguet. Vous avez été les premiers lecteurs de cette étrange intrigue. Vos remarques m'ont été précieuses.

Merci à Marie-Laure. Merci d'être là, merci d'être toi, merci d'être dans ma vie.

Et enfin, un grand, un immense merci, à vous qui me suivez parfois depuis des années, mes lectrices et lecteurs des premiers mots, ou d'un peu plus tard. Sans vous, ce quatrième roman n'existerait pas. Merci infiniment. Et bienvenu à ceux qui me découvrent, avec *Duel*. J'espère qu'on fera un long chemin ensemble.

Le personnage de Talia Sorel est imaginaire, mais il m'a été inspiré par Tatiana Brillant, négociatrice du Raid durant treize ans (à lire, *La Voix du Raid. Négocier pour sauver des vies*, Mareuil éditions, 2019).

Ce roman a bénéficié du soutien du Centre national du livre.

*Cet ouvrage a été composé et mis en page*
*par PCA, 44400 Rezé*

*Imprimé en France par*
CPI Brodard & Taupin
en août 2025
N° d'impression : 3062434



Pocket – 92 avenue de France, 75013 PARIS

S35688/01